Embarquement immédiat pour relation agitée

DÉBORAH GUÉRAND

Embarquement immédiat pour relation agitée

roman

&H

HARPERCOLLINS FRANCE

83-85, boulevard Vincent-Auriol, 75646 PARIS CEDEX 13.
Service Lectrices — Tél. : 01 45 82 47 47

www.harlequin.fr

ISBN 978-2-2804-3004-3

À mon papa, qui m'a transmis depuis mon plus jeune âge sa magie de Noël, et qui la transmet aujourd'hui à mes enfants et même à mon mari !

LES DIX COMMANDEMENTS D'UNE ROMANTIQUE

1) La romance sous toutes ses formes, tu dévoreras.

2) Au happy end, toujours tu croiras.

3) En l'amour, ta foi tu placeras.

4) Optimiste quoi qu'il advienne, tu resteras.

5) À la fidélité, tu t'astreindras.

6) Te relever en cas d'échec amoureux, tu devras.

7) La quête de l'âme sœur, jamais tu n'abandonneras.

8) Une fois déniché ton prince charmant, tu le bichonneras.

9) Un mariage de princesse, tu organiseras.

10) Et si ça ne marche pas, un marabout tu engageras !

Lucile (après un verre ou deux).

Chapitre 1

Teddy

25 décembre. Jour de Noël.
J + 1 d'une méga orgie de nourriture.
Poids après méfait = top secret.
Humeur ? En stress total !

« Jingle bells, jingle bells, jingle all the way... »

All the way : jusqu'au bout, tout du long...

— C'est sûr, je suis en plein dedans ! Pas le choix !

Ah ça, il n'y a pas à dire, cette première journée de vacances commence de la plus « jingle » des façons !

Les clochettes de mon bonnet rouge tintent si fort que les gens se retournent sur mon passage, et moi, je ne suis plus très loin de devenir sourde. Quant au couvre-chef vert, jaune et rouge de Dam, il tangue dangereusement vers la droite. Il n'en faudrait pas beaucoup pour que je perde mon meilleur lutin.

À part ça, je crois bien n'avoir jamais eu à courir aussi vite de toute ma vie !

Dans mon sprint délirant, je ressemblerais presque à ma copine Simone (j'ai dit presque !) qui, elle-même, donne l'impression d'être une gazelle galopant avec style dans la savane lorsqu'elle effectue son footing matinal. Bon d'accord, là, j'ai davantage l'air d'un gnou débraillé poursuivi par des lionnes affamées, mais ce qui compte c'est la performance, pas vrai ?

Mes braiments d'âne asthmatique se confondent avec les bruits de course, les insultes proférées par mon compagnon et les annonces habituelles qui résonnent dans tout l'aéroport.

Au bout de ce qui me paraît une éternité, j'entrevois la sainte libération, ainsi que la possibilité non négligeable de reprendre mon souffle. Ce n'est pas que j'en aie besoin, c'est juste capital pour ne pas rendre l'âme avant mes vacances.

Forcément, j'ai une pensée pour ces films romantiques où le gentil héros, pour empêcher sa belle de le quitter sur un malentendu et d'attraper son avion, traverse tout un terminal à la vitesse d'un TGV puis, une fois devant elle, lui fait la déclaration du siècle sans même transpirer. Mais bien sûr ! Dans la réalité, le pauvre n'aurait pas eu le temps d'ouvrir la bouche qu'il aurait déjà été étendu raide mort à ses pieds. En plus, il faut une carte d'accès à bord pour circuler dans cette zone ultra-sécurisée, et un billet pris comme ça, à la dernière minute, ça coûte une blinde ! Résultat : non content d'être décédé, ce brave homme est fauché !

Oui, j'en conviens, je serais une très mauvaise scénariste à Hollywood. J'invoque la déformation professionnelle pour ma défense.

Lorsque je m'immobilise devant la porte d'embarquement, je constate, un poil contrariée, que celui-ci débute à peine. En clair, Damien et moi avons effectué le cent mètres de notre vie de sportifs du dimanche après-midi pour rien.

J'ose à peine me retourner pour le regarder. Sans doute parce que la dernière fois que je lui ai parlé, c'était pour lui balancer à la figure un : « Cours, espèce d'abruti ! », nous pensant à la bourre, tandis qu'il prenait son temps pour récupérer au filtre ses effets personnels.

Je l'entends finalement pester entre deux respirations sifflantes :

— J'ai failli perdre mon froc, avec tes conneries ! Non, mais j'te jure.

Bravo ! Notre trip entre amis démarre sur les chapeaux de... paille ? (Étrange, ça sonne mal. J'ai dû la déformer, celle-là aussi.) Bref, je soupçonne qu'un *mea culpa* pour aplanir les choses ne serait pas superflu. Pas façon Sarko, avec son désormais culte « J'ai merdé », mais avec franchise et honnêteté.

— C'est bon, je suis désolée ! Je ne pouvais pas savoir que le vol aurait du retard.

Mouais, pas trop mal, même si peut mieux faire.

Damien remet en place sa ceinture et arrange sa mise. En tant que talentueux photographe de mode, il se fait un devoir d'être irréprochable, et ce peu importe les circonstances. De mon côté, je dois ressembler à une candidate de Koh-Lanta après un mois de compétition, sans avoir remporté une seule épreuve de confort. Mais je suis, selon mes proches, au bout du rouleau, donc je suis pardonnée. Exit le brushing impeccable de ma chevelure brune, je lui ai préféré une natte africaine qui menace de se faire la malle pour sa terre d'origine. Concrètement ? J'ai plus de mèches en dehors que dedans. J'ai même l'air d'avoir pris un coup de jus, ce qui pourrait, en prime, expliquer ma vitesse de pointe de tout à l'heure. Enfin, passons...

Je croise mon reflet dans la paroi vitrée du comptoir d'en face et constate avec désolation la présence de valises sous les yeux. Elles sont si énormes que l'agent d'escale aurait pu me facturer un excédent bagage au moment de l'enregistrement. Pour couronner le tout, à si peu voir le soleil, mon teint n'a rien à envier aux pensionnaires d'un crématorium. Avec tout ça, je ressemble à un panda fatigué ! La vie est une véritable peau de vache, si vous voulez mon avis.

— Si tu m'avais laissé le temps d'en placer une, môdame l'hôtesse de l'air, j'aurais pu te le dire, moi, que l'info était affichée sur les panneaux ! Il s'en est fallu de peu que je me prenne les jambes dans mon jean et fasse le roulé-boulé du siècle !

Les bras croisés sur la poitrine, je me garde bien d'émettre le moindre commentaire, de crainte d'aggraver mon cas, mais quand même, quelle pleureuse, ce Dam ! Je le laisse donc s'échauffer tout seul puis redescendre en température, j'en ai l'habitude.

Par politesse, j'attends gentiment qu'il en ait terminé pour me détourner, afin d'estimer la longueur de la file d'attente jusqu'à l'avion.

— Ça diminue, on va pouvoir y aller.

Damien lève une main pour demander grâce et, de l'autre, semble évaluer le rythme de ses pulsations cardiaques avant une possible attaque. Décidément, ce passage à la trentaine est un naufrage pour tous les deux.

— Donne-moi une minute, OK. Je crois que je suis sur le point de cracher mes poumons à tes pieds.

— Si tu pouvais attendre qu'on soit assis, comme ça, je n'aurais pas à te ramasser.

Mon ami feint un fou rire, avant de dresser le majeur, au risque de choquer la femme à côté de lui. La pauvre, elle ignore à quel point nous sommes soft, aujourd'hui.

Une fois à bord, Damien prend ses aises côté hublot, tandis que je me retrouve coincée sur le siège du milieu. Le gars côté allée est un solide gaillard aux faux airs de bûcheron canadien et à l'accent chantant du Sud. Toutefois, ce grand nounours a un gros défaut, il occupe quasiment toute la place, si bien qu'un jeu silencieux s'instaure entre nous. Je le pousse gentiment avec le coude, et lui profite d'un instant d'inadvertance de ma part pour reprendre possession de l'accoudoir. Si j'avais craint de m'ennuyer pendant le vol, ce n'est plus le cas.

Étranger à la lutte de territoire sans merci que je mène contre mon voisin de gauche, Dam soupire :

— Bon, si je dors au moment du service, tu me secoues, ma vieille branche. J'aime bien les madeleines qu'ils offrent et j'ai grave la dalle.

Abandonnant cinq minutes le duel contre mon ersatz de Chabal, je dévisage Damien comme s'il était un extraterrestre.

— Comment tu peux avoir faim après tout ce qu'on a mangé hier au réveillon !

— Aujourd'hui est un autre jour, lâche-t-il en haussant nonchalamment les épaules. Mais j'avoue, le chapon au foie gras de ta mère était excellent.

— Le chapon, le gratin, les marrons, les escargots, le saumon, le plateau de fromages et ma bûche pâtissière ! énuméré-je, scandalisée. T'as pratiquement tout englouti comme un ogre !

Et, comble de l'injustice (qui provoque toujours en moi des envies de meurtre), même quand il se goinfre, ce crétin ne prend pas un gramme, quand il me suffit d'admirer le plat pour gagner un kilo magique ! À croire que ce glouton a le système digestif d'une hyène, et que je suis un hangar à gras !

Un steward surgit et tend à Damien la couverture qu'il lui a demandée en arrivant, en plus d'un coussin. L'homme est d'une obséquiosité incroyable envers mon ami, qui le remercie en jaugeant son physique au passage. Quel bourreau des cœurs, ce Dam !

Il achève de s'installer confortablement. De mon côté, j'attaque le second round de ma bataille pour l'accoudoir !

Une heure trente plus tard, notre airbus A320 se pose enfin sur la terre des cigales.

« Madame, monsieur, bienvenue à Marseille Provence. Il est 13 h 45, et vous pouvez dès à présent désactiver le mode avion de vos appareils électroniques [...]. Nous vous remercions d'avoir choisi notre compagnie pour votre voyage et vous souhaitons un très joyeux Noël. »

Encore assise et attachée, je récite en play-back l'annonce que je connais par cœur, ce qui a le don de faire sourire Damien. À sa moue moqueuse, je devine qu'il en a une bonne en stock à me servir. Monsieur est frais comme un gardon, et pour cause, il a passé le vol à ronfler, sauf le temps d'engloutir sa madeleine et de planquer la mienne dans son sac, en guise de réserve.

— Eh ben, vas-y ! Dégaine-la, ta blague, le provoqué-je.

Au lieu de ça, il garde le silence et enfile ses lunettes. Je l'imite, car nous avons quitté la grisaille parisienne au profit d'un éblouissant soleil d'hiver, comme seul le Sud est capable d'en offrir à cette période de l'année.

— Pas de sarcasmes aujourd'hui, ma Teddy. Nous partons en vacances, je suis de trop bonne humeur ! Rappelle-moi à quelle heure on doit se pointer au port ?

Je fouille dans mes papiers pour ne pas lui répondre de bêtise, mais je me rends compte qu'ils sont soigneusement rangés dans la pochette transparente se trouvant dans mon autre sac. Je dois donc attendre la fin du roulage de l'avion pour ouvrir les coffres à bagage.

Lorsque le commandant de bord annonce « Dernier virage » à l'équipage commercial, et la chef de cabine « PNC aux portes », je me prépare à me lever pour m'emparer de mes affaires dans les compartiments au-dessus de nos têtes, quitte à enjamber mon encombrant voisin, que je ne supporte plus.

Une fois l'appareil à son point de stationnement, tous les passagers, moi y compris, s'éjectent de leur siège comme des diables hors de leur boîte. C'est à ce moment précis que j'entre en collision avec la Sainte-Victoire qui a effectué le vol à côté de moi. Ce type est aussi discret qu'une montagne au milieu d'un stade ! Il se confond en excuses pour m'avoir presque assommée ; je lui réponds d'un grognement peu féminin, mais auquel j'espère avoir insufflé toute mon exaspération.

L'incident clos, je peux enfin me délier les jambes à l'instar de tous les autres.

Damien déplie sa longue silhouette, et moi mon papier contenant tous les renseignements de notre voyage.

— Rendez-vous avant l'embarquement à 17 h 40, annoncé-je en jetant un coup d'œil à ma montre.

— Ça nous laisse quatre heures pour flâner en ville. Qu'est-ce que t'en penses ?

— Nickel ! On se répartit les tâches pour plus d'efficacité ?

J'enfile mon bonnet de Mère Noël et mon manteau en hochant la tête.

— Je récupère les valises pendant que tu files réserver la voiture de loc.

Damien grimace.

— Tu préfères pas plutôt t'occuper de la location pendant que moi, je me charge des bagages. C'est moi le mec, après tout, les autres passagers vont me prendre pour un gros goujat.

Je m'interromps dans mon reboutonnage de veste et le dévisage, étonnée.

— Et depuis quand fait-on attention à ce que les autres pensent de nous, steuplaît ?

— Ouais, c'est vrai. On s'en tape ! Donc, je fonce

chez le loueur et toi au tapis bagages. C'est lequel ? Tu as entendu ?

Je ricane :

— On est à Marignane, Dam. Pas à Roissy ! L'aéroport est plus petit que chez les parents de Jonathan.

— Roh, c'est bon ! Arrête de faire celle qui connaît tous les aéroports comme sa poche.

C'est maintenant à notre tour de débarquer. Je tire la langue à Damien, qui me retourne la politesse. L'homme que j'ai combattu tout le vol me sourit du genre « sans rancune ».

C'est ça !

Au fait, avec tout ça, j'ai oublié de faire les présentations !

Moi, c'est Théodora Vigne, alias Teddy. J'atteindrai d'ici peu l'âge canonique de trente-deux ans (mais il ne faut pas le dire trop fort !). Ma manie de déformer les expressions de la langue française amuse mon entourage et exaspère Damien.

Info très importante, je suis mariée à Jonathan, alias l'homme idéal, et maman d'un petit Liam âgé de six mois. Rien d'extraordinaire jusque-là, sauf si l'on précise qu'il y a presque trois ans, j'étais une célibattante faisant le désespoir de mes proches, qui attendaient avec impatience de me voir faire *LA* rencontre susceptible de tout changer dans ma vie. L'électrochoc, quoi ! Le hic, c'était qu'après une union éclair, une rupture humiliante et un divorce douloureux, j'étais plus que réfractaire à l'idée de me remettre en couple. Complètement sourds à mes souhaits de l'époque, ma famille et mes amis s'étaient cotisés, afin de m'offrir un voyage en Afrique du Sud pour mon vingt-neuvième anniversaire.

Je sais ce que vous vous dites : « Waouh ! », « Trop de chance », « Moi aussi, j'en veux un. » Oui, sauf que l'intitulé dudit voyage était plus précisément : « Safari et plus si affinités ». Il s'agissait d'un trip organisé par une agence spécialisée dans les rencontres entre célibataires. Décryptage : le rebond dans ma vie sentimentale, selon tout ce beau monde, passait par un coup de pouce sous forme de rencards arrangés en pleine savane sud-africaine.

Je vous épargne ma réaction et les préjugés sur ce type de séjour qui m'ont assaillie à la découverte de cet improbable cadeau. Au départ, j'ai catégoriquement refusé d'y participer, mais un concours de circonstances tout aussi saugrenu m'a poussée à partir à l'aventure.

Ça a été la meilleure décision de toute ma vie !

Car, en plus d'y découvrir des paysages magiques, magnifiques, fantastiques et autres mots en « ique », j'ai rencontré l'amour avec un grand A. Bon, OK, plus cliché tu meurs, comme expression, mais c'est la vérité !

Pour résumer, j'ai si bien rebondi que j'ai atterri sur l'affaire du siècle, c'est-à-dire Jonathan Weil, maïeuticien de son état. Et là, vous vous dites : c'est quoi, ça ?

Il s'agit de la version masculine de la traditionnelle sage-femme, avec tablettes de chocolat en guise d'abdominaux, pecs apparents et sourire à faire se damner une nonne. Cela dit, réduire mon cher et tendre à son physique ne serait absolument pas lui rendre hommage ; il est tellement plus que ça...

(Soupir !)

C'est lui qui m'a encouragée à prendre quelques jours de repos loin de mon tire-lait, de la maison et de notre fils (pas nécessairement dans cet ordre-là) avec mon meilleur ami.

À vrai dire, Jonathan a remarqué avant moi les signes de mon baby blues. J'aurais pourtant dû en reconnaître les symptômes, mon amie Peggy en ayant souffert après la naissance de son fils aîné. Cet épisode avait même failli lui coûter son mariage. Vous savez, quand une jeune maman est tellement au bout du rouleau que de lui demander de surfer sur une vaguelette revient à lui ordonner d'affronter un tsunami, ou qu'elle se sent aussi sexy et désirable qu'un cachalot échoué sur une plage. Au lieu de s'épanouir dans son couple et sa famille, elle se renferme alors à la façon d'une huître dans le rôle exclusif de mère.

C'est moi, ou j'ai un truc avec la mer ?

Bref !

Petit aparté : ai-je déjà dit que je haïssais les mannequins et autres stars postant des photos d'elles radieuses sur les réseaux sociaux ? Personnellement, je n'ai toujours pas réussi à prendre un cliché de moi dans une pose de yoga irréalisable, mon bébé sagement assis à côté de moi, le tout sans Photoshop. Dans la vraie vie, l'exploit, c'est plutôt de réussir à prendre une douche suivie d'une véritable séquence de maquillage, et non le truc sommaire pour éviter de ressembler à un cadavre. Il y a aussi les crises de larmes qui surviennent sans motif apparent (ah, ces fameuses crises que personne, la principale concernée en tête, ne comprend !). Dans ces cas-là, on est tenté de s'administrer deux ou trois baffes pour avoir de bonnes raisons de se laisser aller.

En fin de compte, mon homme, ce super héros, a détecté mon mal-être, malgré mes efforts pour le lui cacher (car pourquoi jouer au Caliméro quand on a tout pour être heureuse, hein ? !), lorsque j'ai éclaté en sanglots au moment de décorer le sapin. Aujourd'hui encore, je n'arrive pas à mettre le doigt sur l'élément déclencheur. Toujours est-il qu'après m'avoir consolée, il m'a invitée à m'installer devant l'ordinateur, puis m'a sommée de partir quelques jours pour changer d'air.

He commands, I obey ! Bon, en vérité, ce n'est pas tout à fait ça, mais là, ça m'arrange...

Ma sœur de cœur, Peg, étant enceinte de son deuxième jusqu'au cou, j'ai proposé à mon autre moitié, et accessoirement plus vieil ami, de m'accompagner. C'est ainsi que Dam a failli mourir, ce matin, en route, pour attraper notre vol à destination de Marseille, point de départ de notre croisière pour les Antilles.

Me faisant une confiance aveugle et croulant sous le travail, il m'a également abandonné le soin de préparer notre voyage à moins d'une semaine du jour J. L'inconscient !

L'avenir nous dira s'il a eu tort ou raison...

Devant le tapis à bagages, je regarde défiler sans vraiment les voir les valises des passagers du vol ; la mienne et celle de Damien ne sont pas encore en approche. Je tiens dans une main la pochette contenant les réservations, tandis que l'autre bat le rythme d'une musique imaginaire sur la poignée du chariot.

Je songe au voyage qui s'annonce.

Dire que j'ai fait une affaire serait un euphémisme. Dam et moi allons effectuer une croisière d'une dizaine de jours entre l'Europe et les Antilles pour deux cacahuètes. Rien que d'y penser, j'ai la banane.

Bien sûr, dans ces cas-là, le contrat s'accompagne de tout un tas de conditions générales écrites en lettres minuscules. Pas folle l'abeille ou est-ce la mouche ? Je ne sais plus, je les ai toutes lues, et si certaines m'ont paru raisonnables, d'autres m'ont légèrement fait tiquer. Mais que ne serait-on pas prêt à accepter pour voyager à moindre coût vers le paradis, n'est-ce pas ?

Je me demande soudain si je n'aurais pas dû en aviser Damien, au lieu de le mettre devant le fait accompli. Ceci étant, je le connais assez pour affirmer que lui non plus n'aurait pas craché sur une aubaine pareille, s'il avait été à ma place. Oui complètement...

Ou peut-être pas ? Si ? Et puis, merde ! C'est trop tard maintenant, de toute façon.

— C'est pas la tienne qui arrive ?

La voix de Dam me fait sursauter.

— Tu as été rapide. C'est bon, tu as la voiture ?

Je lève les yeux et remarque alors son sourire de winner.

— Pourquoi tu fais cette tête ? On dirait que tu viens de gagner au loto.

Les mains dans les poches, il se dandine d'un pied sur l'autre en parcourant la foule du regard. Devant nous, une famille réunie pour les fêtes célèbre ses retrouvailles bruyamment.

— Au loto, malheureusement pas, mais figure-toi que je nous ai sauvé la mise ! Quand je me suis présenté au comptoir, l'agent était en train d'annoncer aux gens devant moi qu'il n'avait plus de véhicule de dispo. Tu comprends, un 25 décembre, sans réservation, c'est chaud.

— Je pige pas. C'est dead ou pas, pour la loc ?

— Attends ! Donc, en principe pas de voiture, mais tu me connais. Je parle au gars, je vois direct dans quel liquide il aime tremper son cul et...

— Dans quoi ? C'est quoi, cette expression ?

Damien me fait un signe de la main signifiant « Ne cherche pas. » Traduction : c'est lui qui l'a inventée.

— Donc, je disais... Je comprends qu'il y a moyen de moyenner avec lui, comme je lui plais, OK ! Ben, qu'est-ce que je fais, moi ? J'accepte de donner de ma personne et je joue de mon charme. Et là, comme par enchantement, il arrive à nous dégoter une bagnole.

J'affiche une moue sceptique. Dans quel pétrin s'est-il fichu pour une voiture, sachant que nous avions aussi la possibilité d'appeler un taxi. « Pourquoi faire simple quand on peut faire compliqué » pourrait bien être sa devise du jour.

— Et... En échange ? l'interrogé-je avec appréhension.

— Je lui ai refilé un numéro de portable et on se voit demain soir pour dîner.

Euh... Un détail me turlupine grandement.

— Mais, on ne sera pas là, demain ! On part en croisière dans quelques heures à peine !

À cet instant, les lèvres de Damien s'étirent pour m'offrir un sourire diabolique.

— Bah, c'est ça qui est marrant !

Je lève les yeux au ciel, exaspérée, découragée et autres expressions en « ée ».

— Et le numéro, tu as vraiment donné le tien ?

— Non, celui d'Hervé.

Là encore, je suis... estomaquée !

— Ton ex ?

Nos valises apparaissent enfin à l'autre bout du tapis. J'abandonne à Damien le soin de les récupérer. Il les agence ensuite méticuleusement sur le chariot, se tourne et me lance, l'air tranquille :

— C'est encore plus drôle, tu ne trouves pas ?

Je ris en dépit de ma désapprobation. Puis je me rappelle que je n'aime pas cet Hervé et que j'ai moi-même posté le téléphone de ce salaud sur un site d'échangistes parisiens l'été dernier, au moment de sa rupture avec Dam !

Après une ultime vérification, Damien et moi nous dirigeons vers le parking des locations de voiture, où nous ne sommes d'ailleurs pas au bout de nos surprises.

— Waouh ! Tu as dû lui faire vraiment grande impression, au type de l'agence ! me moqué-je.

Damien, lui, en perd son assurance.

— C'est quoi ce truc ? Il n'a pas trouvé plus petit ?

Incapable de me retenir plus longtemps, j'explose de

rire en oubliant au passage ma dignité. Des passants nous observent.

— C'est une « C » quelque chose, lui réponds-je en reprenant mon souffle.

Il me jette un de ces regards de travers dont il a le secret.

— Pff, tu parles ! C pour citadine. Ils pourraient aussi bien l'appeler la UC pour « ultra-court ». Je pensais qu'il y avait que la Smart pour être si étriquée.

— Arrête de râler et aide-moi plutôt à tout faire rentrer dedans. Ce modèle est plus spacieux qu'une Smart. C'est même un Hummer, à côté.

Damien fait une tentative en s'installant à la place du conducteur.

— Je peux à peine bouger ! J'ai les genoux dans les dents et le front qui va taper le pare-brise. Pff... Oser me faire circuler dans une voiture aussi minuscule. Il l'aura pas volé, son lapin, ce con !

Je termine d'agencer nos affaires dans le coffre, tandis que monsieur continue de râler.

— En tout cas, tout y est ! annoncé-je, fièrement.

Damien ressort du véhicule avant de s'emparer du chariot et de s'éloigner avec. Son attitude m'amuse, il marmonne comme un vieux mécontent. Je ne doute pas qu'il ait maudit le commercial sur au moins trois générations.

À son retour, il vérifie mon boulot en inspecteur des travaux finis. Sans me vanter, j'ai toujours été particulièrement douée pour le Tetris.

— Comment on va faire pour les valises ? On a rabattu la banquette pour tout caser. Sauf que, maintenant, nos bagages sont visibles.

On ? Elle est bien bonne, celle-là ! Néanmoins, je préfère ne pas corriger Damien, afin de ne pas aggraver

sa mauvaise humeur. Je claque la portière et m'installe à la place du conducteur.

— Je me garerai en marche arrière dans un parking sécurisé et collerai le hayon au mur. No stress, Dam. Tu l'as dit toi-même tout à l'heure, nous sommes en vacances !

— Ouais, mais je voudrais pas me faire taper mes affaires juste avant de partir en croisière, objecte-t-il en ajustant ses lunettes sur le nez.

— Roh, ça va ! Ce n'est pas non plus comme si t'avais planqué des lingots dans tes slips, que je sache.

— Qu'est-ce t'en sais, mauvaise langue !

— Je te connais comme si je t'avais fait.

— Ça aurait pu, lance-t-il en haussant les épaules. T'es plus vieille que moi.

Je bloque complètement, fais volte-face et le fusille du regard.

— De six mois, salaud !

— Oui ben, quand j'ai poussé mon premier cri, tu en étais déjà à la purée de carottes.

— Pourquoi faut-il toujours que tu exagères ?

Boom !

— Rah ! Je me suis cogné, peste Damien. Saleté de boîte de conserve !

Je murmure un « Bien fait pour toi » en tournant la clé de contact.

— Bon, l'heure avance, et si on veut avoir le temps d'admirer la Bonne Mère, on ne doit plus traîner. Boucle ta ceinture et tais-toi !

— Non, mais oh ! Comment tu me parles ! Continue et je vais plus nulle part avec toi, hé ! En plus, j'envisage de tout raconter à Peg et Jonathan, quand je les aurai au téléphone.

Je souris, tout en manœuvrant la voiture.

— Vas-y, va tout rapporter, sale bébé !

Je fais semblant de le taper pour me venger. Il me nargue :

— Nia nia nia !

Derrière toutes nos gamineries, je nous sens plus légers qu'au moment de notre départ de Paris. Les derniers mois ont été difficiles, autant pour Damien que pour moi. Il n'en parle pas beaucoup, mais j'ai parfaitement conscience que sa rupture avec Hervé l'a beaucoup affecté, ainsi qu'un autre élément dont il s'obstine à garder le secret. Quant à moi, les récents bouleversements dans mon existence ont été éprouvants : ma grossesse et mon accouchement, suivis quelques semaines plus tard de notre déménagement dans notre nouvelle maison avec la mise en location de mon appartement. Durant cette période, j'ai troqué tous mes repères au profit de nouveaux que je n'ai toujours pas apprivoisés, contrairement à Jonathan, incontestablement bien plus solide que moi.

Perdue dans mes pensées, je tressaille à l'instant où Damien pousse un grand cri, ce qui a pour conséquence de me faire piler.

— Qu'est-ce qui te prend ? hurlé-je.

— Tu rigoles ! T'as failli rentrer dans la voiture !

Effectivement, sans son avertissement, j'aurais encastré notre minuscule pot de yaourt dans un gros SUV à la mode.

Au revoir, chères vacances, bonjour, saint Pierre !

— Me... Mais pas du tout, je l'avais vu ! rétorqué-je, de mauvaise foi.

— Ah ouais ? C'est pas l'impression que ça donnait. T'étais pas plutôt perdue dans tes pensées ? Qu'est-ce qu'on a dit, Teddy, au sujet de ces vacances ? On laisse nos tracas et toutim derrière nous. On se casse dix jours ailleurs pour refaire le plein !

Il me tance comme si j'étais une gamine et lui mon

prof. Soudain je craque, submergée par un sentiment coupable.

— Je devrais peut-être rentrer à la maison. J'ai l'impression d'abandonner Jon et le petit. Liam a besoin de moi et...

— Meuh non ! Pas avec le père qu'il a. Jon gère comme un chef, comme d'hab, me coupe-t-il.

— Te... Tu crois ?

Dam balaie mes incertitudes d'un revers de main, sans imaginer qu'il aggrave mon mal-être.

— Mais carrément ! Dis-moi quand ce mec t'a fait défaut ? À mon avis, ils ne vont même pas se rendre compte que tu es partie. Profite de ta chance et relax, Teddy ! Tu les appelleras pendant le déjeuner.

C'est possible... Le comprendre est autant un soulagement qu'une minuscule aiguille plantée en plein cœur. Je rends les armes, Dam a raison.

Nous sommes à présent installés à la terrasse d'une brasserie du Vieux-Port. Nous trinquons aux premières heures de notre voyage de l'amitié, moi avec un diabolo fraise, lui une bière.

La météo est réellement exceptionnelle pour un 25 décembre. Sans les décorations et la présence d'un marché de Noël un peu plus loin, nous pourrions nous croire au début du printemps.

Les clochettes de mon bonnet de Mère Noël tintent, tandis que je secoue la tête de droite à gauche pour admirer la vue.

Dam ôte sa doudoune et soupire d'aise en profitant de la chaleur du soleil. J'hésite à me confier à lui, car je ne voudrais pas gâcher notre journée et plus largement notre séjour avec mes états d'âme.

Quelques mètres plus loin, un couple d'une vingtaine d'années attire soudain mon attention. N'ayant rien de plus intéressant à faire, je passe les cinq minutes suivantes à les observer, tandis que Damien pianote sur son portable.

L'homme, qui jouait les caïds, perd soudain de sa superbe. Je le crois même sur le point de tomber à genoux devant la fille. Je hausse les sourcils, impatiente d'assister à la suite de leur petit spectacle improvisé. Je trouve que c'est mieux interprété que les émissions de téléréalité, dommage de ne pas avoir le son.

D'elle, je ne vois que le dos, mais elle me paraît bien campée sur ses positions, autant que le sont ses jambes par rapport au sol, pendant qu'elle s'adresse à son compagnon à grand renfort de gestes. Si on me demandait d'interpréter la scène, je dirais qu'il est en train de se faire passer le savon de l'année.

— ... M'écoute ? Hé, Teddy ! T'es ailleurs ou quoi ?

Focalisée par les deux futurs ex-tourtereaux, j'en ai complètement zappé mon meilleur ami. Il me fixe, attendant la réponse à une question dont je n'ai pas entendu un traître mot. En conséquence, je bafouille un :

— Euh, ou... Oui, tu disais ?

Il se mord la joue pour ne pas rire. Un petit coup d'œil en direction du couple lui aura suffi à comprendre le pourquoi du comment.

— Espèce de commère ! Qu'est-ce t'as repéré, alors ?

Je ricane :

— Commère toi-même ! Je crois bien que le type est en train de se faire larguer.

— Et alors ?

— Ben, c'est triste, à cette période de l'année.

— C'est clair qu'être lourdé un 25 décembre sur le Vieux-Port, il y a mieux. Mauvais karma.

Il sort de son sac un magazine acheté à la boutique Relay de l'aéroport, et le feuillette.

Je rebondis sur ses propos :

— Mon ex-mari aurait mérité que je le foute à la porte un 25 décembre !

— Et dès la première année de votre relation ! Tu aurais gagné du temps comme ça. Mais bon, on ne refait pas le passé, conclut Damien, philosophe, sans pour autant lâcher son torchon people.

Je sursaute presque lorsqu'il s'exclame :

— Non mais c'est abusé ! La photo est aussi retouchée que la Kardashian !

— Laquelle, elles le sont toutes ?

Il me montre le cliché que son œil d'expert réprouve. Je me penche au-dessus de la table pour mieux l'examiner. Effectivement, un travail bâclé pour un rendu grossier. Les traits du mannequin ont littéralement été effacés, et l'arrondi de ses cuisses coupé au couteau de boucher. Toutefois, je suis rapidement distraite par un mouvement. Il s'agit encore mon couple en froid.

— Oh ! Regarde, elle s'en va. Nan ! J'hallucine ! Le pauvre se met à chialer comme une madeleine !

Damien hausse les sourcils sans prendre la peine de vérifier. Je songe qu'il est curieux d'assister à une telle scène avant notre voyage, dont mon ami ignore toujours le thème.

Le serveur arrive avec nos plats. La bonne odeur qui s'en dégage chasse vite mes craintes, je suis un estomac sur pattes. Il est plus de 15 heures et, morts de faim, nous ne nous faisons pas prier pour lui faire de la place, en poussant verres et couverts.

— Au fait ! Je ne l'ai pas déformée, celle-là ! m'exclamé-je, fière de moi.

Damien tourne son assiette à 180 degrés, avant de s'attaquer à sa pizza. En plus de vingt ans, je n'ai jamais compris d'où lui venait cette étrange manie.

— Quoi ?

— Ben l'expression chialer comme une madeleine.

D'ailleurs, ça n'a pas de sens. Une madeleine, ça ne chiale pas ! Où est-ce que les gens vont pêcher des trucs pareils ? C'est complètement couillon.

J'ignore si je viens de proférer la plus grosse ânerie de la décennie ou pire, mais Damien s'étouffe avec la part qu'il vient d'engloutir. La tête du serveur dépasse une seconde de l'entrebâillement de la porte pour s'assurer que tout va bien. Je lui adresse un vague signe de la main en arborant mon sourire de veuve noire.

— *And the… winner… is* ! Pardonne-moi ma… Teddy, mais sur ce coup-là… c'est toi l'imbécile. Déjà, c'est pleurer comme une madeleine. Et il ne s'agit pas d'une madeleine, le machin tout plein de beurre qu'on ingurgite, mais de Marie-Madeleine. La putain de la Bible, précise-t-il devant ma confusion.

— La quoi ?

— Ben oui. C'est pas à placer au même niveau que du Dorcel, mais y en a aussi, dans la Bible.

Devant mon air ahuri, il éclate de rire, avant de poursuivre son petit cours religieux pour les nuls :

— C'est un truc de fou ! C'est moi le pédé rejeté par la religion, mais c'est moi qui dois t'apprendre ce genre de chose ! Le monde à l'envers… On dit pleurer comme une madeleine en référence au passage dans lequel Marie-Madeleine éprouve tellement de remords par rapport à ses péchés qu'elle arrive à laver les pieds du Christ avec ses larmes.

— Erf… Non, je ne savais pas. La Bible est un bouquin que je n'ai jamais ouvert. Et toi non plus, il me semble.

— J'ai toujours été plus intelligent que toi ! précise-t-il en enfonçant le menton dans sa paume.

— Foutaises !

— Ah oui ? Madame a la mémoire courte ! Qui écoutait en cours, pendant qu'une certaine personne était occupée à griffonner des « Mrs DiCaprio » dans la marge de ses cahiers, après avoir maté *Titanic* une bonne cinquantaine de fois ? Et c'est pas comme si le film durait trente minutes !

Ma bouche s'arrondit sans qu'aucun son ne s'en échappe. Le sale traître !

— On avait dit qu'on arrêtait de ressortir les gros dossiers !

Damien me renvoie un sourire goguenard.

— Qui ça « on ». Moi, j'ai rien dit du tout ! Surtout quand on sait que j'en ai des tonnes sur toi et des bien embarrassants, en prime. Je ne renoncerai pas à mon trésor pour te faire chanter, si un jour, je suis en galère de thune !

— Tu viens de porter un coup sévère à plus de vingt ans d'amitié, là.

— Pff, elle s'en remettra !

Je ne dis rien, mais pense très fort que nous aurons l'occasion de le vérifier d'ici quelques heures à peine...

Parvenus au port après un après-midi touristique entre le Vieux-Port et le quartier dit du « Panier », nous sommes sur le point d'embarquer pour notre croisière en direction des Caraïbes, *via* Malaga et Tenerife.

Le vent du nord s'est levé. Le mistral et le soleil couchant ont considérablement fait chuter les températures. En conséquence, je tremble un peu. Ce n'est probablement pas le seul effet du rafraîchissement de l'air. Non, je ressens une certaine appréhension en songeant aux détails du voyage que je n'ai toujours pas communiqués à Damien. En réalité, j'ai peur qu'il veuille m'étrangler, une fois mis au courant.

Je ris nerveusement et manque d'avaler ma langue en avisant le panneau destiné à l'accueil des participants. Il va me tuer, c'est sûr !

— Hé, regarde, Teddy ! Ça ne te rappelle pas quelque chose ? souligne-t-il d'un ton taquin.

Mon sourire vire rapidement à la soupe à la grimace. Damien fait évidemment référence au voyage offert par mes proches, il y a bientôt trois ans.

— Ou... Oui, l'agence qui s'est occupée de mon safari rencontre s'est spécialisée depuis peu dans le rabibochage de couple. Elle lance son nouveau label avec cette croisière.

— « The Miracle Love Boat ». Un peu kitsch, hein ?

— Non. Tu crois ? grimacé-je, plus crispée que jamais. Le nom du navire, c'est *El Miraculo*, après tout.

Et il va m'en falloir un dans pas longtemps.

Nous continuons de nous approcher. Je m'attends à être démasquée d'une minute à l'autre. C'est inévitable.

— C'est par là, annonce-t-il en désignant le chemin emprunté par les passagers.

Je croise les doigts et les orteils pour sortir vivante du guêpier dans lequel je me suis fourrée toute seule. Soudain, la bonne affaire ne me paraît plus si bonne.

Mourir par strangulation, ça fait mal ou pas ?

— Non, Dam, soupiré-je. Nous, c'est par là...

Et je lui indique l'attroupement devant l'affiche de l'agence Together.

J'assiste, penaude, au changement de couleur de son beau visage. Malgré ses boucles blondes d'angelot, ses traits prennent une expression diabolique. J'en suis persuadée, il est en train d'élaborer une stratégie pour me supprimer !

Ses yeux bleus virent à l'orage, mais au lieu d'éclater, il reste silencieux.

— Dis quelque chose, Dam, le supplié-je.

— C'est ça, ta super promo ?

— J'ai bien peur que oui.

— Et alors, c'est quoi, le deal ?

— Nous sommes censés être un couple en difficulté désireux de se retrouver pendant ces dix jours en mer. Outre les excursions et les activités, nous devrons participer à des séances avec une psy spécialisée dans les thérapies de couple.

J'ai débité mon discours appris par cœur dans l'optique de ce moment. Je n'ose pas le regarder, mais j'imagine que de la fumée doit lui sortir par les narines. Il prépare mentalement le barbecue et c'est moi le steak, ou plutôt la saucisse, avec tout le gras que j'ai stocké durant les fêtes. Quoi qu'il en soit, je suis grillée !

— OK. Si j'ai bien compris, je dois me faire passer pour ton mec et, comme notre mariage ne marche plus, on fait ce voyage pour arranger les choses au lieu de se faire la guerre ?

— Oui voilà, c'est ça.

— Rappelle-moi combien ça a coûté ?

— Moins que moitié prix, avoué-je d'une voix à peine audible.

Damien inspire un bon coup avant de se pincer l'arête du nez entre le pouce et l'index. Je n'aime pas quand il fait ça...

— Il n'y a pas de petites économies, après tout, concède-t-il enfin.

Ah bon ? Le voilà bien philosophe, tout à coup.

C'est louche et surtout, ça cache un truc ! Il compte attendre et balancer mon corps par-dessus bord, une fois en haute mer ? Rien de mieux que d'endormir la méfiance de l'adversaire, c'est tactique.

— C'est tout ? Tu ne m'insultes pas pour ne pas t'en avoir parlé avant ?

Il se tourne vers moi. Il est imperturbable et trop calme pour être honnête. Il commence vraiment à me faire peur.

— Oh si ! Je réserve simplement ma colère et mes

reproches pour chez le psy. Quelque chose me dit que tu ne vas pas être déçue de ma performance, ma Teddy !

Puis, consciencieusement, il arrange ses affaires et s'avance, avant de revenir sur ses pas pour ajouter :

— Tu m'as dit un jour que la vengeance était un plat qui se mangeait froid, mais que toi, tu l'aimais congelée. Je t'annonce officiellement que je serai sponsorisé par Picard durant cette croisière !

Sous la force du mistral, la pancarte de l'agence se désolidarise du portique d'accueil et tombe à terre, juste devant mes pieds. Je l'ai échappé belle, dans un sens. Je la fixe, atterrée :

WELCOME TO THE MIRACLE LOVE BOAT !

Et tout ce que je trouve à dire, c'est :

— *Oh-My-God !*

Chapitre 2

Lucile
Sept jours plus tôt

Mon portable vibre dans la poche de mon manteau. Je suis pour le moment incapable de répondre à l'appel, les bras bien trop encombrés par l'énorme sapin que je viens de m'offrir. D'habitude, je m'y prends bien plus tôt, mais cette année a été exceptionnellement chargée sur tous les plans, à commencer par le plan professionnel.

— Tu es certaine que tu ne souhaites pas de coup de main, Lucile ?

— Non merci, monsieur Lafleur. Je peux me débrouiller comme une grande. Je ne suis qu'à quelques stations de métro, ça ira. Et vous avez du monde, aujourd'hui, je ne voudrais pas vous embêter.

— Mais tu ne m'embêtes pas du tout, voyons !

Il n'a pas terminé sa phrase qu'il est déjà sollicité par d'autres clients. Je lui souris ; il comprend qu'il est inutile d'insister.

Il est très sympathique, M. Lafleur. Un nom particulièrement adapté, quand on songe qu'il est pépiniériste depuis plus de vingt ans. Chaque année, je lui commande un arbre de Noël et je ne suis jamais déçue.

L'achat d'un Nordmann fait partie des traditions que je m'impose avec plaisir tous les ans, moi, l'amoureuse de cette période où croire en la magie est permis. M. Lafleur est tellement adorable que, malgré mon retard dans les préparatifs, il a mis cet arbre de côté en attendant que je me libère pour le récupérer.

Ajouter à ma *to do list* de revenir la semaine prochaine pour lui apporter une boîte de chocolats de chez Mme Ferrero. Non, je plaisante ! Celle qui tient la chocolaterie en bas de chez moi s'appelle Mme Devoise.

Sur le chemin de la station de métro la plus proche, je chantonne un air de saison. Comme j'avance un peu à l'aveuglette, je manque de rentrer en collision avec un jeune homme qui pousse un Caddie du centre commercial voisin. Il ne m'en faut pas davantage pour imaginer le scénario d'une romance de Noël.

Dans celle-ci, je serais une charmante célibataire en quête de l'âme sœur (c'est mieux que la vieille fille acariâtre en recherche de solitude). Je laisserais échapper mon encombrant fardeau durant ma chute, l'inconnu me rattraperait et, au premier regard, nous aurions le coup de foudre l'un pour l'autre... jusqu'à l'effet « limonade », suivi d'un retentissant « pshiiiiit » !

Car, dans la vraie vie, le type m'écrase le pied avec les roues de son chariot, s'excuse à peine, et continue sa route, tandis que je fixe mes bottes déformées, un brin contrariée de ne pas lui avoir lancé la remarque acerbe qui me vient une minute trop tard.

De toute façon, je m'en fiche, car je ne suis pas une jeune célibataire en quête de l'âme sœur. Je n'en ai pas besoin, puisque j'ai le doux Sergio dans ma vie depuis un an et demi.

Oh ! bien sûr, notre relation est comme toutes les autres, imparfaite, mais c'est la plus stable que j'aie connue jusque-là. Lorsqu'on a vécu la solitude, la vraie, on apprend à se réjouir de la compagnie de l'autre, quel qu'il soit, et peu importent ses défauts.

J'ai beau être une romantique invétérée, je n'en demeure pas moins lucide. D'un autre côté, si je m'impose de conserver les pieds sur terre, je me permets de rêver pour les couples que je contribue à former grâce à mon travail. Parfois, il m'arrive de me prendre pour une marraine la bonne fée. Sauf qu'à la place de la traditionnelle baguette magique, j'ai à ma disposition mon imagination créative, ainsi qu'un certain idéal de l'amour avec un grand A.

Après trois arrêts de métro, une cinquantaine de marches montées et une centaine de mètres à slalomer entre les badauds venus admirer les décorations parisiennes, je regagne enfin mon domicile.

Mes bras sont douloureux, la faute à mon encombrant conifère. Loin de m'en plaindre, c'est avec le sourire que je le dépose au centre du salon, sa place pour les deux prochaines semaines au moins. Je file ensuite dans le débarras pour y sortir les cartons de guirlandes et autres boules achetées au fil des ans et de mes coups de cœur dans les boutiques spécialisées.

De retour au salon, je remarque que la fenêtre de la cuisine est entrebâillée. Je me disais bien qu'il faisait un peu frais.

Je m'en approche pour la refermer et découvre un mégot de cigarette dans le cendrier posé sur l'îlot. Malgré cette précaution, je sens l'odeur du tabac.

— Il sait bien que ça m'indispose ! m'agacé-je. Je lui en parlerai, la prochaine fois. Encore...

Inutile d'appeler Sergio pour me tenir compagnie pendant que je décore notre sapin, car dans ces cas-là, il est parti pour la soirée.

Qu'à cela ne tienne, après un passage détente sous la douche, je décide de ne pas bouder mon plaisir et sors l'artillerie lourde : pyjama en pilou, tasse de chocolat chaud et son Everest de chantilly, chant de saison, pour m'atteler à la tâche. Je dispose également une assiette de gâteaux à l'amande et à la cannelle confectionnés durant le week-end sur la table basse.

L'opération *Christmas is coming to town*, commencée depuis fin novembre, s'intensifie !

Il ne me reste plus qu'à allumer la chaîne hifi et c'est parti !

À ce rythme, je risque de recevoir dès demain un avis d'expulsion exigé par mes voisins, excédés par mes piètres performances vocales tandis que je beugle, plus que je ne chante, les paroles de *This Is Christmas*, et ce, à plus forte raison s'ils sont fans de la version originale de Christina Aguilera.

Tiraillée entre accrocher plus de boules ou non, au risque de voir mon Nordmann disparaître sous une tonne d'artifices pailletés, j'entends soudain la sonnerie de mon portable (de saison, elle aussi : Mariah Carey et son désormais incontournable *All I Want for Christmas*).

Eh oui, je ne mentais pas quand j'affirmais ne pas faire les choses à moitié !

L'espace entre la table basse et moi est maintenant parsemé d'obstacles festifs. La conséquence : j'arrive trop tard pour décrocher. Après quelques secondes, un bip de notification retentit. J'ai un message vocal de ma chère maman : « Hello, ma chérie ! Tu dois crouler sous les occupations, comme toujours. Je t'appelais simplement pour avoir de tes nouvelles. J'espère que tu prends des vitamines. Ça ne m'étonnerait pas qu'un bourreau de travail comme toi passe son hiver malade. Ah oui, sinon, désolée, ma puce, mais cette année, je ne serai pas avec toi pour les fêtes. Tu te souviens de Grégoire ? Tu sais, cet homme charmant que j'ai rencontré durant cette soirée déguisée, à Halloween ? Eh bien, figure-toi qu'il m'a proposé de partir en voyage avec lui. En Indonésie, non, mais est-ce que tu réalises ! Comment refuser ? J'en suis tout excitée ! Ha Ha... Je suis persuadée que tu comprends mon dilemme et mon choix. J'ai une idée, mon cœur, nous n'aurons qu'à nous organiser un réveillon décalé à mon retour, d'accord ? Nous aurons bien l'occasion d'en reparler. Passe de bonnes fêtes, ma chérie. Si tu vois ma sœur, embrasse-la de ma part. Et surtout, surtout, prends tes vitamines, hein ! Tchao, tchao ! »

Tchao, tchao...

Je réprime une envie de vomir, tandis que la voix haut perchée de ma mère résonne dans ma tête.

Que le diable l'emporte !

Oups, il s'agit de ma maman, tout de même.

C'est à peine croyable ! Pourquoi précise-t-elle « je ne passerai pas les fêtes avec toi *cette année* » ? Elle qui se défile tous les ans. Je rêve ! Ou plutôt non, je cauchemarde ! Le pire dans tout ça, c'est qu'une part de moi ne peut s'empêcher d'être déçue qu'elle ne soit pas là pour Noël. J'avais candidement supposé qu'elle souhaitait réellement rattraper le temps perdu et endosser enfin son rôle de mère, que ce serait pour nous l'occasion de repartir sur de nouvelles bases relationnelles. Je suis une enfant stupide !

Elle m'abandonne pour un homme récemment entré dans sa vie. Voilà toute notre histoire !

Tant pis, je refuse de m'apitoyer sur mon sort ! Quelque part, c'était prévisible. Il n'y a qu'une idéaliste comme moi pour ne pas avoir envisagé l'éventualité de son désistement.

Mes lèvres sont si pincées qu'elles paraissent inexistantes. Je fixe mon reflet dans le miroir accroché au-dessus de la cheminée condamnée. J'ai l'air d'avoir sucé le citron le plus acide de la planète. C'est sans doute parce que j'en ai plus qu'assez d'avaler ses excuses au goût amer.

Comment peut-on partager des gènes avec une personne aussi diamétralement différente de soi ? Et si ce n'était que physique...

Ma génitrice est une brune incendiaire aux yeux marron de braise, grande et plantureuse, typiquement made in Italie. Alors que moi, je me situerais plus au nord, entre l'Irlande et l'Écosse, avec ma peau laiteuse constellée de minuscules taches de rousseur et ennemie du soleil, ma chevelure auburn et mes yeux bleus. La seule bonne chose qu'elle m'ait léguée est une poitrine épanouie ; sauf qu'avec mon mètre cinquante-cinq, j'ai parfois une impression de disproportion. Au lycée, les garçons m'appelaient « Petit Ballon de basket ». Allez savoir pourquoi... Pour en revenir aux différences qui nous opposent, elle et moi, elles se situent plus encore au niveau du caractère, voire de la philosophie de vie. Sylvie, ma mère, est cigale, quand je suis plutôt fourmi. C'est un oiseau de nuit volage et frivole, tandis que je suis couche-tôt et raisonnable (enfin, la plupart du temps, hors achats de Noël). Elle ne vit que pour elle et son bon plaisir, je me soucie de mon prochain et rêve secrètement d'une grande famille unie. Nous aspirons toujours à ce que nous n'avons jamais eu, n'est-ce pas ?

Sur ces réflexions, je me fais la promesse de ne plus être la victime de son égoïsme. Elle ne ruinera pas une période qui est pour moi la plus joyeuse de l'année !

Tandis que je contemple mon reflet dans le miroir, j'assiste, derrière moi, à la catastrophe. Une catastrophe qui survient beaucoup trop vite pour être évitée.

— Oh ! non, non, nooooon !

Malgré ma tentative d'intervention, j'assiste, impuissante, à la chute du sapin, suivie de près par un bruit fracassant de verre brisé.

Moralité : j'ai comme qui dirait abusé sur la quantité d'artifices.

Le mauvais côté : au lieu de dîner, je suis bonne pour recommencer.

Le bon côté : j'adore ça et il me reste assez de boules et de colifichets pour décorer tous les arbres de Noël de Paris !

Toujours tirer le meilleur parti d'un événement !

— Elle a osé te refaire le même coup que l'an dernier ?

Mon absence de commentaire ainsi que mon soupir répondent à la question de ma cousine. Elle est venue me retrouver sur mon lieu de travail pour me proposer de déjeuner avec elle.

— Et celui d'avant et encore avant ! Ce n'est pas à toi que je vais apprendre comment elle est, pas vrai ?

Fiona acquiesce en rejetant son épaisse chevelure frisée derrière son épaule. Elle et moi sommes proches depuis toujours, mais différentes physiquement, car elle arbore un teint mat qu'elle tient d'un père guyanais. Ma tante Françoise et mon oncle Yves forment, avec Fio et Patrick, son frère, la famille parfaite. Celle que l'on voit sourire dans les publicités pour le Nutella. Mon obsession, modeste, pour la célèbre pâte à tartiner tire probablement ses origines de là... Voilà une piste à étudier, le jour où je prendrai rendez-vous chez un psy. Durant notre enfance et notre adolescence, Fiona a pu constater à quel point j'étais mal lotie, question famille.

— Viens à la maison ! Plus on est de fous, plus on rit ! On reçoit les parents de Marius. T'ai-je dit qu'ils lui ont offert de reprendre leur affaire ?

Quel drôle d'assortiment ! songé-je. Fiona est une végane convaincue, doublée d'une militante acharnée depuis l'accident de chasse de mon grand-père, alors que son homme est boucher et apparemment fils de bouchers. Comme quoi, l'adage qui veut que les contraires s'attirent n'aura jamais été plus à propos que dans son cas.

Je termine de rédiger un dernier mail et éteins mon ordinateur. Puis, avachie au fond de mon siège en similicuir, j'observe ma cousine d'un air dubitatif.

— Non, je ne crois pas que ce soit une bonne idée. Je préfère vous laisser en famille. Et…

Fio se penche vers moi et m'interrompt d'un coup sur l'épaule.

— Pourquoi t'as fait ça ? lancé-je en me massant le bras.

— Parce que tu dis de ces bêtises, parfois ! Tu ES de la famille, triple andouille ! Alors, ne me sors pas que tu vas nous laisser en famille !

— Ce que je voulais dire, c'est que vous serez avec les parents de ton fiancé. Je me sentirai de trop.

Accessoirement, si la soirée se termine en pugilat boucher vs *végane, je n'y serai pas mêlée.*

Fio pose le postérieur sur le coin de ma table de travail, écrasant sans vergogne l'un de mes dossiers en cours. Les bras croisés, elle rive les yeux sur moi et me juge sans complaisance.

— Tu sais ce qui m'énerve, chez toi ?

— Non, mais tu vas éclairer ma lanterne, je suppose.

— En effet ! Ce qui m'agace réellement, c'est cette façon que tu as de te mettre en retrait. À croire que tu aimes cette solitude, dont pourtant tu te plains à longueur de temps.

— Mais je ne suis pas seule, enfin ! J'ai Sergio ! protesté-je.

Fio part alors dans un fou rire incontrôlable qui en serait presque vexant, si je ne la connaissais pas.

— Oh ! arrête avec ton « doux Sergio », répèteelle en imitant ma voix. Ça en devient pathétique de t'accrocher à cette pseudo-relation.

— Tu es méchante, Fio ! Au moins, j'évite les complications avec lui.

— Tu m'étonnes ! La moitié du temps, il est en vadrouille, et l'autre tu le traites à ce point comme un pape qu'il n'aurait aucune raison d'aller se plaindre, s'il le pouvait. En retour, tu as droit à quelques moments de tendresse, et tout le monde est content. Il aurait mieux valu que tu adoptes un chien pour te tenir compagnie !

Ça y est, je suis vexée. Je le suis parce que Fiona n'a pas tort dans son raisonnement, mais que je refuse de l'admettre à voix haute, encore moins en public. Ce que j'ai me suffit, il n'y a pas à revenir là-dessus.

Je me lève et la bouscule tant j'ai été brusque dans mon mouvement.

— Bon, on y va ?

— Pardonne-moi, ma puce, chuchote-t-elle, penaude, en se redressant. Je t'ai blessée alors que ce n'était pas mon intention.

— Ce n'est pas grave, réponds-je en replaçant correctement mon dossier, froissé par son popotin.

Fio s'avance alors et m'entoure les épaules de son bras, avant de coller le front à ma tempe.

— Tu es la sœur que je n'ai jamais eue, ma Lulu. Je ne veux que ton bien.

Je lui souris.

— C'est pour cette raison que je ne t'en tiens pas rigueur, et ce, même lorsque ta franchise est brutale.

Satisfaite de signer l'armistice après un début de guéguerre, Fiona m'oblige à pivoter en direction de la porte, et m'assène une claque sur les fesses.

— Sur ce, allons manger et, si on fait vite, on aura

même le temps de commencer nos emplettes de Noël. J'ai quelques idées pour ce brave Sergio !

Il est pratiquement 20 heures. Je suis encore au bureau, occupée à finaliser un contrat pub avec une nouvelle agence partenaire.

À presque trente ans, vingt-huit pour être précise, je travaille pour l'entreprise You and I depuis six ans. Je l'ai intégrée peu de temps après la fin de mes études supérieures. Au départ, la société avait pour but d'aider les personnes seules à se rencontrer via une application Internet. Puis, nous avons évolué avec une proposition de speed dating. Comme le concept n'était pas très novateur, beaucoup de concurrents étant bien plus avancés que nous dans ce secteur, nous avons eu l'idée de mettre en place des stages culinaires, sportifs et culturels, au cours desquels des célibataires pourraient faire connaissance, tout en ayant l'assurance d'avoir déjà un point commun.

Cependant, la nouveauté qui a vraiment fait décoller notre chiffre d'affaires, et à qui nous devons notre prospérité économique actuelle, a été l'organisation de voyages au bout du monde avec notre désormais célèbre devise : « et plus si affinités ».

Je me rappelle encore du soir où cette idée lumineuse m'est venue. J'étais seule, confortablement installée dans mon canapé en train de regarder *Les Bronzés*, et je me suis dit « Bingo ! » Quoi de mieux qu'un cadre différent (et pourquoi pas idyllique ?), des activités fun développant la complicité entre les participants (voire un malentendu) pour que la mayonnaise prenne. Après tout, l'alchimie entre deux êtres, c'est un peu comme le mélange heureux de deux ingrédients en cuisine.

Pleine d'enthousiasme et fière de ma trouvaille, je l'ai soumise à ma supérieure, Véronique, dite « Véra ». Sans surprise, elle a aussitôt été emballée par le concept et m'a félicitée pour mon « indéniable talent novateur », en plus de me promettre monts et merveilles, si je lui permettais d'exposer mon idée lors du prochain conseil d'administration.

J'avais alors confiance en elle. C'était, à cette époque, mon modèle de réussite professionnelle au féminin.

Mal m'en a pris, car c'est elle qui en a récolté tous les honneurs. Pour moi, cela a été la première douche froide !

Voici donc la genèse de « You & I et plus si affinités ». Je vous l'accorde, cette histoire est pathétique en plus d'être fortement agaçante, et le pire, c'est qu'elle ne s'arrête pas là. Je fais partie de ces gens qui prennent plus de temps que la moyenne pour apprendre de leurs erreurs.

Bouchée, vous avez dit bouchée ?

Toujours est-il qu'après ça, je suis devenue l'assistante de la nouvelle prêtresse de You and I, et que, loin d'avoir été échaudée par une première trahison, j'ai tendu l'autre joue afin de recevoir une seconde gifle, encore plus retentissante.

Oh ! j'ai obtenu une promotion, mais pas celle à laquelle j'aurais pu prétendre, si j'avais eu le courage de dénoncer l'usurpatrice !

Les yeux humides d'amertume, je fixe le mail d'invitation à la soirée d'inauguration. L'entreprise You & I entend fêter en grande pompe, à l'occasion de ses dix ans d'existence, le lancement de sa petite sœur : Together, parce que « Together, it's better ». Leur dernier créneau dans la grande quête du bonheur amoureux. Maintenant, il ne s'agit pas de mettre en relation des célibataires esseulés recherchant tant bien que mal l'âme sœur, mais de consolider les liens d'un couple à la dérive.

Et qui a eu cette idée folle ? Je vous le donne en mille, et la réponse n'est pas Charlemagne. C'est moi ! Le slogan ridicule en anglais mis à part.

Pour être honnête, elle m'est venue alors que je visionnais le film *Mr and Mrs Smith.* Quand j'ai vu un si beau couple se bagarrer et détruire leur si jolie maison, je me suis dit que c'était vraiment dommage de tout laisser partir à vau-l'eau de cette façon. Je devais les aider à se retrouver !

Romantique dans l'âme, vous avez dit ?

Seulement, mon erreur a été d'en parler à Véra (à nouveau), au cours d'un déjeuner informel. Comme un individu clairvoyant aurait pu s'y attendre (ce que je ne suis pas, de toute évidence), celle-ci s'est empressée de me refaire le coup. Excepté qu'elle ne s'est pas contentée d'un poste de responsable concept & marketing en retour, elle a été promue directrice générale de la nouvelle branche, et moi son assistante dévouée. Sortez les cotillons ! Rien que ça !

Pour ma part, j'ai encore du mal à digérer les confettis.

Honteuse de m'être fait rouler dans la farine non pas une, mais deux fois, je n'en ai jamais parlé à qui que ce soit, et surtout pas à Fio, de peur qu'elle me convainque d'empoisonner le verre de gin de Véra.

Une fille, que je reconnais comme appartenant au service juridique, passe devant mon bureau et en profite pour s'arrêter me parler. Je ne suis donc pas la seule à faire des heures sup.

— Salut, Lucie, tu penses nous envoyer bientôt le contrat avec CreateStudio ?

Je délaisse mon écran d'ordi pour la saluer :

— Coucou, Sonia. Je suis dessus, justement ! Je te le fais parvenir avant de partir.

— Génial ! Eh bien, bonne soirée, Lucie !

Je lui souris. En retour, elle m'offre un sourire tout

ce qu'il y a de plus commercial et sans âme, avant de tourner les talons.

Et c'est LuciLE ! Ce n'est pas bien compliqué à retenir, saperlipopette !

Pour en revenir à ma patronne, j'aurais pu la dénoncer auprès de la direction du groupe, mais pour quel résultat ? Cela aurait été ma parole contre la sienne. Et, bien que Véra soit réputée avoir les dents tellement longues qu'elles en rayent atrocement le parquet, elle demeure respectée par ses pairs et écoutée au sein de l'agence. De mon côté, je suis loin de détenir sa cote de popularité. J'en veux pour preuve que mes propres collègues, avec qui je travaille depuis six ans, peinent à se souvenir avec exactitude de mon prénom.

22 heures. Il se fait tard, je décide qu'il est temps pour moi de tirer ma révérence. En plus de ça, je pressens que Sergio va me faire la tête à mon retour. Débordée, je ne suis pas très présente pour lui, en ce moment.

Après avoir éteint toutes les lumières de mon bureau, je fais de même avec celles du couloir et du sapin trônant au milieu de l'open space. Juste à côté, il est impossible de rater l'imposante affiche informant du pot de Noël de demain soir. Une autre épreuve, lorsque l'on songe que Véra adore ce genre d'événement, car c'est l'occasion pour Mme M'a-tu-vue de se pavaner devant un public. Si j'admirais cette femme pour sa carrière, je sais maintenant qu'elle a sacrifié son intégrité et sa morale sur l'autel de son ambition.

Nuit de merde, journée moyenne.

Scotchée à l'ordi, je me remonte le moral en faisant défiler des photos Pinterest sur le thème « déco de Noël ».

— Hello, Lucile !

Je ferme précipitamment la page Internet et attrape mon calepin, mais dans la manœuvre je renverse accidentellement mon mug de café latte sur mon clavier et moi.

Je vide mon stock de mouchoirs en papier pour réparer les dégâts en retenant quelques jurons bien sentis. Je n'ai pas besoin de lever les yeux pour reconnaître le timbre doucereux de la voix de ma patronne. À tous les coups, elle vient vérifier que j'ai bien fait SON travail. Au moins, elle ne déforme pas mon prénom. Cela dit, étant donné la fréquence avec laquelle elle m'appelle pour me distribuer ses ordres et contre-ordres, elle a largement eu le temps d'en intégrer la prononciation.

— Bonsoir, Véra. J'ai vérifié, tout est prêt pour le pot. Le traiteur a livré la commande en temps et en heure, j'ai effectué la réception moi-même. Toutes les tables de la salle de réunion ont été déplacées dans le grand hall. Le D-J est également arrivé. Il installe en ce moment même son matériel. J'ai transmis hier soir au service juridique le contrat dont vous m'avez confié la rédaction. J'en ai une copie ici si vous désirez en prendre connaissance.

Elle ne daigne même pas la regarder. J'enchaîne :

— La maquette des invitations pour février a été envoyée chez l'imprimeur. J'ai tâché de respecter au maximum vos directives, tout en prenant en compte les remarques de notre prestataire.

— Magnifique ! Merci, tu es un ange, ma chère Lucile. Oh ! très joli pull... Dommage qu'il soit tout taché, maintenant !

Menteuse ! Je lui adresse un sourire-grimace, car j'ai parfaitement conscience que mon style vestimentaire n'a pas sa faveur et qu'elle me juge ringarde la plupart du temps. Cette femme a en horreur les pulls de Noël ; c'est la raison pour laquelle je m'interroge sur la raison cachée de son compliment hypocrite à propos de mon renne au nez plus tout à fait rouge.

Tandis qu'elle jette un coup d'œil par-dessus son épaule et referme discrètement la porte vitrée, tout en arborant un air de conspiratrice, mon instinct me dicte de me tenir sur mes gardes. Si c'est un traquenard pour me tuer, afin que je ne révèle rien au grand jour, je n'ai qu'à tendre le bras pour atteindre mon coupe-papier !

— Que se passe-t-il ?

— Tu ne devineras jamais ce que j'ai trouvé dans les affaires de Loïc, hier soir...

Quoi ? Un ticket loto gagnant ? Une couronne d'épines qui lui irait comme un gant, avec sa fourberie ? Un abonnement d'un an pour Ken-Loïc et Barbie-Véra dans une clinique de chirurgie esthétique ?

Sans me laisser le temps d'en placer une, elle poursuit, à la limite de l'hystérie :

— Il est rentré tard d'un dîner professionnel. Dans ces cas-là, il est épuisé et s'effondre sur le sofa, et je lui apporte un verre de brandy. Pendant qu'il le buvait en se relaxant, j'en ai profité pour ranger ses affaires et... disons que j'ai fouillé dans les poches de son manteau. C'est là que je l'ai découverte ! Oh mon Dieu, je n'en reviens toujours pas.

Véra s'évente de sa main manucurée. Elle semble à deux doigts d'une crise d'hypoxie. Ma foi, si elle tombe, je serai partagée entre lui porter assistance ou lui asséner le coup fatal...

— Une bague de fiançailles avec un diamant énorme, Lucile ! Hiiiiiiiii !

À l'entendre couiner, j'imagine aussitôt une souris coincée entre les griffes d'un gros matou. Sauf que Véra n'a rien d'inoffensif, elle tiendrait plus de Lucifer, le chat détestable du dessin animé *Cendrillon.*

Elle me dévisage, attendant certainement une réaction

tout aussi enthousiaste que la sienne. Impossible de lui dire franchement que cela m'en touche une sans faire bouger l'autre (je parle bien entendu de mes jambes).

Je me contente donc d'un banal :

— C'est fantastique ! Quand pensez-vous qu'il fera sa demande ?

Elle réfléchit.

Bah voyons ! Avec sa découverte, elle en a oublié l'essentiel.

— Nous donnons une grande réception pour Noël. Il est le parrain d'une association caritative œuvrant pour les enfants souffrant de... mucoviscidose... Euh, je crois que c'est ça. Mon instinct me souffle qu'il envisage de la faire à ce moment-là. Comme ce serait romantique, ne trouves-tu pas, Lucile !

Mouais... Chacun sa notion du romantisme.

— Très, dis-je entre mes dents serrées.

Elle s'approche alors de moi, arborant l'expression d'une ado sur le point de quémander une rallonge d'argent de poche à ses parents. Ce qui ne me dit rien qui vaille. Avec elle, je m'attends à tout...

— C'est pour ça que j'ai un immense service à te demander. Mieux, je te propose la promotion dont tu rêves depuis des années et qui te revient de droit.

Misère, que va-t-elle me sortir ? Elle a besoin d'un de mes reins, ou d'un autre organe d'ici sa satanée soirée ?

— En échange de... ? me risqué-je.

— Tu dois me remplacer pour la croisière « Miracle Love Boat ». En tant que future directrice générale adjointe de Together, ce rôle te revient, si je ne puis l'assurer.

Quoi ? Mais quel odieux chantage, espèce de vipère !

C'est le plus bas de tous les coups bas qui aient

jamais été portés dans ce monde ! Même Judas avait ses limites ! Véra détient la palme de la perversité.

Le petit sourire qui fleurit sur ses lèvres carmin m'apprend qu'elle est certaine d'obtenir gain de cause. Si j'accepte, j'aurais mon avancement tant promis, mais resterais sa subordonnée. Si je refuse, je deviendrais son esclave, le tout nouveau jouet de ses caprices, et Dieu sait qu'ils sont nombreux !

— Le départ est pour le 25 décembre. Dans cinq jours, Véra !

Mon désarroi ne paraît pas l'atteindre du haut du mont Mépris où elle est perchée. Elle balaie mes arguments d'une pichenette.

— Ne t'inquiète pas ! Tout est déjà arrangé ! J'ai demandé à Lise-Beth de changer le nom de la coordinatrice de la croisière, tes billets d'avion jusqu'à Marseille te seront envoyés dans la soirée. Tes indemnités seront doublées si tu acceptes ce... sacrifice, ma petite Lucile. Je le prendrai comme un service personnel. Et puis, sans mari et sans enfant, avec des parents inexistants, ce n'est pas comme si tu avais une vie de famille...

Reine des coups bas, vous avez dit ?

Je regrette amèrement le temps où je la pensais suffisamment digne de confiance pour me fier à elle en lui racontant mon histoire.

Ahmed, de la compta, interrompt notre conversation en passant la tête par l'entrebâillement de la porte. Tout guilleret, il ne détecte pas l'odeur de soufre qui embaume pourtant la pièce.

— Joyeux Noël, mesdames ! Il est 18 heures, tout le monde n'attend plus que vous pour festoyer !

Véra ne me quitte pas du regard et lève la main pour signifier à Ahmed que le message est reçu.

Je suis coincée. En vérité, non. J'ai le choix entre accepter de partir en catastrophe pour cette croisière, qui est mon idée, à l'origine, mais pour laquelle une autre a récolté tous les lauriers, ou démissionner. Car je ne doute pas un seul instant que si je refuse, cette très chère Véra fera de mon existence un enfer.

— Alors, Lucile ?

Je suis sur le point de conclure un pacte avec le diable.

Au moment de lui donner ma réponse, je crois entendre la sirène du navire, ou bien est-ce le hurlement de ma frustration de ne pas avoir le courage de l'envoyer sur les roses ?

Chapitre 3

Xavier

— Attention, tout le monde ! Coupure pub terminée. Lancement du jingle dans 5... 4... 3... 2... 1... Go !

La maquilleuse achève de me repoudrer le visage, comme si j'en avais réellement besoin. Je garde pour moi la réflexion qui me brûle la langue. Je n'ai déjà pas la réputation d'être un gars aimable, alors, si j'agresse verbalement une pauvre fille en direct sur un plateau TV, j'aurais en prime l'étiquette « misogyne » apposée sur le front et toutes les ligues féministes sur le dos pendant un bon moment !

Je récupère ma place autour de la table. À l'instar des autres participants, j'attends patiemment que le présentateur vedette annonce le contenu de la seconde partie du programme.

— ... Retour maintenant au suspense de cette fin d'année. Que pensez-vous du classement de mi-saison, FX ?

J'inspire profondément, mes narines se dilatent, les articulations de mes mains blanchissent sur mes cuisses.

Connard !

Il sait pertinemment que je déteste ce surnom stupide, digne d'une star de téléréalité. Avant d'expliquer à cet abruti ce que m'inspire son émission et sa façon de la présenter, je me rappelle pourquoi j'ai accepté ce poste de consultant sportif grassement rémunéré.

— Eh bien, si Paris, le leader, domine une fois de plus la compétition avec ses cinquante points, il ne faut pas oublier la montée en puissance de Monaco, le dauphin, ni les belles performances récentes de Marseille et Lyon. À mon avis, la reprise risque d'être haute en couleur, car, si ma carrière pro m'a appris une leçon, c'est bien que dans le football rien n'est jamais gravé dans le marbre.

— Justement... En tant qu'ancien joueur de Ligue 1, vous avez un autre regard sur ce qui est en train de se tramer, notamment côté vestiaires. On parle beaucoup de transferts, au sein des différents clubs, en ce moment. Certains pourraient même changer la donne, on le sait tous. Comment voyez-vous les négociations apparemment en cours entre le PSG et votre protégé, Coloba Kité ?

Là, je vois rouge ! Ce n'était pas prévu au contrat, ce type de traquenard.

— Coloba est un grand garçon et un joueur à l'avenir très prometteur. Même si je l'apprécie beaucoup, sachez que je n'ai aucune influence, quelle qu'elle soit, sur ses décisions. S'il doit signer avec Paris, il le fera en son âme et conscience, et avec l'avis de son staff.

— Oui, bien sûr. Mais tout le monde sait qu'il admire votre parcours, et tout porte à croire qu'il suit vos traces. Ça doit vous faire plaisir, à vous, l'ancienne légende maintenant à la retraite ?

Merci pour le tacle à peine voilé ! Ça mériterait un carton jaune.

Outre l'envie d'en coller une à ce journaliste sportif de mes deux, je fouille dans la case politiquement correct de mon vocabulaire pour en extraire une réponse adéquate. Diego, à ma droite, laisse échapper un son étranglé, signe qu'il s'attend à ce que je saute à la gorge du type. Au moins, cette mascarade a le mérite de faire rire quelqu'un.

À court d'amabilité après des semaines à l'antenne, je ne trouve rien de mieux à dire que :

— Sans aucun doute.

Fais-en ce que tu veux, Thierry !

Malgré sa bêtise abyssale, l'autre comprend qu'il doit changer de sujet et me foutre la paix. Sinon, sûr que nous finirons au zapping de fin d'année, lui à terre et moi en train de l'étriper !

Nous poursuivons avec les notes des matchs de la dernière journée de Ligue 1. Ça va tout de suite mieux. Je suis davantage à l'aise pour commenter le style de jeu des footballeurs ou les performances des différentes équipes durant la compétition, que pour colporter les potins. Un moment, nous blaguons même sur le très attendu classico à venir. Natif de Marseille, mais ancien joueur emblématique du Paris-Saint-Germain, je fais souvent l'objet de railleries sur les plateaux, mais c'est de bonne guerre et je l'accepte.

Plus tard, dans les coulisses de l'émission, Diego m'aborde à la sortie des toilettes. Les récents bruits de couloir me concernant l'intriguent, et mon aptitude à ne rien laisser filtrer de mes intentions ne l'aide pas à percer le mystère des alcôves sportives.

— Au bout de six mois d'antenne, tu t'en tires plutôt bien. Je m'attendais à pire, plaisante-t-il.

Je suis personnellement moins enthousiaste.

J'avance jusqu'à la machine à café et insère ma pièce à l'intérieur. Au moment de me pencher, je croise le regard coquin de la Miss Météo de la chaîne. Je crois que je lui ai tapé dans l'œil. Le problème, c'est qu'elle ne doit pas avoir vingt-deux ans et qu'accessoirement, je ne suis pas libre.

Diego, qui n'a pas ce genre de scrupules, la reluque sans discrétion alors qu'elle s'éloigne.

— Terrible, hein ! Elle me donnerait presque envie de m'intéresser au temps qu'il va faire demain.

Je secoue la tête et récupère ma boisson... que je recrache une demi-seconde plus tard en grimaçant.

— Arf... Il est infect !

Diego s'est écarté in extremis pour épargner ses pompes hors de prix.

— Pourquoi tu ne prends pas celui dans la salle de réunion ?

— Y en a plus, et personne ne sait où sont stockées les nouvelles dosettes.

— Ah... J'en toucherai un mot à Erik. Mais pour en revenir à nos moutons, comment tu te sens ?

Ça, ça renifle la question piège à dix bornes, ou je ne m'y connais pas.

— À quel niveau, exactement ?

— Je parle de ta reconversion, *amigo.*

J'expire profondément en portant un dernier regard à mon gobelet, que je finis par jeter à moitié plein dans la poubelle.

— Vaste sujet ! Pour être franc, la télévision n'est peut-être pas un univers fait pour moi. Je ne colle pas au décor.

Mon aveu provoque un fou rire chez lui.

— Si par-là tu entends que tu es plutôt brute de décoffrage, que tu ne sais pas arrondir les angles ni masquer tes émotions, notamment quand ta seule envie est d'étrangler un mec, je suis d'accord !

— Alors, pourquoi avoir tout fait pour que j'accepte ce poste ?

Je dois vraiment beaucoup l'amuser, car, sans se

départir de son sourire goguenard, il ouvre les bras comme si la réponse était évidente.

— Parce que, premièrement, tu es un pro du foot et que tu maîtrises le sujet. Deuxièmement, tous les téléspectateurs qui ont suivi ta carrière ainsi que tes coups de sang savent que tu as un côté imprévisible. Attendre que tu emplafonnes l'agaçant Thierry les maintient devant leur écran !

Business is business. C'était donc pour ça ? Moi-même, je m'incline devant ce raisonnement. Tout le monde s'accorde à dire que plus une émission fait le show, mieux elle marche. En conclusion, si je tabassais Thierry, je ferais grimper l'audimat en flèche. L'idée me plaît assez.

Diego redevient sérieux. Je devine avant même qu'il ouvre la bouche le motif de ce petit entretien. Comme tous les autres, il veut savoir si ce qui se murmure à mon sujet est vrai.

— Et pour ce qui est de la rumeur en cours ?

J'enfonce les mains dans les poches, en feignant de ne pas comprendre où il veut en venir. Il en faut tout de même plus à un vieux briscard comme lui pour ne pas flairer le scoop.

— Les rumeurs en période de transfert sont monnaie courante, si tu écoutes tout ce qui se dit…

— Arrête ça avec moi, *amigo* ! Je croyais que tu ne désirais plus manager ?

— C'est ce que j'imaginais à l'époque où j'étais si catégorique. Que veux-tu ? J'ai gagné la Ligue des champions deux fois en tant que joueur et une fois comme entraîneur, alors que c'était seulement ma deuxième saison avec l'équipe.

Il acquiesce :

— Tu as eu peur ?

Je confirme :

— J'ai eu peur, oui. Je l'admets sans honte.

— Puis-je savoir ce qui t'a fait reconsidérer la chose ?

Je me passe la main sur le visage et me frotte la barbe. Comme dirait Mel, j'ai un look d'ours en hibernation, ces temps-ci.

— Le gamin, Coloba... Il m'a rappelé le jeune joueur dévoré par l'ambition que j'étais, et ce que ça m'a permis d'accomplir. À l'époque, je ne connaissais pas la peur, j'avais la gagne ! Puis j'ai commencé à changer, et les choses ont tout de suite eu moins de saveur.

— Tu dis ça parce que tu as vécu de sales moments, ces dernières années.

Je m'ébouriffe les cheveux, devenus trop longs. C'est certain que je me néglige depuis plusieurs mois, voire des années, selon Diego. En dehors de la douleur sourde que provoquent en moi certains souvenirs, je me sens mieux. De toute façon, j'ai toujours éprouvé des difficultés à me confier.

J'hésite à poursuivre la discussion, puis lâche malgré tout :

— Ce qui me rassure, c'est que, dans la tempête, j'ai réussi à préserver mes liens avec Mel et que nous sommes maintenant plus proches que jamais. C'est elle la femme de ma vie, en fin de compte. Et nous remontons doucement la pente avec Mélanie.

— Bien. Je suis content de l'entendre, *amigo*. Et côté pro ?

Ah... Mon ami argentin ne perd décidément jamais le nord ; une véritable boussole !

— L'avenir nous le dira, *el Fuego*. J'ignore moi-même de quoi demain sera fait...

Je ne pensais pas si bien dire !

***

Je suis au téléphone avec ma sœur Frédérique. Malgré nos treize ans d'écart, elle et moi avons toujours été proches. Petite, elle adulait son grand frère footballeur. Un frangin dont le portrait s'affichait sur les abribus de la ville et, plus important encore, le long du chemin pour se rendre à l'école.

À présent, c'est à mon tour d'être fier de la femme fantastique et brillante qu'elle est devenue à vingt-cinq ans. Quand bien même un type de ma génération a du mal à définir précisément les mots « influenceuse » et « instagrameuse ». Le principal, c'est que ça marche pour elle.

En attendant, aussi considérable que soit sa popularité, elle ne fait pas décoller les avions cloués au sol par une tempête de neige.

— Ils t'ont renseignée sur l'horaire du prochain vol ?

— Non, malheureusement.

Son copain et elle étaient censés rentrer d'un voyage aux States aujourd'hui, mais les voilà bloqués à l'aéroport JFK, à New York, pour une durée indéterminée. Ce qui ne serait pas dramatique, si nous n'étions pas le 23 décembre et si nos parents n'avaient pas fait le déplacement jusque chez moi pour notre réveillon en famille.

— Mel sera déçue de ne pas te voir. Elle t'adore.

— Je sais... Je suis profondément désolée, frérot. Promis, je ferai tout ce que je peux pour revenir au plus vite.

— Ah oui, et comment ? Tu as un contrôle sur la météo, en plus de tes nombreux followers sur le Net ?

Fred ricane. Je l'entends ensuite s'adresser à son copain.

— Non, tu as raison. L'année prochaine, je serai plus prudente.

— Où est-ce que vous allez loger ?

— La compagnie se charge de nous trouver quelque chose. J'ai envoyé Stan chercher les vouchers auprès de l'agent au comptoir. Dans notre malheur, ce qui nous sauve, c'est que nous sommes en correspondance. Arf... Je regrette tellement de ne pas être avec vous pour Noël !

— Je sais, sœurette... Attends-toi à recevoir un coup de fil des parents, je leur annoncerai la nouvelle demain matin. Tout le monde est déjà couché.

— J'imagine. Ils sont arrivés quand ?

— Hier. Maman a insisté pour que je les accompagne au marché de Noël d'Aix-en-Provence. Ça a été l'enfer !

— Plains-toi, le footeux !

— C'est ça, rigole !

— Non, sincèrement. Ce n'est pas parce que tu ne tapes plus le ballon sur les terrains depuis sept ans que tu n'es plus aimé des gens. Je suppose qu'on t'a réclamé un selfie tous les deux mètres ?

— Et pour soigner ma réputation, je m'y suis plié bon gré mal gré.

— C'est une idée de Mel, je parie !

— Elle soutient que je dois casser mon image de mec sanguin et un peu bourru sur les bords. Je ne vois absolument pas d'où lui vient cette impression.

À l'autre bout du fil, Fred se fout de moi et de ma mauvaise foi.

— Ah bon ? Même pas un peu, Xav ! Si tu m'autorises une remarque, embauche-la pour gérer ta communication ! Elle est toujours d'excellent conseil, c'est une jeune femme dynamique et dotée d'un bon sens inestimable !

Fred ne m'apprend rien que je ne sais déjà. Elle passe les cinq minutes suivantes à me taquiner, avant de changer brusquement de sujet :

— Dis, Xavier, tu te souviens de ce contrat de pub juteux dont je t'ai parlé, il y a quelques mois ?

J'ai beau chercher, j'ai dû occulter cette conversation.

— Ou... Oui... Ben non, en fait...

Fred râle un peu, elle sait comment je suis, pourtant. J'enregistre mieux certaines infos que d'autres. Et son contrat pub en or est passé au travers des mailles du filet.

— Je me demande pourquoi je t'adresse encore la parole ! Tant pis ! En fait, ça m'arrangeait bien de passer le réveillon de Noël chez toi, à Marseille, parce que, le lendemain, j'étais censée embarquer à bord d'un bateau pour une croisière tous frais payés à destination des Antilles.

— Ah oui ? C'est sûr maintenant, j'avais zappé ce détail. Une croisière ? Pourquoi ? Tu t'es reconvertie dans les voyages ?

— Pour être franche, j'ai signé un contrat de publicité avec la société mère, You & I. Je devais couvrir le lancement de leur nouveau séjour à thème sous le label Together. Mon job aurait été de relater l'aventure sur mon blog, et de poster des photos sur mon compte Insta.

Elle me parle chinois, là ! En plus, quelque chose me dit qu'il y a anguille sous roche.

— Comme tu es coincée à New York, ça m'a tout l'air compromis, cet arrangement.

— Pas forcément.

Je m'en doutais...

— Ah oui ? Tu envisages de t'y prendre comment, au juste ?

S'ensuit un long silence, avant que Fred ne largue enfin sa bombe :

— Si tu me remplaçais ? Ils gagneraient un célèbre footballeur à la place d'une influenceuse en vogue.

Ou comment vendre des baskets à un cul-de-jatte !

— Au cas où tu ne le saurais pas, je ne suis pas journaliste, Fred !

— Moi non plus !

— Alors, pourquoi ont-ils fait appel à toi ? Et surtout, pourquoi tu leur as dit oui !

— Parce que j'ai des millions d'abonnés sur les réseaux sociaux, voilà pourquoi ! Et toi aussi. La visibilité serait aussi bonne pour eux, voire meilleure. Et aussi parce qu'ils payent bien. Je ne publie pas des vidéos tous les jours ni ne passe un nombre incalculable d'heures à gérer mes comptes pour la gloire, tu sais.

Dans quoi veut m'embarquer ma tarée de frangine ? Est-ce que j'ai le profil du mec capable de tenir un blog ? J'ignore même comment ça marche, ce machin ! C'est mon agent qui se charge de tout ce bordel, d'ordinaire. Je suis un sportif, pas un geek !

— S'il te plaît, Xav ! Pitié, j'ai déjà touché l'argent et j'ai engagé ma parole. Tu me sauverais la mise, vraiment, si tu acceptais de me remplacer.

— Non, Fred ! Tu oublies que je ne peux pas partir comme ça, sur un coup de tête.

— Pourquoi ? T'étais le roi des coups de tête sur le terrain, dans ta jeunesse.

Elle est supposée être drôle, là ? Ou alors, c'est que je dois manquer d'humour, ce soir.

— Ce n'est pas le moment de jouer la comique, Fred !

— Hum, pardon !

Je m'enfonce dans mon siège avec la désagréable sensation de m'engluer dans des sables mouvants. Entre les supplications de ma sœur et mes propres soucis, je sens poindre un mal de crâne carabiné. Les femmes de ma vie auront ma peau !

— Je te jure, Xavier ! Si jamais la société m'intente un procès, je suis dans la merde. Allez... La famille, c'est sacré. Tu sais que je l'aurais fait pour toi.

Encore heureux que notre conversation soit téléphonique et non par Skype ! Frédérique et sa force de persuasion seraient capables de vendre n'importe quoi à n'importe qui. D'où l'idée des chaussures et du cul-de-jatte !

Elle insiste. Je résiste. Elle me supplie. Je ne plie pas. Elle commence à sangloter. Ma carapace se fendille. Parfois, je regrette de ne pas être fils unique.

— J'ai été là pour toi, quand tu as traversé des moments difficiles. Je ne te demande pas la lune ! Tu partirais dix jours max à bord d'un magnifique paquebot de croisière, direction le soleil. Tu n'auras qu'à m'envoyer tes articles, que je m'occuperai moi-même de publier sur le blog. Si ça se trouve, comme le bateau fait escale à Málaga puis à Tenerife, j'aurai le temps de revenir de New York et de vous rejoindre là-bas. Dans ce cas, tu ne seras parti qu'entre deux et quatre jours ! Prends ça comme l'opportunité de t'octroyer de petites vacances. Ça te donnerait l'occasion de faire le plein, loin du stress. On serait gagnants tous les deux. Allez, s'il te plaît, Xavier...

Un point pour elle. Sous ce nouvel angle, sa proposition ne me paraît plus si farfelue. Une croisière, c'est pas mal...

Mel, de par sa nature si généreuse, comprendrait que je rende service à ma petite sœur, coincée à l'étranger. À mon niveau, j'en profiterais pour faire le point sur ma vie comme l'a si bien suggéré Fred. Même mes parents seraient d'accord là-dessus. Après tout, je l'aurais bien mérité, non ? Ce ne serait pas égoïste, mais pour la bonne cause. Sans oublier que l'émission est en pause durant les vacances de Noël. Je ne manquerais à aucune de mes obligations.

Allez, c'est signé !

Je suis sans doute sur le point de faire une énorme

connerie, mais comme je l'ai affirmé hier à Diego : « Nous ignorons de quoi demain sera fait », alors...

— C'est bon, Fred. C'est d'accord.

— Ouuuaaaaaais !

Bizarre. Le cri de joie de ma sœur se confondrait presque avec le bruit d'un navire quittant le port.

En raccrochant, le doute m'envahit. Fred ne m'a pratiquement rien dit de ce voyage qu'elle me refile à la dernière minute, et moi, comme un crétin, j'ai accepté, après ne lui avoir opposé qu'une faible résistance. Si ça se trouve, je lui ai donné mon accord pour un projet barré comme seule ma frangine les aime. J'en viens à me demander dans quoi je me suis embarqué...

Chapitre 4

Teddy

— Merde ! C'est un vrai labyrinthe, ce rafiot !

Damien, qui ne décolère pas, traîne sa mauvaise humeur tel un boulet accroché à la cheville. Il serait même en passe de remporter la palme du râleur de l'année !

Pendant la brève présentation des différents couples participant à la croisière, il a fait le minimum syndical, point de vue amabilité.

Pour le reste, Louisa, Lucia, Luciole ? La fille de l'agence s'est montrée affable et serviable. En dépit de son sens de la mode unique, elle m'a plu d'emblée par sa simplicité et son petit côté fragile. Ses cheveux roux coiffés en deux couettes et sa sacoche portée en bandoulière lui donnaient des allures d'écolière. Elle est très différente de ce que j'imaginais, quand on se souvient que Pipa, Paola... Paula ? Enfin, celle qui s'était chargée du safari en Afrique du Sud et tenait plus de la poupée Barbie.

Quant au programme, le peu qu'elle nous en a révélé m'a paru alléchant. Malgré tout, ces dix jours de détente risquent de se transformer en torture si nos rapports, avec Dam, ne s'arrangent pas *pronto rapido.*

En parlant du loup, mon grincheux compère s'immobilise soudain en plein milieu du couloir. Chargée comme une bourrique et avançant à l'aveugle, je manque de lui rentrer dedans, ce qui fait aussitôt tinter les clochettes de mon bonnet. Le couvre-chef en travers du front, je fixe Damien, étonnée.

— Pourquoi tu t'arrêtes ? On a pris la bonne direction. La fille a dit de monter sur le pont sup et de bifurquer à...

Il laisse tomber son sac pour saisir le plan du paquebot dans la poche arrière de son jean.

— Je sais ce qu'elle a dit. Mais j'ai la sensation qu'on tourne en rond depuis tout à l'heure. Alors, si tu permets, on se pose deux secondes que j'étudie les lieux !

Un groupe s'approche et ne se prive pas de nous examiner sous tous les angles au moment de nous croiser. Je leur rends la pareille et profite de cette pause improvisée pour réajuster mes affaires. Avec mon sens de l'orientation au rabais, je laisse à Damien le soin de sortir sa boussole. C'est de notoriété publique que je réussirais à me perdre dans un open space.

— OK ! Je sais où on est maintenant et par où on doit passer pour atteindre la piaule. Suis-moi !

Splendide ! Je m'exécute sans me faire prier. Je suis plus qu'impatiente de me prélasser sur un matelas digne de ce nom, après avoir crapahuté toutes ces heures. Dc plus, la journée a été riche en émotions.

Parvenus sains et saufs sur la Terre promise – comprendre : notre chambre –, nous ne perdons pas une minute pour nous installer.

Si j'avais craint que le prix ridicule du voyage se répercute sur la qualité des prestations, je suis rassurée. Même si nous ne logeons pas dans une suite à deux mille cinq cents euros la nuit, cette cabine standard est plus que confortable. Pourvue d'une belle salle de bains, d'un dressing de dimension honorable et d'un espace bureau comprenant également un minibar ainsi qu'un frigo, la pièce affiche une superficie de 15 m^2. De quoi ne pas nous marcher dessus ; une bonne chose, compte tenu de l'ambiance électrique !

Comme moi, Damien essaie de prendre ses marques en effectuant un petit tour du propriétaire. Je constate, un brin contrariée, que monsieur veille à conserver ses distances, éloignant ainsi pour nous la probabilité de fumer le calumet de la paix.

C'est pourquoi, lorsqu'il revient dans la pièce principale, je suis surprise qu'il m'adresse la parole sans commencer sa phrase par « Espèce de vieille morue ». C'est un bon début !

— Cool ! On a deux lits individuels. Tu crois qu'ils ont deviné que nous étions un couple bidon ?

Je soupire, puis j'exécute un pas en avant pour me rapprocher de lui, mais recule aussi rapidement. On n'est jamais trop prudent, et je garde à l'esprit que Damien est toujours susceptible de projeter mon assassinat ; l'instinct de survie avant tout.

— Je suis sincère, Dam. Je suis vraiment, mais VRAIMENT désolée. Au départ, ça me semblait être une super bonne idée. Une croisière pour deux à ce prix. Tu réalises !

Au regard oblique qu'il me lance j'en déduis que peut-être pas... Ou si ? Il hésite, et moi, je doute.

— Non, mais, c'est ma faute aussi, répond-il. Quand tu m'as annoncé « Hé, Dam, prépare tes valises, ma vieille branche, je te paye le voyage », j'aurais dû me méfier, connaissant ton sens de l'organisation. Avec le recul, ça sentait le coup fourré.

— Le coup fourré ?

— Parfaitement ! Aussi fourré que mes Choco Trésor à la noisette !

Oh la comparaison foireuse ! Il m'a pourtant habituée à mieux...

— Mais ça vaut le coup, admets-le, insisté-je.

— Ouais, je le reconnais. Cela dit, cette histoire de prétendre être ensemble, c'est du n'importe quoi ! Je fais comment, moi, pour pécho à bord, maintenant !

Ah mince ! Je n'y avais pas réfléchi. Le programme mojito, piscine, balade entre deux séances chez la psy du groupe, moi, ça suffit à mon bonheur. Seulement, Damien, lui, est vraiment célibataire.

— On jouera au couple libre, voilà tout ! tranché-je.

Dam se frappe le front de la main. J'en déduis que mon plan ne l'emballe pas des masses.

— On va filer du grain à moudre à ta psy avec ça. M'est avis que ça va être un grand moment, la première séance. C'est quand, au fait ?

— On le saura durant la réunion prévue dans le salon machin chouette, annoncé-je en jetant un rapide coup d'œil à ma montre. Dans un peu moins d'une heure.

— Bien ! On a encore un peu de temps devant nous.

J'entreprends alors de tester le confort du lit. En face de moi, Damien attrape la télécommande pour allumer le téléviseur. Il en augmente le son, puis abandonne l'appareil à côté de moi. Je le regarde ensuite s'éloigner en direction de la salle de bains.

— Qu'est-ce que tu fais ? l'interrogé-je, en ouvrant l'application WhatsApp sur mon portable.

— J'ai l'intention de m'enfermer dans les toilettes. La TV, c'est simplement pour couvrir le bruit, me lance-t-il, un grand sourire aux lèvres.

Je lève les yeux au ciel.

Dégainant plus vite que son ombre, il ne faut pas deux sonneries à ma mère pour prendre l'appel.

M'attendant à voir apparaître les visages de mon fils et de mes parents, quelle n'est pas ma stupéfaction de me retrouver face à une image étrange.

— Euh... C'est quoi ce truc ? Maman ? Allô ! Tu m'entends ?

Des bruits étouffés me parviennent. J'arrive quand même à identifier la grosse voix de mon père et les babillements de Liam, mais aucun d'eux n'est visible à l'écran.

Je décide de raccrocher et recommence l'opération, mais le problème se répète.

C'est vraiment bizarre !

J'appelle Damien au secours, car je n'y comprends rien. J'ai pourtant moi-même installé l'application sur le téléphone flambant neuf de ma mère, elle devrait donc fonctionner.

— Quoi ? Qu'est-ce qu'il y a ? J'allais me mettre à l'aise.

Il apparaît, le jean déboutonné et porté bas sur les hanches. Je tourne mon smartphone vers lui et lui montre l'image.

— On dirait une grotte, non ?

Damien se rapproche jusqu'à en loucher. Puis, sans égard pour mes tympans fragiles, il éclate de rire.

— Pourquoi tu te marres ?

Je dois patienter une dizaine de secondes supplémentaires avant qu'il recouvre son calme. Sa crise d'hilarité le plie en deux, et moi, j'ignore toujours de quoi il en retourne.

— C'est pas une grotte ça, Teddy. C'est l'intérieur de l'oreille de ta mère !

— Hein ? T'es sûr ?

Je me penche à nouveau et fixe plus attentivement l'écran. Effectivement, je perçois maintenant les contours du cartilage. Bon sang ! Je hausse le son du haut-parleur.

— Maman ! C'est un appel vidéo. Décolle ton oreille du téléphone que je vous voie !

Un « Aaah bon ! » m'indique que j'ai été entendue, et comme par miracle, trois visages souriants surgissent enfin.

— Coucou, ma chérie ! Vous avez déjà embarqué ?

— Salut man, salut papa ! Bonjour, mon bébé ! fais-je en agitant la main pour répondre à l'enthousiasme de mon fils. Oui, nous sommes sur le bateau, et il est gigantesque ! Dam et moi n'en avons pas encore fait le tour. Nous avons une réunion d'information d'ici une demi-heure. Et vous, ça va ?

Ma mère récupère Liam des bras de son papy pour mieux me le montrer. Je l'ai quitté depuis quelques heures à peine, et il me paraît avoir déjà changé. Un élan de culpabilité s'empare de moi à l'idée de le laisser pendant les dix prochains jours.

— Voilà la terreur ! Constate par toi-même, il se porte très bien ! Il a bu tout son biberon et a englouti sa purée du déjeuner.

— Ah ! Il ressemble de plus en plus à son parrain, ce cher ange !

Damien se tient juste au-dessus de mon épaule et n'arrête pas de faire des grimaces à l'intention du bébé pour le faire rire. Ces deux-là ont déjà une complicité hors du commun, ça promet !

— Salut, Damien. Alors, prêt pour tes vacances ? le questionne mon père.

J'administre un discret coup de coude dans les côtes de mon ami pour l'avertir de la fermer ! Mes parents ne sont pas dans la confidence de mon prétendu super plan, ni Jonathan, d'ailleurs.

Dam ne tréssaille même pas et c'est avec un naturel déconcertant qu'il répond :

— Absolument ! Et vous voulez que je vous dise, ça va être fan-tas-ti-que !

Il en fait un peu trop. D'un autre côté, personne ne soupçonnerait qu'une guerre froide est sur le point d'éclater entre nous.

Au bout de cinq minutes de conversation, Damien s'empresse de regagner les WC. Jonathan choisit ce moment pour apparaître en arrière-plan. Je le dévore des yeux tandis qu'il s'approche. Après des échanges de « bisous » et de « profitez bien », ma mère lui abandonne son téléphone et quitte la pièce.

De l'index, je suis les contours du visage de mon homme sur l'écran. Lorsque ses lèvres s'incurvent pour m'offrir un sourire irrésistible et que les plis autour de sa bouche entrent en scène, je craque complètement.

Il recoiffe ses cheveux bruns en s'installant.

— Hé, salut ma puce ! Comment ça se passe, ce début de croisière avec Dam ?

— Ça va, on prend nos marques. Et toi ? Remis du repas d'hier soir ?

En guise de réponse, Jon se masse les reins à la façon d'une femme subissant les douleurs de l'enfantement. Il maîtrise bien son sujet. Je me moque gentiment de lui.

— Tu ne seras donc plus mon maïeuticien super sexy, mais mon « gros » maïeuticien super sexy. Tu es certain que tu ne m'en veux pas d'être partie ?

— Pas du tout, me rassure-t-il. Je vous souhaite de vous détendre et de nous revenir en forme.

Jonathan s'interrompt brusquement et m'observe avec une attention accrue. Difficile de lui cacher mon état d'esprit, cet homme me connaît trop bien. Il lit en moi comme à livre ouvert. C'est à la fois une bénédiction et une malédiction.

Il reprend, sérieux :

— Teddy... Arrête de t'autoflageller. Personne ne te reproche quoi que ce soit. Ces vacances en solo loin de la maison, tu en avais besoin.

— Oui, c'est ce que tu me répètes depuis le jour où j'ai craqué devant toi. Mais... Voilà, j'ai la sensation de fuir au lieu de me montrer forte et de rester avec vous.

— Tout ira bien. Liam et moi, on saura se débrouiller comme de grands garçons. Tu pars seulement douze jours, ce n'est rien. Et puis, l'important pour nous, c'est que tu ailles mieux à ton retour. Crois-moi, ça ne peut que te faire du bien.

Jon possède tellement d'assurance qu'il arriverait presque à me convaincre de mon utilité au sein de notre famille. En vérité, c'est lui le roc sur qui tout le monde peut compter. Lui affirme que je l'ai ramené à la vie le jour de notre rencontre, et semble parfois oublier qu'il a donné un sens à la mienne.

Consciente que mon attitude est en train de plomber notre discussion, je préfère la réorienter :

— Alors, quel sera le programme de votre semaine entre hommes ?

— Eh bien, pour commencer, nous allons rentrer à la maison d'ici une heure. Une petite soirée bière et pizza entre père et fils devant la télé serait une bonne façon de démarrer les festivités. Quel est ton avis ?

Je me mets à rire en imaginant la scène.

— J'en dis que tant qu'aucun de vous n'invite de filles siliconées pour exécuter un strip-tease sur la table basse du salon, ça me va.

— Si le temps le permet, nous irons nous balader au parc, demain. Je dois également rappeler Peg, pour qu'on se programme une sortie avec les enfants. Tu vois, nous serons bien occupés pendant ton absence. N'aie aucune inquiétude, maman.

Je lui raconte alors notre visite de Marseille ainsi que les exploits de Damien avec l'agent de la location de voitures. Ce qui le fait rire aux éclats.

L'horloge tourne, mais je me refuse à couper la communication. Ce n'est que lorsque Damien se décide à réapparaître que je comprends que nous ne devons plus tarder, sous peine de débouler en retard à la réunion de groupe.

— Teddy ! m'interpelle Jonathan avant de raccrocher. Ce n'est pas parce que Liam et moi pourrons nous débrouiller pendant les jours à venir que tu ne vas pas énormément nous manquer. Notre fils a besoin de sa mère, comme moi, j'ai besoin de ma femme. Alors, vis à fond tes vacances pour mieux nous revenir.

Je lui souris, tandis qu'une larme s'écoule le long de ma joue :

— Je t'aime.

Une lueur taquine brille dans le regard azuréen de mon homme tandis qu'il me répond simplement :

— Je sais.

Bien malgré nous, Damien et moi avons visité tous les recoins possibles et imaginables du paquebot *El Miraculo*. Et c'est justement un miracle qu'on n'ait pas déjà trouvé un cadavre planqué quelque part, le gagnant de la plus longue partie de cache-cache !

Selon mon estimation, si nous combinons l'intégralité de nos neurones, Dam et moi, nous devrions réussir à nous repérer sans lancer de SOS un ou deux jours avant la fin de la traversée.

Le plan entre les mains, nous arrivons enfin à la salle où se tient le pot d'accueil. Une inspection rapide des lieux me confirme que tout le monde n'est pas encore là. C'est bon signe. Ma saleté de meilleur ami et moi ne sommes donc pas les seuls imbéciles à nous perdre dans ce bateau gigantesque.

Ce type de réunion a un air de déjà-vu pour moi. Cela me rappelle mon safari et son « plus si affinités ». À l'époque, j'avais occupé l'heure à reluquer Jonathan, malgré mon refus d'admettre qu'il me plaisait déjà. La trouille d'aimer peut être un puissant anesthésiant du bon sens.

En fins stratèges, Damien et moi prenons place sur les chaises de la rangée du milieu, ni trop devant avec les premiers de la classe, ni tout au fond avec les cancres.

Le nombre de participants grossissant à vue d'œil, j'estime que nous serons bientôt au complet. Non loin de nous, je reconnais notre principal contact de l'agence Together, la dénommée Louisa, Lucia… ou… bref, je ne m'en souviens plus.

Victime d'un coup de chaud, je déboutonne mon gilet qui révèle mon super T-shirt floqué Team Gopher, sous la photo du personnage de la série *La croisière s'amuse*. Damien, quant à lui, porte celui à l'effigie du Captain Stubing. Les nouveaux Dupont et Dupond.

Le mauvais goût ne tue pas, comme on dit. Ou est-ce la honte ? Je ne sais plus…

À côté de moi, Damien semble avoir repéré quelqu'un, car il se tord presque le cou pour mieux l'apercevoir. Curieuse, je l'imite et ne tarde pas à remarquer l'objet de son attention.

— C'est qui ? Je crois que sa tête me dit un truc, mais je n'arrive pas à mettre le doigt dessus… C'est un participant, tu penses ? Hum, il a l'air d'être tout seul, bizarre…

Bien trop absorbé par son examen appuyé, Damien met un peu de temps à me répondre.

— Franchement, j'ignore avec qui il souhaite recoller les morceaux, mais je suis prêt à supprimer sa femme pour repartir avec ! Il doit faire quoi ? Un mètre quatre-vingt-dix, pour quatre-vingts... Allez, quatre-vingt-cinq kilos de muscles. Tout à fait mon genre !

— Parce que tu as un genre toi, maintenant ? Hum... Beau brun, cheveux ni trop longs ni trop courts. Petite barbe entretenue de quelques jours. Je te l'accorde, il est pas mal, même si j'ai mieux à la maison, me vanté-je. Il ne te reste plus qu'à vérifier son identité avant de te positionner dans le rang.

Damien se mord la lèvre en fronçant les sourcils. À tous les coups, il tente de faire fonctionner son fichier spécial beaux mecs.

— Attends ! Ça y est ! Si sa tête ne nous est pas inconnue, c'est parce qu'on l'a vue à la télévision, pas plus tard que l'an dernier. Oui, c'est ça ! Il commentait la Coupe du monde ! C'est un ancien footeux. Punaise, voilà une bonne raison de taper à nouveau dans le ballon, souffle Dam, comme si c'était une idée de génie.

— Une star ? Qu'est-ce qu'il ficherait ici ? m'étonné-je.

— Alors là, prout... Rah ! Je te déteste, Teddy. Si ça se trouve, il a fait son coming out et n'attend plus que l'occase du siècle, moi en l'occurrence. Explique-moi comment je peux m'y prendre pour profiter de cette croisière en faisant semblant d'être marié avec toi, sale morue !

Ça y est, c'est reparti pour un tour...

— Chut ! Quelqu'un pourrait t'entendre.

Je n'ai pas terminé ma phrase que la femme de l'agence, dont je ne parviens toujours pas à mémoriser le prénom, entre dans la pièce. Elle m'offre une diversion à la vindicte de Dam.

— Ferme-la et écoute, c'est important ! grommelé-je.

— Oh ça va, hein ! me chuchote-t-il en réponse. Pas de leçon à me donner, espèce de mégère. Sale petite sournoise, dissimulatrice, radasse, crevarde, Mata-Hari !

Mon Dieu, faites qu'il la boucle !

Une participante nous a entendus et nous fixe, médusée. Inutile de détenir une boule de cristal pour lire dans ses pensées : elle s'interroge clairement sur les motivations de notre présence ici. À sa place, je ne nous donnerais aucune chance de sauver notre couple.

Si elle savait...

Mon pied en lévitation au-dessus de celui de Damien, en guise d'avertissement, je souris bêtement à notre voisine de siège et agite la main comme une demeurée.

Dam et sa grande bouche risquent à terme de nous faire expulser.

Dites, c'est légal de balancer des escrocs à la mer ?

Passé ce moment gênant, et soulagée que Damien daigne enfin fermer son clapet, je peux prendre des notes sur ce que ce sera notre séjour. Un bref coup d'œil à notre star du foot, installée tout à gauche de la rangée du fond, m'indique que je ne suis pas la seule à me montrer studieuse. Il n'en finit plus de griffonner sur son cahier. Il nous rédige un article détaillé, ma parole !

Quoi qu'il en soit, tout ce qu'il y a à retenir, c'est que nous ne manquerons pas d'activités pendant la traversée. Il y en aura pour tous les goûts si j'en crois Loui... la fille.

— Mesdames et messieurs, encore une fois, c'est avec un immense plaisir que nous vous accueillons à bord *d'El Miraculo* pour une croisière tout ce qu'il y a de magique et de... miraculeuse !

Damien ricane :

— Elle était facile celle-là !

J'en conviens.

La femme reprend, sous les applaudissements de l'assemblée :

— Je tiens également à remercier mons...

Elle hésite, farfouille dans ses papiers.

— Ah oui, monsieur... Fré... Frédéric François ?

Consciente qu'il y a sans doute erreur sur la personne, elle marque un temps d'arrêt. Et là, en plus d'attirer l'attention de tout le monde sur notre star du foot restée jusque-là en retrait, l'annonce provoque un énorme fou rire général, auquel le dénommé Frédéric François[1] ne participe pas. Je dirais même qu'il est contrarié, à en juger par les plis sévères sur son front.

De son côté, la pauvre organisatrice renvoie l'image de quelqu'un qui ne souhaite qu'une seule chose : disparaître entre les lattes du plancher, d'autant qu'à présent le regard noir du footballeur est braqué sur elle. En dépit de ce petit incident, elle poursuit courageusement :

— M. Fran... çois nous accompagnera durant les différentes excursions et activités, afin de rédiger des articles sur ce nouveau type de voyage. Alors, n'hésitez pas à lui communiquer vos impressions. Je vais maintenant laisser le soin à Georgina, notre hôtesse, de vous expliquer le fonctionnement et les règles à respecter à bord.

Petite et menue, celle-ci attire d'emblée l'attention de ces messieurs. Certains vont dormir sur le pont, s'ils continuent à la reluquer comme s'ils étaient des experts au salon de l'agriculture !

Durant le quart d'heure suivant, Georgina s'attelle à nous énumérer tous les trésors que recèle *El Miraculo*, parmi lesquels je retiens : un terrain multisport sur le pont 12, une piste de jogging en plein air sur le pont 11, en plus d'une salle de gymnastique où je ne compte pas mettre un orteil. En revanche, j'enregistre l'emplacement de la bibliothèque, accessible par le pont 4 (c'est que je

1. Frédéric François est un chanteur-compositeur belge né en 1950.

suis davantage cérébrale, voyez-vous !). Pour le combo barbotage/bronzette sur transat, des piscines flanquées de bains à remous se situent sur les ponts 9 et 10.

Lorsqu'on en arrive aux activités de soirée, je remarque que certains prêtent une oreille particulièrement attentive. Nos chers oiseaux de nuit auront donc le plaisir de profiter d'une salle de théâtre décrite par notre hôtesse comme « majestueuse » et se déployant sur deux étages, d'une discothèque et d'un casino, où il sera possible de dilapider sa paie du mois aussi sûrement que lors d'une virée shopping à la *galeria* du pont 5. Un tableau vraiment idyllique !

Et c'est qui qui a pratiquement payé peanuts *pour tout ça ?*

Un rire diaboliquement radin retentit dans mon crâne de nana dérangée.

Fière de mon sens inné des affaires, je referme mon calepin qui contient toutes mes précieuses notes. J'ai le sourire aux lèvres. Enfin ça, jusqu'à ce qu'il soit question des sujets qui fâchent, comme le planning des séances avec la psy spécialisée dans les thérapies de couple. Là, le disque de la victoire s'enraye un chouïa.

J'évite prudemment de me tourner vers mon compagnon de voyage, cependant il faudrait être sourde, aveugle ou complètement à l'ouest pour ne pas percevoir le ressentiment de Damien.

Affaire à suivre...

Protégez-moi, Seigneur... Je suis vraiment dans la mer... Bip !

Chapitre 5

Lucile

Ça, c'est fait ! Une bonne chose d'accomplie !

Pendant que Georgina donne rendez-vous à tout le monde, au restaurant l'Odyssée, pour le repas de Noël prévu dans une heure, je fais mentalement le bilan de cette première journée. Débutée de manière catastrophique, après un réveillon plus ou moins morose en tête à tête avec un Sergio patraque, elle est bien partie pour se terminer sur une note positive. Pas d'incident à déplorer ni de couac dans l'organisation, hormis le contretemps de Laura, notre *love coach*, au moment d'attraper son vol à Roissy. Et, plus important encore, la clientèle semble emballée à l'idée de ces douze jours de vacances thérapie ; tout est donc réuni pour faire de cette croisière une réussite. D'autant que le programme (dix jours de navigation avec deux escales à Málaga et Santa Cruz de Tenerife, suivis de deux jours à Fort de France) s'annonce prometteur.

Franchement ? Je suis soulagée... Je m'étais mis une de ces pressions sur les épaules ! Un état de nerf qui a eu pour conséquence de me faire bégayer comme une idiote lors de mes prises de paroles. Et que dire de l'épisode embarrassant avec le dénommé Frédéric

François ! C'est pourtant bien le nom inscrit dans la case « presse » !

Alors qu'il s'agissait d'expliquer au groupe son rôle durant le séjour, cette présentation s'est transformée en gag. Sans compter que l'intéressé n'a pas vraiment goûté les moqueries des autres.

Qu'est-ce que j'y peux, moi ? Il n'a qu'à intenter un procès à ses parents !

En revanche, rien à dire question patrimoine génétique ! Force est de reconnaître qu'il a été plus que bien loti, à ce niveau. Il a eu beau s'isoler au fond de la pièce, cela ne m'a pas empêchée de le remarquer. Même avec un autre nom, il ne passerait pas inaperçu, avec un physique pareil. Et que dire de cette imposante carrure ! Parler de magnétisme et de charme brut serait complètement approprié.

Le magnétisme de son charme brut…

Voilà qu'un individu, dont rien ne laisse supposer qu'il m'apprécie (ce serait même le contraire, maintenant), me fait verser dans le lyrisme !

Oh ! sapristi… Le voilà qui approche ! À croire que c'est de penser à lui qui l'a fait surgir.

J'ai le réflexe absurde de me mettre à couvert, comme si une bombe allait exploser. À sa démarche déterminée et son regard sombre de prédateur braqué sur sa prochaine victime, il m'intimiderait presque.

Moi qui ne suis déjà pas grande, j'ai la désagréable sensation de me tasser. D'ici qu'il parvienne à ma hauteur, j'afficherai moins d'un mètre vingt !

Écorcher un nom vaut-il vraiment de s'attirer les foudres d'un colosse ?

Un couple de participants lui coupe involontairement la route pour s'entretenir avec moi. Je n'ai jamais été si heureuse de mettre en pratique mes cours de commerce. Lui ne me quitte pas des yeux. Feignant la décontraction, je joue à celle qui n'a rien vu et souris aux clients. Naturellement, je prends un soin particulier à les renseigner, leur donnant moult détails sur ce que seront la croisière et les consultations avec Laura, quitte à me répéter. Tout pour retarder ma confrontation avec ce journaliste à l'air renfrogné.

Lucide quant à la puérilité de mon attitude, je me rappelle que je serai bien obligée de m'entretenir avec lui, dans la mesure où il est chargé de rédiger un article sur le lancement du nouveau projet de la société.

Gaby et Laurent, mes deux quadras originaires de l'Est, dont je viens de faire la connaissance, repartent enchantés. C'est déjà ça de gagné. Tandis que je les regarde s'éloigner, je me fais la réflexion qu'à les voir ensemble, en train de discuter tranquillement, il est impossible de deviner le motif de leur discorde. Raison supplémentaire pour étudier sérieusement le dossier clientèle dès ce soir, après le dîner.

M. François patiente calmement, pendant que je reçois les premières impressions à chaud des autres membres du groupe. En le dépassant, certains se mettent à chuchoter en lui adressant de drôles de regards. Il est vrai que l'homme est intimidant.

Excepté qu'en l'occurrence, il serait plus question de... D'admiration ? Tiens donc ! Serait-il plus connu que je ne l'estimais ?

Et voilà ! Premières conséquences de mon manque de préparation dans la gestion de ce voyage. Merci pour ce cadeau empoisonné, Véra !

Un duo déserte les lieux en se chamaillant comme un vieux couple : une jolie brune et un grand blond au style vestimentaire étudié. Je consulte mes feuilles volantes et parviens à identifier Théodora Weil et Damien Breteuil. Je me rappelle que Lise-Beth m'avait parlé d'eux. Ils ont bénéficié d'une super promo, afin d'écouler les places laissées vacantes à la suite d'une annulation. C'était sans doute un signe. Je constate que leur fiche n'est pas aussi complète que les autres. Je ne suis donc pas la seule à avoir été prise au dépourvu avec cette croisière de dernière minute.

La salle se vide progressivement et mon estomac se tord.

Je suis à présent seule avec le type. Il n'y a plus personne en guise de rempart, et aucun recoin où me cacher. J'endosse le rôle peu enviable de la souris chétive face à un énorme chat aux griffes acérées. Quoique... la comparaison avec un tigre serait plus proche de la réalité pour décrire celui qui se tient devant moi.

Sans plus de cérémonie, il me tend sa grosse patte... Euh, sa grande main en se présentant :

— Mademoiselle Fargès. Bonjour, je suis Xavier Taggard.

Il possède en prime une voix grave à souhait, qui provoque en moi de délicieux frissons.

M'enfin ! Quelle mouche m'a piquée, aujourd'hui ?

Je réagis avec un temps de retard, trop absorbée par mon examen détaillé et mes conclusions délirantes. C'est donc un peu confuse que je saisis sa main toujours en lévitation au-dessus des fiches que je manque de laisser tomber.

Lorsque ses doigts entourent les miens, l'idée qu'il lui suffirait de les serrer un peu plus pour me les broyer me traverse l'esprit. Cet homme et moi ne sommes décidément pas taillés à la même échelle. De ce fait, je n'ose laisser libre court à mon imagination galopante...

Et je mets une minute de trop pour enregistrer ce qu'il vient de dire. A-t-il parlé d'un Xavier Taggard ?

Qui c'est celui-là ?

Je lui lâche brusquement la main pour fourrer (encore !) le nez dans le bazar de mes documents.

Il n'est nulle part question d'un Taggard... ou peut-être bien que si.

— François-Xavier Taggard, c'est ça ?

Mon attitude penaude, et si peu professionnelle, ne lui échappe pas, et c'est en arquant un sourcil ironique qu'il me rétorque, comme dans cette ancienne pub pour un parfum :

— Oui, c'est moi.

Miséricorde !

La façon qu'il a de me fixer déclenche en moi une intense bouffée de chaleur. Je dois être rouge comme une pivoine. Je n'ai jamais autant regretté mon teint trop clair que maintenant. Si ce M. Taggard continue comme ça, je serai bientôt plus lumineuse qu'un phare dans la nuit !

Je vais vraiment finir par perdre tous mes moyens.

Ressaisis-toi, Lucile. Tu n'es plus une jeune étudiante qu'on effarouche facilement...

— Je suis vraiment désolée. Je... J'ai récupéré le dossier en retard. Et puis, ce matin, je l'ai fait tomber en me préparant, du coup les feuilles se sont mélangées. Ah mais, c'est ça ! Il y avait des annotations. Et puis, il y a aussi l'épisode du café dans l'avion. Vous n'allez pas le croire, mais il s'est renversé pile-poil à l'endroit où était inscrit votre nom. Ça a été l'enfer, toutes ces turbulences durant le vol, pfiou ! D'autant plus que j'ai bien failli le louper, comme Laura, la coach. Au départ, nous attendions un... (je lis mes notes) Frédérique Taggard. Oh ! mince... Frédéri-QUE... Non franchement, quelle méprise ! Il y a eu une erreur, je vous prie de m'excuser pour le moment embarrassant de tout à l'heure.

Il fronce les sourcils, visiblement surpris par mon incontinence verbale. A-t-il seulement compris un traître mot de ce que j'ai dit ?

— Aucun problème. Respirez, vous verrez, c'est utile. Frédérique est ma sœur. C'est elle qui devait vous accompagner. La décision de la remplacer a été prise au pied levé, il y a deux jours. Ce qui expliquerait que vous n'ayez pas été prévenue.

Il pense que je suis une dilettante, c'est évident. C'est qu'il ignore tout de mon parachutage de dernière minute. D'un autre côté, comme je n'ai aucun compte à lui rendre, je ne juge pas utile de lui raconter le chaos que tous ces changements ont occasionné sur ma semaine. Je me sens bien assez ridicule comme ça.

Je tente de rattraper la situation comme une pro expérimentée, et explique plus calmement :

— Les circonstances de ma présence ici sont... disons particulières, et certains détails ne m'ont pas été communiqués comme ils auraient dû l'être. Néanmoins, je suis ravie de vous accueillir parmi nous, monsieur Taggard. J'espère qu'il n'est rien arrivé de grave à votre sœur ?

Les vibrations de son portable interrompent brusquement la conversation. Mon interlocuteur me demande une minute, le temps de sortir l'appareil de sa poche de jean. Après l'avoir brièvement consulté, il le range tout aussi rapidement.

Oui, je suis le moindre de ses gestes comme un faucon sur sa branche.

— Elle est malheureusement toujours coincée à New York à cause de la tempête de neige qui sévit là-bas, reprend-il. Ma famille et moi avons été contraints de nous passer d'elle pour Noël.

Dix secondes me sont nécessaires pour me rappeler le sujet de notre discussion.

— Oh... C'est vraiment fâcheux. J'espère que tout rentrera rapidement dans l'ordre. Donc, si je vous suis bien, vous remplacez votre sœur, Frédérique.

Vous êtes journaliste, vous aussi ? Ou blogueur ? Instagrammeur ? Vlogger ?

Ai-je dit une nouvelle sottise ? Car, j'ai vraiment la sensation de lui avoir parlé en mandarin. Il hausse les sourcils en inspirant profondément.

— Rien de tout ça, soupire-t-il. Je suis un ancien footballeur pro aujourd'hui à la retraite.

Renversement de situation, à l'instant où l'incompréhension change de camp.

— Pardon ?

En quoi un sportif sera-t-il utile pour rédiger un article sur des couples en difficulté, à bord d'une croisière censée relancer leur union ? J'ai à l'évidence manqué un épisode, et pas des moindres.

— Voilà, c'est exactement la réaction que j'ai eue en découvrant l'intitulé du voyage. Je pense réellement qu'il y a une erreur de casting. Ça ne va pas le fa…

— Attendez… On ne vous avait pas prévenu ? m'étonné-je. Qui s'est occupé du dossier presse avec vous ?

— Personne. En tout cas, personne de chez vous. Comme je vous l'ai dit, le changement a eu lieu dans la précipitation, et ma sœur a… omis de me fournir certaines informations, comme le fait que cette croisière est un prétexte pour rabibocher des couples.

Quoi ? Mais comment ose-t-il !

J'inspire un bon coup pour me détendre ; monter sur mes grands chevaux envenimerait la discussion, déjà mal engagée.

— Ce n'est pas un *prétexte*, monsieur Taggard. C'est un cadre exceptionnel et profitable au rapprochement entre deux personnes qui se sont perdues.

D'accord… J'ai en face de moi l'image même du profond scepticisme.

Formidable ! Je n'ose imaginer le contenu de l'article,

si cet homme en est son rédacteur. À mon retour au boulot, Véra aura quelques explications à me donner sur toutes ces modifications de dernière minute, à croire que personne n'avait réellement envie de la faire, cette maudite croisière. Moi la première !

Calme-toi, Lucile. Je vais bien, tout va bien…

— OK… Appelez ça comme vous voulez. Toujours est-il que je ne peux pas rester, je suis déso…

— Quoi ? le coupé-je une nouvelle fois.

Il hausse les yeux au ciel, signe que je l'exaspère au plus haut point. À ma décharge, j'ai la désagréable sensation que ledit ciel me tombe sur la tête.

— Ve… Vous ne pouvez pas faire ça ! ME faire ça à moi ! Ce n'est même plus un faux bond, nous sommes le jour J ! Comment suis-je censée m'y prendre pour vous trouver un remplaçant le jour de Noël ?

Je suis à deux doigts d'une monumentale crise d'hystérie. Si c'est une blague, elle est mauvaise. Excepté que j'ai tout intérêt à me calmer, si je ne veux pas faire fuir ce cher M. Taggard encore plus vite. Déjà qu'il me dévisage comme si j'étais folle !

Je poursuis plus posément :

— Écoutez, je suis navrée de la façon dont tout ceci a été organisé. De toute évidence, vous n'avez pas envie d'être ici et on vous a trompé sur le thème du voyage. Mais nous avons un point commun, monsieur Taggard.

Il hausse un sourcil dubitatif avant de demander :

— Ah oui, lequel ?

J'ai rarement été aussi mal à l'aise. Dans un geste de réconfort ou de protection (tout est tellement confus pour moi), je plaque ma pochette en carton sur la poitrine.

— Nous avons tous les deux été parachutés ici contre notre gré. Ce n'est absolument pas professionnel de ma part de vous l'avouer, d'autant plus que vous êtes journaliste…

Comme il grimace, je rectifie :

— Que vous êtes le frère de la blogueuse contactée par mon entreprise pour assurer la publicité de notre nouvelle offre. Normalement, à cette heure, j'aurais dû être chez moi en train de digérer le repas de la veille. Comme chaque année, ma voisine du dessous serait montée boire un thé en fin de journée pour me faire cadeau de sa dernière création au crochet, et je lui aurais remis le mien. Mais voilà, ma patronne s'est fichue en tête que son petit ami milliardaire allait lui proposer de l'épouser à Noël, et m'a donc demandé de la remplacer au pied levé. Cela n'excuse pas tout, je vous l'accorde, mais vous connaissez à présent les raisons de ma grossière erreur sur votre nom, et de ma surprise quant à votre présence parmi nous.

Il ne me paraît pas convaincu. Je n'ai pas dit mon dernier mot.

— Si vous me laissez tomber maintenant, je risque ma place.

Incertaine que la corde sensible de la compassion trouve un écho en lui, j'ajoute un argument qui m'écœure, mais que je suis contrainte d'employer :

— Sans compter que Véra, ma patronne, peut se montrer impitoyable et qu'elle n'hésitera pas à se retourner juridiquement contre vous, ou plutôt votre sœur. La note risque d'être salée, nos juristes sont parmi les meilleurs. Il faut que vous sachiez que la réussite de ce voyage est capitale pour la nouvelle branche de You & I, comme pour beaucoup de personnes dont je fais partie.

Je perçois la légère note suppliante dans mes propos, mais qu'importe. La fin justifie parfois les moyens. Véra approuverait la méthode. Moi, je suis sur le point de vomir...

Cependant, je constate que ce cher M. Taggard doute de la conduite à tenir.

Je me tais et profite de ce qu'il glisse une main dans ses épaisses boucles brunes pour l'observer.

Hum…

Je ne lui donne pas plus de quarante ans, avec ses petites pattes d'oie au coin des yeux lorsqu'il plisse les paupières comme maintenant, et ses tempes très légèrement grisonnantes. À vrai dire, cet homme dégage une assurance et une maturité attirantes, comme seuls les spécimens atteignant cet âge-là en sont capables, selon moi.

Je vote pour le garder près de moi… Enfin, du groupe, pour les douze jours à venir. Et pas seulement parce que je serais dans le pétrin, s'il décidait de débarquer.

— Très bien, madame Fargès.

Est-ce une capitulation ? Je m'exhorte au plus grand calme pour ne pas tout faire capoter, et lui tends la main.

— Lucile. Appelez-moi Lucile, je serai plus à l'aise.

— Et moi, Xavier. Je préfère. François-Xavier, pour moi, c'est mon père.

Mon soulagement est si immense qu'il pourrait bien exiger que je lui serve du « monsieur Le Pape », je m'y plierais sans sourciller.

— Alors, va pour Xavier !

Un ange ou deux, voire tout le paradis, passent, tandis que nous nous dévisageons. Je resterais bien là à papoter avec lui, car, une fois passé la première impression, sa compagnie n'est pas désagréable, mais une tonne de travail m'attend. Et puis, mine de rien, je commence à avoir très chaud !

— Bien. Euh… Je… Je vais retourner dans ma chambre pour me préparer. Vous avez entendu l'heure du rendez-vous ? Ne soyez pas en retard, on se retrouve là-bas.

Xavier acquiesce en enfonçant les poings dans les poches.

Me sentant observée pendant que je récupère le reste de mes affaires sur la table, je tire sur ma jupe, que je trouve subitement trop courte. Ma démarche est tout sauf naturelle, j'ai la souplesse d'un bout de bois. Je jette un regard par-dessus mon épaule afin de vérifier qu'il est toujours là, et comme c'est le cas (il consulte son téléphone), je m'empresse de réunir mes papiers pour détaler au plus vite.

Le rendez-vous pour le dîner est dans moins d'une demi-heure.

Mes bagages sont encore dans l'entrée de la cabine et, dans la précipitation du départ, je n'ai pas eu une seule seconde à moi pour étudier en profondeur les dossiers clients. Ce n'est toutefois pas cela qui me tracasse le plus.

Excepté mon tricot maison avec mon renne au nez rouge, je n'ai rien de festif à me mettre.

Rien de sexy non plus...

Depuis que j'ai fait la connaissance de ce Xavier Taggard, son visage apparaît régulièrement pour me hanter. Il est vrai que l'homme est un spécimen charmant, et qu'il transpire le mal alpha par tous les pores. Mais, car il y a un mais, peu importe que ma vie amoureuse soit bancale et que ma cousine ait raison à propos de Sergio, je ne suis pas libre de faire des folies de mon corps avec un bellâtre que je viens à peine de rencontrer. Si tant est que lui-même soit tenté – rien n'est moins sûr.

D'ailleurs, pour me le sortir de la tête, j'ai une astuce

toute prête et infaillible : appeler mon doux Sergio. Je le lui ai promis avant mon départ.

Après plusieurs sonneries, je bascule sur la messagerie. Je grimace en entendant ma voix.

Je parle vraiment comme ça, en vrai ? Quelle horreur !

Bip.

— Allô. Coucou, mon chaton, c'est moi. Je suis vraiment désolée d'être partie un peu en catastrophe, ce midi. C'était soit ça, soit je loupais mon vol et perdais ma place. Sinon, je suis bien arrivée à Marseille. J'espère que tu vas mieux de ton côté. Nous avons embarqué sur le paquebot, et tout se déroule comme prévu. Je te rappellerai dans les prochains jours. De ton côté, tu devrais avoir tout ce qu'il te faut, j'ai veillé à faire les courses avant de partir. Fiona et toi, vous allez me manquer. Gros bisous. Moua !

Je suis ridicule !

Je raccroche, arborant un sourire d'une niaiserie affligeante.

L'heure du repas approchant, je m'active pour ne pas me présenter en retard. En tant qu'organisatrice et représentante de la marque Together, cela ferait tache.

Allez savoir pourquoi, je mets un point d'honneur à paraître à mon avantage pour cette première soirée. Dans cette optique, j'attrape dans ma valise une petite jupe portefeuille en tartan écossais, des collants couleur brique et un chemisier safran. J'accessoirise le tout d'un serre-tête assorti à mon haut, pour retenir mes cheveux portés lâchés.

Debout devant le miroir, j'enfile ma paire de babies à talons et tourne sur moi-même, afin d'inspecter ma tenue.

Très bien !

Je suis satisfaite. Il ne me manque plus qu'à apporter

une légère touche de maquillage à mes yeux, et je pourrai y aller.

Tout en m'affairant, je m'interroge sur le type de femme prisée par un homme tel que Xavier. Assurément, il doit falloir posséder des mensurations supérieures aux miennes pour plaire à ce genre d'individu.

Un footballeur…

En toute honnêteté, le foot est un sport que je connais peu. Pour ma défense, je n'ai pas eu de frère pour m'initier, et l'idée de courir derrière un ballon me paraît ridicule ; et pour des millions, n'en parlons pas ! Cependant, je devrais sans doute reconsidérer mon jugement.

Fin prête, je jette un dernier regard à la pièce pour vérifier que je n'ai rien oublié, puis je claque la porte.

Deux couples sont déjà installés lorsque je rejoins les deux tables réservées à notre groupe. J'en profite pour m'intéresser à eux et cerner ainsi plus facilement les personnalités de chacun. Les autres ne tardent pas à arriver, et nous nous retrouvons très vite au complet.

Non, je fais erreur, Xavier n'est pas là. Décision est prise de l'attendre.

Il fait une entrée remarquée un quart d'heure plus tard.

Au moment de prendre place, il s'excuse pour son retard. Lorsqu'un curieux lui en demande la raison, je suis étonnée de constater que Xavier lui explique d'un ton courtois avoir été en communication avec sa sœur, coincée sur la côte Est des États-Unis à cause d'une tempête de neige qui s'éternise.

— Mais j'ai une bonne nouvelle. Il se peut qu'elle puisse attraper un vol et nous rejoigne à Málaga, après-demain, ou bien Santa Cruz un peu plus tard.

Il parle à la ronde, mais s'adresse à moi, car son

regard rivé sur moi est insistant. Je lui confirme la bonne réception de son message d'un bref signe de tête, puis continue ma conversation avec ma voisine de droite.

Je me tiens devant le buffet des desserts, hésitant entre une île flottante et une part de tarte aux fruits rouges, quand je sens qu'on me tapote l'épaule. Mon sourire cède la place à cette grimace typiquement commerciale, dès que je me retrouve nez à nez avec Ghislaine et, derrière elle, son mari Jacques.

C'est bien connu, dans tout groupe, il y a des râleurs, des empêcheurs de tourner au rond. Voilà ce que sont Ghislaine et Jacques, des citrons ! En langage des années 2000, ça signifie des personnes désagréables. Il ne m'a pas fallu plus d'une heure pour les identifier comme tels. J'ignore encore ce qui les a amenés à s'inscrire à ce voyage, mais je suis certaine de ce qui les réunit : ce besoin viscéral d'avoir un avis sur tout et de critiquer inlassablement.

— Ghislaine ! Très bon ce repas, non ? Je ne sais pas quoi choisir pour terminer en beauté. Mais, dites-moi, que puis-je faire pour vous ?

— Hum... J'ai connu mieux. Oui, vous pourriez vous rendre utile, ma petite. Jacques et moi voulions vous faire part de notre déception, quant à la chambre qui nous a été attribuée. Elle est minuscule, mal insonorisée. Tout à l'heure, j'ai entendu les gens dans le couloir comme s'ils étaient avec moi dans la pièce ! Et je la trouve aussi trop excentrée.

Nous sommes sur un paquebot. De quoi pourrait-elle bien être excentrée ?

Je me retiens de lever les yeux au ciel et réponds, courtoise :

— J'en prends bonne note. J'en toucherai un mot à Georgina, pour voir si je peux obtenir quelque chose auprès de l'équipage, afin de vous la rendre plus appréciable et confortable.

Elle grimace plus qu'elle me sourit, et lance un coup d'œil à son mari. Puis elle s'apprête à ajouter quelque chose, mais est coupée dans son élan par l'entrée en scène de Xavier. Il lui adresse à peine un regard et les contourne, son mari et elle, pour placer un éclair au chocolat dans son assiette.

Je me rapproche de lui après leur départ.

— J'ai craint, un moment, que vous ayez changé d'avis, lui avoué-je.

Sa main lévite entre une verrine chocolat-orange et une autre, de couleur verte, que je soupçonne être au kiwi. Il me donne le dos.

— À moins d'opter pour la fuite à la nage, je n'avais pas d'autre solution pour ce soir.

Un petit rire m'échappe. Il n'a pas tort.

Servi, il s'en va précipitamment, m'obligeant à remettre à plus tard notre conversation quant à l'organisation du voyage. Décidément, cet homme est désopilant de muflerie !

Le lendemain – première journée de notre traversée de la Méditerranée –, je prends enfin connaissance des profils des participants. J'emploie la matinée à créer de nouvelles fiches pour chacun d'entre eux. J'y ajoute notamment ce que j'ai pu constater la veille.

Pendant le déjeuner, l'absence de notre star du foot est remarquée par les membres du groupe, que je rassure d'un mensonge qui, je l'espère, ne me retombera pas dessus.

Au dîner, je ne sais plus quoi inventer pour justifier le siège vide de Xavier à table.

Je suis contrariée et inquiète à l'idée qu'il ait changé

d'avis. J'en viens à prier pour que sa sœur trouve un vol et nous rejoigne à Malaga, en même temps que Laura, la *love coach.*

Je passe la seconde partie de la soirée à cogiter, si bien que je ne remarque pas les heures qui filent, jusqu'à ce que mes paupières se ferment toutes seules. J'ai tout intérêt à m'accorder une bonne nuit de sommeil, si je souhaite tenir la route !

Avant d'éteindre les lumières, j'ai une dernière pensée pour Xavier. Ce n'est pas que je sois curieuse, mais je me demande s'il ne s'est pas évaporé entre Marseille et les côtes espagnoles.

Avec le recul, je me reproche de ne pas avoir insisté pour le contacter dans la journée. À vrai dire, je n'ai surtout pas osé.

Je saisis mon portable et fouille dans le répertoire. J'ai mémorisé le numéro figurant sur le dossier, en escomptant qu'avec tous ces loupés, ce soit bien le sien et non celui de sa sœur. Puis, une idée en entraînant une autre, je me surprends à entrer son nom dans le moteur de recherche ; un des avantages d'avoir affaire à une célébrité.

Sa photo apparaît, je le reconnais aussitôt. Cela m'a tout l'air d'être une capture écran de l'émission télé qu'il anime. Le costume cravate lui va comme un gant. Je repère, plus bas, le lien permettant d'accéder à sa fiche Wikipédia. Je suis très tentée de cliquer dessus, mais décide de ne rien faire, dérangée par cette sensation coupable de voyeurisme.

À la place, je reviens à la raison et plonge la chambre dans l'obscurité.

Chapitre 6

Xavier
Jour 3

Rien de mieux pour démarrer la journée qu'un bon footing matinal, capable, en prime, de vous décrasser aussi bien le corps que l'esprit.

Je regagne ma cabine en effectuant de petites foulées dans le couloir. Une fois à l'intérieur, j'ôte mes baskets et fonce à la salle de bains. Je suis dégoulinant de sueur. Rien à voir avec cette pub tournée il y a quelques années, où je ressemblais à une pseudo-gravure de mode après un prétendu entraînement intensif, tout ça pour vendre un déo dont je ne me servais pas moi-même.

Sous la douche, j'essuie le mélange eau-savon ruisselant sur mon visage, et me frotte vigoureusement le corps. Pour détendre mes muscles sollicités par la séance de cardio et les exercices de muscu, j'actionne les jets massants. C'est encore mieux qu'avec le kiné ! Après ça, je suis si relaxé que je suis tenté de me recoucher, mais c'est impossible, je suis attendu. Je n'ai pas le choix, aujourd'hui, je suis la colo de couples en difficulté dans leur escale à Málaga. Un vrai bonheur...

Je stoppe l'écoulement de l'eau d'un geste brusque. Un nuage de vapeur accompagne l'ouverture de la porte de la cabine. J'attrape la serviette chaude sur le radiateur, me sèche sommairement avec et l'enroule d'une main sur mes hanches, pendant que l'autre s'occupe d'effacer la buée sur le miroir.

En m'observant, je m'interroge sur ce qui a pu effrayer cette fille, quand je me suis décidé à me lever pour me présenter à elle. C'en est presque amusant, avec le recul. Sa réaction soulève en moi une multitude de questions.

Je lisse mes cheveux humides et passe la main sur ma barbe, afin d'évaluer la densité du poil. Mon examen m'arrache une grimace.

C'est vrai que j'ai une tête à faire peur !

Au début de notre entretien, cette Lucile ressemblait à un chaton au pelage roux pris au piège par un molosse dans une ruelle sombre. À l'instar du Petit Chaperon rouge, elle s'est certainement figuré que le méchant loup que je suis pourrait ne faire qu'une bouchée d'elle.

N'empêche, c'est vrai qu'elle est minuscule.

Cette fille doit mesurer quoi ? Un mètre cinquante-cinq, voire un peu moins, pour autant de kilos ; un poids plume, en somme, comparé à moi. Et que dire de cette curieuse façon de s'habiller... OK, je suis lucide quant à mon manque de goût par moments, Mel me le rappelle assez souvent, mais je crois bien ne jamais avoir dénombré autant de couleurs sur une seule et même personne ; un vrai patchwork ! Ellc pourrait tuer un caméléon, si ce pauvre malheureux avait l'inconscience de se poser sur elle.

J'en rigole tout seul.

Allez, ce matin, c'est décidé, je rase cette foutue barbe. Si elle confère un certain style à une frange de la population masculine, chez moi, ça tiendrait plus de l'ours brun. Et, manque d'esthétisme mis à part, je la traîne depuis trop longtemps, elle fera donc les frais de mon besoin de changement.

Je tords le cou pour n'oublier aucune zone, et mon regard s'attarde sur la télécommande accrochée sur le mur, à côté du miroir. Soucieux de tester toutes les options de cette suite à deux mille cinq cents euros la nuit, je pose mon rasoir sur le rebord du lavabo pour attraper l'appareil, et appuie sur le bouton « on ». Là, comme par enchantement, des haut-parleurs incrustés dans le plafond – que je remarque pour la première fois – délivrent une musique lounge, tandis que l'écran plat et tactile de quatre-vingt-six pouces, derrière moi, s'allume sur la carte météo de l'Espagne.

Délesté d'au moins un kilo de poils, je traverse l'entrée de la chambre en évitant de me prendre les pieds dans le chariot de mon room service de la veille, direction le dressing.

J'ai presque fini de m'habiller, lorsque le manque de caféine se fait sentir. Je consulte ma montre, il n'est pas encore l'heure de rejoindre les autres. Cela signifie que j'ai le temps de me préparer un expresso que je pourrai siroter en admirant la vue, sans avoir à repasser par la case du petit déj au restaurant. Sans compter que la salle doit être blindée, à cette heure. Tout ce que je déteste.

Mon rire amer résonne dans la pièce. La brochure froissée de l'agence Together gît à côté de la machine à café.

Quand j'y repense, je l'ai en travers de la gorge ! Je ne doute pas que Fred savait ce qu'elle faisait, en gardant le silence sur le thème du séjour. Est-ce que j'aurais accepté de la remplacer, si j'en avais eu connaissance ? Pour avoir traversé le long désert qu'est le passage à vide dans une relation, sûrement que non.

Durant une bonne minute, je me suis demandé

ce que je foutais là. Moi, un asocial notoire, sportif à la réputation de sanguin, et pas littéraire pour un sou, engagé pour couvrir le lancement d'un voyage à l'intitulé ridicule !

« The Miracle Love Boat » c'est ça !

Dix jours à voguer au milieu de l'Atlantique avec des étrangers dont le but est de recoller les morceaux de leur union brisée ; je suis de nouveau tenté de sauter par-dessus bord, là, tout de suite. Je n'ose imaginer la tête de mes proches, si la nouvelle s'ébruitait. Mais elle s'ébruitera, c'est une certitude, avec l'aide de la magie des téléphones portables et des réseaux sociaux comme toujours. Je vois d'ici le titre du torchon...

Pff

Dans ce cas, pourquoi avoir décidé de rester ? Une question pertinente que je me suis posée une bonne partie de la nuit, remettant à plus tard la lecture de mon thriller en cours.

Pour être honnête, hier, j'ai eu l'intention de débarquer, avant d'y renoncer. Parce que j'avais donné ma parole à Fred, peu importe son manque de franchise. Puis, parce que je n'avais pas complètement abandonné l'idée de prendre quelques jours de vacances pour me vider la tête.

Et sans doute aussi parce que le comportement de cette fille m'a intrigué.

Depuis le balcon spacieux, je devine les côtes espagnoles derrière la brume et plus précisément les hôtels gratte-ciel de la ville portuaire de Málaga. De ce que j'ai retenu du programme dévoilé par Lucile pendant la réunion, la journée commencera par la visite du château de Gibralfaro, suivie de celle de l'Alcazaba.

Pour assurer ma mission de grand reporter et justifier ma présence, je n'oublie pas de me munir de mon appareil photo en quittant la pièce.

Sur le pont, j'emplis mes poumons d'un grand bol d'air frais. Après l'interruption de la nuit, les touristes ont réinvesti les coursives. Il y a déjà plus de monde à cette heure que lors de mon footing, effectué au saut du lit.

Trop absorbé lors de mon premier passage, et surtout perdu dans les méandres de mes pensées, je ne relève que maintenant les nombreuses décorations ornant les balustrades et escaliers. Un couple de badauds, coiffés de bonnets de Noël assortis, s'immobilise sous une branche de houx et honore la tradition en s'embrassant. Au moins, ceux-là n'appartiennent pas au groupe de croisiéristes que j'accompagne. Ouais, c'est bon, je sais, je suis mauvaise langue.

Inspiré, je capture la scène avec mon appareil, puis continue mon chemin, le long duquel des personnes me jettent un regard incertain. Ils se demandent sûrement si je suis bien celui auquel il pense, quand bien même je ne serais plus que son ombre...

Je profite du panorama depuis l'un des nombreux ponts que compte le paquebot. De mon nouveau poste d'observation, j'aperçois nettement la ville. Je capte également les conversations d'anonymes qui, après avoir déserté le copieux petit déjeuner servi en salle, discutent du programme de la journée.

— Vous n'avez donc pas disparu. Où étiez-vous passé ?

Cette voix ne m'est pas inconnue. Étrangement, elle provoque l'apparition d'un sourire sur mes lèvres sans que je parvienne à en identifier la raison.

Je pivote pour découvrir, sans surprise, Miss Minipouce, les mains sur les hanches, l'air sévère et la crinière au vent. Il fallait s'y attendre, côté look, elle est encore plus colorée qu'avant-hier ; cette fille n'aurait pas supporté l'époque du noir et blanc.

— Alors, je vous écoute ?

Le Petit Chaperon rouge aurait-il mangé du lion au réveil ?

D'une, la dernière fois qu'on s'est adressé à moi sur ce ton, j'avais à tout casser huit ans et il s'agissait de ma mère. De deux, le chaton effarouché de notre première rencontre n'a apparemment plus peur du gros chien.

— Bonjour. À vrai dire, j'avais l'intention de renoncer à cette croisière en votre compagnie. D'où mon besoin de vous éviter, vos clients et vous, hier.

À sa réaction, je comprends qu'elle attendait plutôt que je lui serve une excuse bidon (genre, un malaise), au lieu de ma réponse directe. Elle apprendra que je ne suis pas homme à me défausser.

— Vous ne pouvez pas ! Attendez... Vous avez employé l'imparfait. Dois-je y voir un espoir de vous faire changer d'avis ?

— Inutile...

— Alors c'est comme ça ! Après tout ce que je vous ai confié l'autre jour, vous me lâchez, sans même songer aux conséquences ! Je pensais que nous avions conclu un accord ? Que vais-je pouvoir dire à Véra ? Miséricorde, juste au moment où tout s'arrange...

Je retiens un soupir d'exaspération. Cette fille a le débit d'une mitraillette et il n'est même pas 9 heures du matin !

— Si vous me permettiez d'en placer une, vous sauriez qu'il est inutile de me resservir le couplet de la dernière fois. Je resterai jusqu'à ce que ma sœur nous rejoigne à Santa Cruz, dans deux jours.

Le volcan s'apaise et procure des vacances à mes tympans, sans parler de mes nerfs.

— Oh...

— Oui « oh » ! Je vous accompagnerai aujourd'hui à Málaga pour prendre des photos du groupe. Je ferai pareil demain, en prenant des notes pendant les interventions de la *love coach.* Laura, c'est ça ?

Lucile en a perdu l'usage de la voix et se contente d'approuver d'un hochement de tête. Je poursuis, sans crainte d'être interrompu :

— Je préparerai le terrain pour Fred qui, à notre arrivée à Santa Cruz, prendra le relais. De là, je me débrouillerai pour rentrer chez moi, à Marseille.

— Marseille ? J'ai lu sur Internet que vous aviez joué au Paris-Saint-Germain.

Je bloque. J'ai beau creuser, je ne vois aucune incohérence entre habiter la cité phocéenne et avoir porté les couleurs du maillot parisien, il y a presque dix ans. Mais pour elle, apparemment, il y en a une et de taille.

— OK... Mais je ne vois pas la contradiction entre les deux.

— N'y a-t-il pas une réelle inimitié entre ces deux clubs ? N'est-il pas un peu risqué pour vous de vivre là-bas ? Ne vous considère-t-on pas comme une sorte de... vendu ?

Alors ça, c'est la meilleure de l'année !

— Sans vouloir vous vexer, où êtes-vous allée pêcher une idée aussi idiote, sérieusement ? Que faites-vous de tous ces supporters marseillais, vivant en toute impunité à Paris ? Ils ne se baladent pas avec des gardes du corps pour se rendre au stade, que je sache.

Elle a croisé les bras sur sa poitrine généreuse que je m'interdis de mater, et fixe le paysage espagnol d'un air boudeur. Ça y est, je l'ai vexée. Juste retour de manivelle, cela dit, pour m'avoir contrarié. À la vérité, j'encaisse assez les réflexions désobligeantes de mes voisins les soirs de Classico, pour me farcir les siennes, même énoncées en toute innocence.

Si je dois passer les prochaines quarante-huit heures avec elle, autant désamorcer tout de suite la situation, sinon, je sais d'expérience que les femmes sont capables de vous faire endurer un véritable enfer lorsqu'elles l'ont décidé.

— Et vous, Lucile, quelle équipe soutenez-vous ?

Elle hausse les épaules. Je m'attends à ce qu'elle m'envoie sur les roses, mais elle finit par me balancer le premier nom qui lui vient à l'esprit, à mon avis :

— Monaco.

Je tape dans les mains.

— Ben voilà, c'était soit ça, soit Auxerre. C'est ce que répondent tous les lâches qui ne veulent pas s'engager !

Ses yeux s'ouvrent en grand, sa mine se décompose. Elle est à la fois comique et... ravissante. Je pourrais prendre plaisir à la provoquer rien que pour la jouissance de ces différentes réactions. Ses émotions se lisent sur son visage avec une facilité déconcertante.

— N'importe quoi ! Ça vient d'où, ça ? Vous exagérez, Xavier !

Je la nargue :

— Pas plus que quand vous suggérez que le vendu que je suis est suicidaire de s'être installé dans le Sud, où il a par ailleurs grandi.

Là, je lui ai coupé le sifflet, elle ne trouve plus rien à dire. Elle préfère réorienter la conversation :

— Vous auriez pu me prévenir de vos absences au déjeuner puis au dîner. J'ai raconté aux autres que c'était parce que vous aviez un dossier important à régler avec vos agents.

— Mes... agents ? Et sur quoi, au juste ?

— Je ne suis pas entrée dans les détails. Ce sera à vous de broder, aujourd'hui, face aux curieux. Ils voulaient savoir si ça avait un rapport avec une certaine colo machin. Vous faites décidément dans les voyages, en ce moment !

Madame ironise, alors qu'elle vient une nouvelle fois d'écorcher le nom d'une star montante du football et l'un de ceux sans qui nous n'aurions pas remporté la dernière Coupe du monde. Quand je disais qu'elle n'y connaissait rien en foot !

— Je suis désolé que vous ayez eu à mentir pour me couvrir. Je m'expliquerai tout à l'heure, si on me le demande. Quant à vous contacter, encore fallait-il que j'aie votre numéro. Ce qui n'est pas le cas.

Et voilà qu'elle se met à rougir !

— Ah oui, c'est vrai.

Je l'observe en train de fouiller dans sa besace aussi discrète que son bonnet en laine multicolore, c'est dire ! Elle en sort son portable et pianote brièvement sur l'écran. Le mien vibre dans la poche intérieure de mon manteau moins de deux secondes plus tard. Je vérifie.

J'ai reçu un SMS de... Lucile. Elle a donc une longueur d'avance sur moi. Intéressant...

Je reporte mon attention sur elle, et me contente de hausser un sourcil interrogateur en la fixant. Elle vire à l'écarlate, comme ces affreux collants à carreaux qu'elle porte, et auxquels son teint est désormais assorti.

L'organisatrice autoritaire serait-elle sur le point de céder la place à une jeune femme adorable ? Autant être franc, je préfère cette version de Mlle Mini-pouce.

— C'est un Nikon D500 ?

Elle change à nouveau de sujet. Je ne m'y oppose pas. Contrairement aux apparences, le but de mon séjour n'est pas de me la mettre à dos.

Je glisse la main sous l'objet de valeur suspendu à mon cou par un épais cordon.

— Non, le D850. Avec cette pépite, vos photos auront un rendu pro, je peux vous le garantir.

— C'est parfait ! Avec votre accord, nous pourrons

utiliser vos clichés, s'ils sont réussis cela va de soi, pour la prochaine brochure pub.

Ses paroles tombent dans l'oreille d'un sourd. Plus loin, un mouvement suspect a attiré mon attention. Je regarde par-dessus son épaule et aperçois un groupe de touristes qui nous fixe avec insistance. J'ai un mauvais pressentiment, qui se confirme au moment où l'un des types dégaine son portable pour nous photographier. Sans réfléchir, je saisis Miss Mini-pouce par le coude et déserte le pont avec elle, sans demander mon reste.

Nos jambes n'ayant pas la même longueur, j'ai la sensation de la traîner derrière moi comme un petit paquet encombrant.

Est-ce qu'elle le prendrait mal, si je la basculais sur mon épaule comme un vulgaire homme des cavernes ?

Je ne m'arrête qu'une fois certain d'avoir suffisamment distancé le paparazzi. Comme on pouvait s'y attendre, Lucile est furieuse.

— Que vous arrive-t-il ? Vous m'avez fait mal, à me serrer le bras comme ça !

Ses yeux me lancent des éclairs, tandis qu'elle réajuste ses vêtements. J'inspire profondément en me pinçant l'arête du nez.

— Excusez-moi. C'était ça ou nous finissions à la une d'un journal à potins.

— Pardon ?

Comment lui expliquer ce qu'implique de ne pas avoir ou presque de vie privée ?

En scrutant la foule autour de nous à la recherche d'un autre danger potentiel, je constate que plusieurs membres du groupe Together sont déjà réunis dans le hall, à l'étage en dessous.

— Laissez tomber. Je suis vraiment désolé de vous

avoir obligé à courir. Sinon, je crois que vos clients vous attendent en bas.

Suspicieuse, elle se retourne pour vérifier mes dires et les repère à son tour.

— Très bien. Mais nous en reparlerons plus tard. Si, bien sûr, vous ne vous volatilisez pas au cours de la journée.

Je me penche lentement vers elle et articule chacune de mes paroles pour qu'elles s'impriment bien dans son esprit. Je refoule un sourire en constatant l'accélération de sa respiration, combinée à la confusion induite par notre proximité. Je peux même sentir son souffle chaud sur mes lèvres fraîches.

— Je ne suis peut-être pas convaincu par la réussite de votre concept, mais je vous ai donné ma parole de ne pas vous laisser tomber, et je n'en ai qu'une, Lucile. J'attendrai l'arrivée de ma sœur pour prendre le large, en vous souhaitant le meilleur à vous et aux autres, dans la vaste entreprise de rabibocher d'anciens amoureux en dix jours chrono. Sommes-nous d'accord ?

La bouche ouverte sans qu'aucun son n'en sorte, elle acquiesce, avant de se libérer et de partir.

Je la regarde s'éloigner, une étrange sensation au ventre.

Sublimé par un éblouissant soleil d'hiver, le paysage de Málaga est époustouflant.

J'ai quitté le groupe et son guide pour me balader en toute tranquillité dans les somptueux jardins de l'Alcazaba.

Avec sa position dominante, au sommet d'une colline surplombant la ville, le palais offre une vue extraordinaire sur une mer azur et le port en contrebas. Je me déplace, afin de prendre plusieurs clichés. L'agence pourra se targuer d'avoir le choix.

Alors que je vérifie le résultat, l'un d'eux me rappelle que j'ai un jour posé en compagnie de Mélanie devant ce paysage de carte postale. Nous étions heureux, en ce temps-là, enfin je crois... Mais plutôt que de me laisser submerger par les souvenirs, je préfère éteindre l'appareil et ferme les yeux en inspirant profondément. J'ai toujours aimé l'odeur des embruns : fraîche et sauvage.

— Xavier. Un problème ?

Lucile.

J'ai comme la vague impression que nos rapports se résument au jeu du chat et de la souris depuis ce matin. Je disparais, elle me débusque, le tout sans que ça me mette véritablement en colère. À croire qu'il y a quelque chose chez cette jeune femme qui me pousse à fuir sa compagnie tout en la trouvant agréable, c'est vraiment déroutant.

Je me retourne et la fixe sans rien dire. Elle s'approche et découvre le décor. Je lui demande enfin :

— Ça y est, la visite est terminée ?

— Non. Je vous cherchais, c'est tout.

Ses yeux, d'un bleu saisissant, me considèrent avec application et paraissent vouloir pénétrer mon âme pour en percer les secrets. D'habitude, je me méfie des personnes trop curieuses, mais elle dégage trop d'empathie, mêlée à une bienveillance évidente, pour que je l'écarte sans ménagement.

— Ça fait un moment que je vous observe, vous sembliez perdu dans vos pensées.

Ce petit aveu lâché en toute innocence ne passe pas inaperçu, il me donnerait même à méditer. Cette femme s'avère comme l'embrun que je respirais tout à l'heure : d'une rafraîchissante spontanéité. Néanmoins, je choisis d'éluder sa question :

— C'est magnifique, n'est-ce pas ?

Elle se rapproche de moi.

— Oui, c'est le moins qu'on puisse dire. Je ne connaissais pas Málaga. Dommage que nous n'y restions qu'une journée.

— Je suis d'accord. Il y aurait beaucoup à voir.

— Vous êtes déjà venu ici ?

Je m'écarte de la rambarde et contourne un arbre pour mettre de la distance entre nous.

— J'ai effectué une partie de ma carrière en Espagne.

— Oh ! je l'ignorais. Laissez-moi deviner... Au Ral de Madrid.

Je m'étouffe presque en retenant un éclat de rire.

— Non, l'autre équipe vedette du pays : Barcelone. Et pour info, ce n'est pas le « Ral », mais le « Real de Madrid ».

Elle hausse les épaules en laissant dériver son regard sur l'étendue bleue.

— Après le déjeuner, nous irons nous balader du côté du marché de Noël. J'ai prévu une surprise pour tout le monde, ce sera amusant.

J'évite de lui faire part de mes doutes pour ne pas doucher son enthousiasme, mais un élément, dans toute cette mise en scène, me taraude.

— Pardonnez-moi, mais je me pose une question. Comment est-ce que des visites touristiques sont susceptibles d'aider ces couples à se retrouver ? Je ne vois vraiment pas du tout à quoi sert tout ça.

Alors que je viens d'exprimer mon scepticisme à voix haute, son visage de petite poupée en porcelaine s'illumine. À n'y rien comprendre. J'aurais plutôt cru que l'adorable chaton se transformerait en tigresse et montrerait les crocs.

— Mais c'est justement là que réside le secret ! Pour beaucoup d'entre eux, les liens se délitent à cause du train-train quotidien, de la fatigue et d'une envie sous-jacente de bouleversement, de renouveau ! Chez

You & I, nous estimons que de casser cette routine en leur permettant de fuir ailleurs, loin de chez eux et des tracas, peut aider à reconstruire une dynamique positive ! Le but, c'est que ces couples redécouvrent le plaisir d'être ensemble et la complicité des débuts. Partir en voyage est l'un des meilleurs moyens d'y parvenir, et les activités qu'on leur propose contribuent à rétablir la communication. Parce que, souvent, la faille réside en ce point crucial. C'est pour ça que cet après-midi j'organise une chasse au trésor à travers la ville !

OK... Maintenant, je suis encore plus sceptique.

— Donc, si je suis votre raisonnement, une partie de chasse au trésor serait susceptible de sauver une relation ?

Elle souffle en levant les yeux au ciel. Mon entêtement à ne pas la comprendre la désespère, visiblement.

— Pas uniquement, mais c'est un début. Suivez-moi, vous verrez !

Son ton a beau suinter l'assurance, j'en doute fort.

Sitôt le déjeuner terminé, Lucile met son plan à exécution.

J'ai un mal fou à avancer tellement il y a de monde pour assister aux concerts de rue. J'en perds la trace de Miss Mini-pouce, et sa taille ne m'aide pas à la repérer.

Partout dans la ville sont placardées des affiches annonçant la prochaine grande fête des Verdiales, organisée chaque 28 décembre pour les Saints-Innocents. C'est l'occasion pour les touristes de se familiariser avec la musique malaguène. Mel était une fan inconditionnelle de cet événement, à l'époque où nous résidions en Espagne.

En cette période festive, une cité comme Málaga est inondée par l'esprit de Noël. Des spectacles se tiennent dans le centre historique, où les notes des guitares se mêlent à celles des violons et des flûtes. Ailleurs, les plus âgés viennent admirer ou comparer d'un œil d'expert les crèches exposées pour le concours, tandis que les plus petits s'émerveillent devant le montage géant des figurines Playmobil.

Une fois le soleil couché, la magie achève de conquérir les visiteurs, quand la ville revêt son fabuleux manteau de lumières, avec ses illuminations dont la renommée n'est plus à faire à travers le pays.

Lucile en est la preuve vivante et parfaite. De stand en stand, son sourire s'agrandit, à l'instar de ses yeux bleus. La voir se comporter comme une enfant impressionnée par ce qu'elle découvre m'amuse et m'émeut. Cette fille possède un petit quelque chose qui la différencie des autres. Ce n'est ni ses choix vestimentaires excentriques et trop colorés, ni son physique de pin-up des années 1960, c'est ce qu'elle dégage : un mélange de douceur et de sex-appeal involontaire qui la rend attirante.

Mais je divague...

Chapitre 7

Lucile

Quelle meilleure période que celle-ci pour ouvrir le cœur des gens et s'adonner au partage !

C'est non sans fierté que j'observe les membres du groupe. Ils m'apparaissent déjà sous un nouveau jour, ils sont plus gais, détendus, et discutent davantage. Des rires complices résonnent, tandis que nous parcourons les étals bigarrés des marchands. Une certaine légèreté semble s'être emparée d'eux, leur permettant d'apprécier des plaisirs simples comme cette balade dans le centre. Oserais-je parler de magie de Noël ?

L'après-midi débute à peine, nous ne rejoindrons le bateau que d'ici trois heures. Je décide de lancer ma partie de chasse au trésor, qui devrait achever de consolider les rapports entre les participants et, mieux, entre les couples.

Le concept ? Par équipe de deux, ils devront se repérer grâce à une carte contenant des énigmes, dont les réponses les mèneront jusqu'au fameux butin. Comment cette idée m'est-elle venue ? En regardant une énième rediffusion de « La Carte au trésor » avec Sergio. Pas mal, non ?

Les réactions ravies des uns et des autres me

confortent dans le succès de ma démarche. J'ose un bref coup d'œil en direction de Xavier et vire rapidement au rouge lorsque je m'aperçois qu'il m'observe, amusé. Je soupçonne qu'il sera le plus difficile à convaincre du bien-fondé de mes méthodes. D'un autre côté, il n'est pas de défi plus gratifiant à relever que d'amener un incrédule à revoir ses positions !

Après le départ des duos, je reste seule avec lui, et ma bouche se transforme en marécage boueux, alors que je réfléchis à la meilleure façon de l'aborder. Il a beau se montrer plus engageant qu'avant-hier, il m'intimide toujours autant. À ses côtés, je deviens gauche et me conduis n'importe comment. Ce matin, par exemple, je lui ai avoué sans retenue que je l'avais longuement observé, lui laissant supposer que je m'intéressais à lui. Doux Jésus ! Quelle femme ferait ça, à moins de vouloir être prise pour une idiote énamourée ?

Je m'approche lentement de lui, le temps de lui permettre de terminer sa conversation téléphonique. Je tends l'oreille discrètement pour en intercepter quelques bribes. Non, je ne suis pas une incorrigible curieuse ! Tout juste une personne intéressée par le bien-être de son collaborateur...

Mauvaise foi, vous avez dit mauvaise foi !

— Ne t'inquiète pas, Mel... Je sais... Málaga est toujours aussi belle à Noël. J'ai pensé à toi en admirant les décorations. Oui, j'ai pris des photos, je te les montrerai à mon retour. Tu me manques aussi...

Bon eh bien... j'aurais mieux fait de m'abstenir, car je suis encore moins avancée sur lui qu'avant. Qui est cette Mel ? Sa sœur s'appelle Frédérique. En a-t-il une autre ? Ou bien serait-ce une tante ?

Saperlipopette ! Je regrette soudain amèrement de n'avoir pas eu l'audace de lire l'article Wikipédia le concernant, je serais mieux renseignée à l'heure qu'il est, au lieu de supputer comme une imbécile.

— J'ai vu que les autres étaient partis pour leur chasse. Quel est le programme pour nous ?

Je sursaute, surprise de le trouver à quelques centimètres de moi. Je pivote maladroitement et manque de lui rentrer dedans.

— J'ai des mains de beurre, me justifié-je.

Il hausse un sourcil interrogatif.

— Je suis gauche, traduis-je.

— Ah, je comprends mieux avec le décodeur, se moque-t-il.

Ma maladresse et mes expressions désuètes nous font rire tous les deux.

— Je... J'avais espéré que nous ferions équipe. Mais si vous avez prévu autre chose, ce n'est pas grave.

— Aucun souci, Lucile. Sur quoi faut-il mettre la main, au juste ?

Il se rapproche. Je lui tends une des cartes en lui donnant les consignes. Il réduit une nouvelle fois l'écart entre nous pour mieux la voir et, ce faisant, colle presque le torse contre mon dos. Malgré nos multiples couches de vêtements, sa chaleur corporelle m'enveloppe et l'odeur musquée de son eau de toilette m'emplit les narines. Je m'en éloigne avec un raclement de gorge, en lui abandonnant le feuillet. Le comble serait de m'enivrer de sa personne.

« Tu me manques aussi... »

Ce ne sont pas des mots qu'on adresserait à une simple amie. Si ? Naturellement que non !

Ce qui signifie que ce cher Xavier est un homme marié (un coup d'œil à son annulaire, libre, m'indique pourtant que non), ou tout du moins pris. Étrangement, cette nouvelle me plonge dans un relatif abattement. Un sentiment incompréhensible, car je ne me serais jamais autorisée à entamer une liaison avec lui durant ce voyage. Que dirait mon doux Sergio ? Malgré nos rapports distendus de ces dernières semaines, il le verrait comme une trahison. Arf, j'ai toujours tendance à exagérer ses réactions.

La voix grave de Xavier me sort de mes réflexions.

— Je m'incline devant tant de génie.

Ai-je bien entendu ?

Ma morosité s'envole comme par enchantement. Mon visage se fend d'un large sourire sous ce compliment inattendu, après tant de défiance de sa part.

— Merci ! J'ai eu cette idée deux jours avant le départ. Ça n'a pas été des plus simple à mettre en place, mais nous y sommes parvenus. Des cartes postales constituant un puzzle géant de Málaga à Noël ont été disséminées chez des commerçants partenaires dans la ville. Ou comment mêler tourisme, shopping, plaisir et communication. Ingénieux, n'est-ce pas !

Un sourire énigmatique suspendu aux lèvres, Xavier approuve d'un hochement de tête. Le plan en mains, nous parcourons ensuite les rues et les allées, à la recherche de notre fameux trésor. Très vite, nous nous prenons au jeu.

Après nous être perdus une ou deux fois à cause de réponses inexactes, nous débouchons à l'endroit indiqué sur la carte. Je l'agite comme une gamine surexcitée.

— Attendez, elle est facile, la dernière ! C'est une charade.

— Faites voir.

Je la remets à Xavier, pour qu'il puisse la lire à voix haute :

— Mon premier est une chose très ancienne. Mon deuxième aide les oiseaux à planer et mon troisième est une profession. Mon tout se situe dans la rue où vous êtes censés vous trouver. Qui suis-je ?

Nous prenons une bonne minute pour réfléchir et observer notre environnement. À la fin, nous déclarons en même temps :

— Antiquaire !

— Antique pour ancien, air pour ce qui aide les oiseaux à voler. C'est une profession et la boutique est juste ici ! ajoute-t-il.

Nous échangeons un regard complice en nous frappant dans les mains pour un *give me five* un peu maladroit. Je cille légèrement. J'ignore s'il s'agit d'un effet d'éclairage ou si mon imagination me joue des tours, mais je décèle une lueur singulière dans ses yeux sombres.

Il est... différent.

Non, pas lui uniquement, nous le sommes tous les deux. Un lien qui n'existait pas encore ce matin s'est tissé entre nous au cours de cette journée particulière, qui avait pourtant bien mal démarré. À sa façon de réagir – il s'est passé la main dans les cheveux en se détournant légèrement avec un raclement de gorge –, je parierais qu'il en est conscient, lui aussi.

— Je ne sais pas comment les autres s'en sortent, mais l'équipe mal assortie du géant et de la naine n'a pas failli sur cette mission, lancé-je en guise de boutade, afin d'alléger l'atmosphère.

— Le géant et la naine... Sympathique comme appellation, se moque-t-il.

— Je n'ai rien trouvé de mieux sur l'instant, pouffé-je. Vous venez, on va chercher notre trésor ?

Xavier semble vouloir ajouter quelque chose, avant de se raviser. Il s'avance finalement, et m'invite à le suivre en inclinant la tête en direction de la boutique de l'antiquaire. Je lui emboîte le pas, puis saisis le bras qu'il me tend timidement.

Et là, le sourire qu'il m'adresse illumine aussi bien mon après-midi que mon cœur incertain.

Nous ressortons du magasin avec notre précieuse carte.

La musique d'un concert, cent mètres plus loin, parvient jusqu'à nous. Toute à ma joie, j'exécute une danse improvisée en descendant les marches d'escalier, m'attirant ainsi les regards mi-curieux mi-amusés des promeneurs, sur le trottoir d'en face.

Je suis interrompue dans mon numéro par un flash.

— Celle-ci sera parfaite pour la prochaine brochure de votre agence !

C'est Xavier. Il en a profité pour immortaliser la scène avec son appareil !

Je fonce vers lui, feignant la colère, et tente de lui arracher son joujou des mains. Bien sûr, il n'a qu'à tendre le bras au-dessus de la tête pour le placer hors de ma portée. Je pourrais sauter, mais le ridicule serait tellement énorme qu'il me tuerait, car, maladroite comme je le suis, je serais bien capable de me rompre le cou dans la manœuvre. Résultat, il est hilare, et moi, je joue mon rôle de femme furieuse à la perfection.

— Ne vous mettez pas dans un état pareil, Lucile. Ce n'est qu'une photo et, croyez-le ou non, elle est réussie. Si vous voulez, je vous la montre. Mais attention ! Pas de coup bas, nous sommes d'accord ?

Un brin réticente, j'accepte les termes du marché d'un bref signe de tête. L'index levé comme un maître d'école, Xavier me met en garde. Je me mords l'intérieur de la joue pour ne pas éclater de rire.

Je l'ai sans doute déjà dit, mais cet homme appartient à cette catégorie de personnes dont un simple sourire peut transfigurer les traits du visage. Je note également l'apparition d'une adorable fossette sur sa joue gauche, et il n'en faut pas davantage pour m'arracher un soupir charmé.

— Lucile, vous allez bien ?

Je tressaille et me ressaisis aussitôt.

— Euh, oui. Alors, faites voir cette fameuse photo...

Il hésite avant de me rejoindre. Effectivement, je ne ressemble peut-être pas à une ballerine de l'Opéra de Paris, mais le résultat n'est pas si catastrophique. En regardant les autres, j'en présélectionne quelques-unes avec Xavier pour les envoyer au bureau, elles pourront servir à illustrer les offres sur le site.

En appuyant une fois de plus sur le bouton « next », une photographie, datant certainement du réveillon de Noël, s'affiche sur le petit écran. Si je n'ai aucun mal à identifier Xavier, confortablement assis sur un canapé clair, le visage de la femme penchée sur lui est dissimulé par un rideau de cheveux blonds. Ma curiosité a atteint son paroxysme et paraît crépiter autour de moi comme un faisceau électrique... rapidement victime d'une panne de courant, lorsque Xavier éteint l'appareil.

Dans le même temps, je comprends à son attitude que nous avons pénétré par inadvertance dans son jardin secret. Je relancerais bien la conversation sur un sujet léger, mais je manque d'inspiration, trop troublée. Aussi, me prend-il de court en me proposant d'un ton badin :

— En attendant les autres, si je vous faisais goûter un plat que j'aime particulièrement à cette période de l'année ?

— Oh... Euh, oui j'accepte avec plaisir.

À vrai dire, arpenter les rues de Málaga m'a ouvert l'appétit. Mon ventre se manifeste en gargouillant de manière peu élégante. En gentleman, Xavier feint de ne pas l'entendre et m'offre une nouvelle fois le bras pour me diriger à travers les allées bondées.

En sa compagnie, je découvre donc les *mantecados*, des gâteaux au saindoux dont je déconseille d'abuser. Puis la balade gustative se poursuit avec le stand des religieuses proposant des *polvorones* (sablés) et autres douceurs au miel, dont la saveur ravit mes papilles.

Trop gourmande pour mon bien, j'engloutis toutes ces pâtisseries délectables sans égard pour mes vêtements. Je m'époussette tant bien que mal en riant. Un rire qui se mue très vite en miaulement étouffé, quand Xavier se penche vers moi afin d'ôter les dernières miettes restées accrochées à la laine de mon manteau. Cela dure à peine une seconde, c'est toutefois suffisant pour me transformer en cocotte-minute sur le point d'exploser.

Je me concentre sur la banderole « *Feliz navidad* » que j'aperçois par-dessus son épaule pour ne pas rencontrer son regard au moment où il se redresse Je prie intérieurement pour que l'obscurité croissante et l'éclairage artificiel des décorations camouflent suffisamment mes rougeurs, car je me sens devenir incandescente.

Après coup, j'ose tout de même un coup d'œil à la dérobée. Xavier paraît troublé par son geste, lui aussi. Et c'est sans nous parler que nous nous mettons en route pour le point de rendez-vous avec le reste du groupe.

L'atmosphère de la salle de bains est encore humide de la douche que je viens de m'offrir.

Le miroir me renvoie une image pas glamour du tout, démaquillée, en culotte et T-shirt informe, coiffée de deux couettes basses. Cela dit, je dispose d'une bonne heure pour opérer un ravalement de façade en bonne et due forme. Surtout si une certaine personne daigne nous honorer de sa présence durant le dîner.

C'est fou la rapidité avec laquelle une situation peut se trouver chamboulée ! Il suffit d'un moment de complicité. Je repense à ceux que j'ai partagés avec Xavier aujourd'hui. Ce faisant, mon index glisse doucement sur ma lèvre inférieure, que je finis par mordre sous l'effet de la frustration. C'était trop court à mon goût.

Oui, c'est vrai, il y a encore quarante-huit heures, j'aurais utilisé n'importe quel stratagème pour l'éviter, alors qu'à présent, j'aurais plutôt tendance à rechercher sa présence.

C'est déstabilisant, à l'image de l'homme suscitant ces sentiments contradictoires chez moi.

Attention Lucile, tu t'égares !

Pour me contraindre à revenir à des sujets plus prosaïques, je m'asperge le visage d'eau glacée. En plus de me frigorifier, cela ramènera, avec un peu de chance, mon bon sens habituel, qui semble être resté sur le quai, au port de Marseille. Cet après-midi en compagnie de Xavier m'a davantage embrouillé l'esprit qu'éclairée sur le caractère complexe du personnage.

Je suis à ce point chamboulée que je crains une interférence avec ma mission qui consiste à faire renaître la flamme chez les dix couples dont j'ai la charge.

Un *tac-tac* répétitif se mêle au bruit de l'écoulement d'eau. Bien que n'y connaissant rien en plomberie, je juge ce son inquiétant. Après examen, je décèle qu'il provient de la tuyauterie. Il y a une fuite à là-base du mitigeur que je manipule, croyant bien agir. C'est sans compter ma maladresse, synonyme de nouveaux dégâts : le robinet me reste dans la main droite.

— Jésus, Marie, Joseph !

Mon cri horrifié est aussi puissant que le geyser qui s'élève de la tuyauterie. Comment cela a-t-il pu se produire ? Je n'en ai aucune idée, mais le résultat, c'est que je risque de mourir engloutie sous des litres d'eau.

Dire que je suis trempée de la tête aux pieds serait un euphémisme. J'ai l'air d'avoir plongé tout habillée dans la piscine ! Il ne me reste plus qu'à chanter *Sous l'océan* avec l'accent du crabe Sébastien !

Mon T-shirt me colle à la peau, mon visage est ruisselant et j'ai les bras qui flageolent, à force d'appuyer sur la fuite pour tenter de la contenir au maximum.

J'appelle à l'aide avec l'espoir que quelqu'un, n'importe qui, m'entende.

— Au secours ! Au... org... Arf...

Le débit se renforce et menace vraiment de me noyer ! J'en ai plein la bouche, le nez, les yeux. C'est une véritable ca-tas-tro-phe, et je pèse mes mots !

Je m'apprête à crier une nouvelle fois, quand je perçois un grattement dans l'entrée. Je tends l'oreille.

— Lucile ! C'est vous ? Que se passe-t-il ?

Xavier !

Tant pis pour l'inondation, je lâche tout et me dirige comme une furie jusqu'à la porte. Quand je l'ouvre, je découvre un Xavier version gladiateur, prêt à la défoncer. Il se rue à l'intérieur sans attendre. À ses gesticulations, je comprends qu'il s'attendait à se trouver nez à nez avec un agresseur. Il n'en est rien.

Haletante, je lui explique les raisons de mon appel à l'aide paniqué. Il fait demi-tour, direction la salle de bains, et constate par lui-même le désastre.

— Où est le robinet de coupure d'eau ?

— Le quoi ?

Il ne relève pas et ôte précipitamment son sweat, qu'il utilise comme un tampon. À la différence de ma tentative, la sienne fonctionne avec plus de succès, mais pour combien de temps ? L'heure est à l'urgence. Normalement, je devrais me ruer sur le téléphone afin d'appeler l'équipage, sauf que je suis clouée sur place. Hypnotisée par le fabuleux spectacle des muscles bandés de Xavier en train de se démener pour contenir l'afflux d'eau.

— Lucile ?

Oh misère ! Mon esprit s'est déconnecté de mon corps le temps de profiter du show torride qu'il m'offre inconsciemment ; l'un est parti du côté de fantasmeland, tandis que l'autre n'a pas bougé de pataugeland.

Revenue parmi les vivants, je finis par me remuer.

— Euh... Oui, je vais appeler quelqu'un. Le robinet de coupure d'eau vous avez dit ?

— Et dépêchez-vous, Lucile, s'il vous plaît !

Une vingtaine de minutes plus tard, le problème est enfin résolu. Un technicien s'occupe de réparer les dégâts, pendant qu'un responsable s'entretient avec Xavier. Quant à moi, je suis gelée à être restée les pieds dans l'eau. Ma cabine paraît avoir abrité un spectacle de la petite sirène et quelques-uns de mes vêtements ont pris l'eau.

Sans me départir de ma serviette enroulée autour de mes épaules crispées, je me rapproche des deux hommes en plein conciliabule.

— Quand pensez-vous que ce sera terminé ? m'enquiers-je.

Un homme d'une cinquantaine d'années, aux tempes grisonnantes, se tourne vers moi, et me gratifie d'un sourire poli.

— Miguel va *effectouer oune* première réparation, assez sommaire pour *lé* moment. Pour des raisons techniques, *lé* pièce ne sera seulement changée *qué dourant* notre prochaine escale à Tenerife, m'annonce-t-il avec un accent espagnol.

Je parcours la chambre d'un regard consterné. Je ne vais tout de même pas rester ici avec une salle de bains à moitié fonctionnelle pendant deux jours ?

Xavier, qui possède de toute évidence la capacité de lire mes pensées, prend la parole :

— Bien. Évidemment, Mlle Fargès sera relogée, suggère-t-il avec une courtoise fermeté.

Mon regard va de l'un à l'autre et, à la réaction du

membre d'équipage, il ne fait aucun doute que celui-ci espérait le contraire.

— Vous m'en voyez navré, *señor*, mais nous n'avons *plou aucoune* cabine *soupérieure* de libre, se désole-t-il.

— Je suis persuadé que Mlle Fargès saurait se contenter d'une suite. Il va de soi qu'elle oublierait un tel incident, fait-il en désignant la salle de bains sinistrée, si on lui proposait en échange un surclassement. N'est-ce pas, Lucile ?

Je lève la tête en entendant mon prénom et percute le regard plein de malice de Xavier. Il profite que l'autre homme soit occupé à réfléchir pour me décocher un clin d'œil. Je rentre aussitôt dans son jeu et me redresse d'un bon centimètre, c'est toujours ça de pris.

— En effet. Faire état d'un problème de ce genre, alors même que ma société lance son projet de croisière avec votre compagnie, serait une tache indélébile dans nos rapports, je le crains.

Xavier acquiesce, l'air solennel, et en rajoute une couche :

— De mon côté, je serais contraint d'en parler dans mon article. Tout cela est très fâcheux, monsieur Ramirez, très...

Il pince les lèvres, arborant la mine du type sincèrement affligé. Je plaque la main sur la bouche pour réprimer une envie de rire.

Dix minutes plus tard, le dénommé Ramirez revient avec le capitaine, qui décrète que j'aurais droit bien entendu à un surclassement. Le fait que tous deux soient des fans de foot et accessoirement de Xavier, dont la carrière suscite l'admiration des connaisseurs, y est sans doute pour quelque chose.

Grâce à son intervention, me voici donc sur le point de faire mes bagages en vue d'un transfert ; sans mauvais jeu de mots.

Les deux membres de l'équipage désertent rapidement la place. Je reste seule avec Xavier.

Il est trempé tout comme moi. Je me force à ne pas reluquer son torse visible à travers son T-shirt mouillé. Il récupère son sweat imbibé d'eau qu'il essore dans le lavabo.

— Comment vous exprimer ma gratitude, Xavier ?

Il esquisse un sourire enjôleur que j'ignore comment interpréter.

— Vous ne me devez rien, Lucile. En revanche, évitez de me refaire une frayeur pareille. En vous entendant hurler, j'ai cru que vous vous faisiez agresser.

Un petit rire m'échappe.

— Je m'en suis rendu compte quand vous avez déboulé dans la chambre comme une tornade. Je vous promets de crier moins fort, la prochaine fois !

Je note que je ne suis pas la seule à être consciente de notre allure. Xavier évite lui aussi de poser les yeux sur moi, quand bien même un drap de bain dissimule mon T-shirt rendu transparent par l'eau.

— Aurez-vous besoin d'aide pour déménager vos affaires ?

Je secoue la tête. Il acquiesce. Un silence gêné s'installe.

Je le raccompagne ensuite jusqu'à la porte. Il s'engage dans le couloir sans se retourner une seule fois, tandis que je le regarde s'éloigner.

J'ai placé mes vêtements mouillés dans un sac-poubelle et rangé le reste dans ma valise. Je suis prête à investir ma nouvelle chambre.

Surprise, je découvre alors l'appareil photo de Xavier, en effectuant un dernier tour de la pièce. Dissimulé sous un pan de la couette dérangée, il aurait pu échapper à mon inspection. J'en conclus qu'il a dû l'ôter à son arrivée et, dans la confusion, l'a oublié en repartant.

Quoi qu'il en soit, je m'en empare avec l'intention de le rendre à son propriétaire.

Une idée germe alors et, une fois la mauvaise graine plantée et ma curiosité étant dévorante, la tentation devient trop forte.

Tout en me reprochant la perfidie de mon geste, je me persuade que ce que je m'apprête à faire ne constitue pas une trahison envers Xavier. Une fois en accord avec mes principes, ou presque, j'appuie sur le bouton « on » et commence à faire défiler les images. Celle entraperçue plus tôt dans l'après-midi s'affiche enfin.

Durant une bonne minute, je ne parviens pas à me défaire de la sensation de culpabilité qui m'a envahie à l'instant où j'ai posé les yeux sur le sourire de Xavier. Les sentiments qu'il éprouve pour cette femme mystère sont évidents, même à travers une simple photographie.

Mon cœur semble se rétracter dans ma poitrine en feu.

L'index au-dessus de la touche, j'hésite à poursuivre mon intrusion dans la vie privée de Xavier. Consciente de mal agir, je préfère éteindre l'appareil.

Le pire, dans cette histoire, c'est qu'en dépit du bon sens et de ma propre situation, je suis en train de m'enticher d'un homme en couple et visiblement heureux de l'être. Endosser le rôle de la briseuse de ménage serait contraire à tout ce que je suis et défends depuis six ans. Et contraire, qui plus est, au thème du séjour dont j'ai la responsabilité.

Au dîner, je prends mes distances en m'installant le plus loin possible de Xavier. Poursuivre le rapprochement entamé aujourd'hui serait une énorme erreur, d'autant que je redoute de mettre un nom sur ce que je commence à ressentir en sa présence.

À l'autre bout de la table, outre les récriminations de Ghislaine et Jacques sur la qualité de la nourriture

– à laquelle je ne trouve rien à reprocher soit dit en passant –, la conversation tourne bientôt autour des exploits sportifs de Xavier, de quoi me compliquer la tâche. Comment l'ignorer, quand il devient le centre de l'attention de tous ?

Durant la discussion, chacun y va de sa petite analyse d'expert en football. Xavier, lui, se montre aimable. Inutile de préciser qu'il évite soigneusement de répondre à toute question d'ordre privé ou à propos d'un dénommé Coloba Kité, apparemment très courtisé en cette fin d'année.

Je me fige soudain. Ce n'est que maintenant que je fais le rapprochement entre la colo – de vacances, dans mon esprit – et ce Coloba. Je souris en me moquant intérieurement de ma bêtise. Dans la famille « écorcheuse de nom et nullité en foot », je demande Lucile !

Bravo ma vieille, il a vraiment dû te prendre pour une imbécile avec cette histoire de colo et ton allusion aux voyages.

N'étant pas friande de foot et peu désireuse de me ridiculiser en public, je me tiens en retrait de la conversation. À la place, j'en profite pour m'entretenir avec les couples installés autour de moi, dont Gaby et Laurent, mes deux quadras de l'est de la France, toujours aussi charmants et agréables.

À la fin de la soirée, je suis épuisée par la volonté dont il m'a fallu faire preuve pour éviter Xavier, ainsi que par les réclamations de Ghislaine et Jacques, sans mentionner les lamentations d'Eddy, qui pense avoir égaré sa montre hors de prix reçue à Noël.

Au moment de me coucher, je n'y tiens plus, et je me décide à cliquer sur le fameux lien Wikipédia. L'occasion d'en apprendre davantage sur Xavier. Et sans doute aussi le moyen de me le sortir définitivement de la tête !

L'article indique qu'il mesure un mètre quatre-vingt-neuf. Ce type est immense ! Il a démarré sa carrière à l'âge de six ans dans un club de sa région, dont son père, ancien footballeur professionnel, était l'entraîneur. Sept ans plus tard, il est sélectionné pour intégrer le centre de l'INF Clairefontaine. À l'issue de cette formation, il entre en contact avec plusieurs clubs dont celui de Monaco, avec lequel il s'engage finalement. Commence alors une irrésistible ascension pour le jeune Xavier Taggard, dont le nom est vite détourné par les fans en l'expression « se faire taggarder », c'est-à-dire se faire battre ou tabasser, une allusion au caractère parfois volcanique de l'homme et aux raclées qu'il inflige à ses adversaires sur le terrain.

J'en ris toute seule.

En 2001, il épouse... Mélanie, son amour de jeunesse. Un rapide calcul me renseigne sur son âge au moment des noces : dix-neuf ans.

Après ce premier uppercut, une curiosité malsaine me pousse à cliquer sur un lien qui me mène à cette Mélanie.

— J'en étais certaine ! Cette femme est mannequin, m'exclamé-je en tapant le matelas du plat de la main.

Xavier et elle se sont rencontrés sur les bancs du lycée. À présent, elle est actrice et joue dans un feuilleton télé tourné dans le sud de la France. La fiche n'en dévoile pas plus, et c'est tant mieux. Je suis déjà bien assez dépitée, sans qu'on m'annonce qu'elle est en plus Prix Nobel de la paix !

On frappe à la porte, je bondis de surprise sur le lit. Sans prendre la peine de remettre correctement en place ma nuisette, je file ouvrir.

Je découvre Xavier sur le seuil. Il détourne aussitôt le regard et se gratte la tête, gêné.

— Au moins, je ne me suis pas trompé. Désolé de vous déranger si tard, Lucile.

— Un problème ? m'enquis-je en remontant les bretelles de ma chemise de nuit.

— Je ne retrouve pas mon appareil photo. Je me demandais s'il n'était pas resté dans votre ancienne cabine.

— Oh ! mais si ! Je suis vraiment confuse. Je devais vous le rapporter, et ça m'est complètement sorti de la tête. Attendez, je reviens !

Aussi rapidement que possible, sans toutefois risquer de m'étaler sur la moquette, je m'empresse de faire la navette entre le bureau et l'entrée de la suite que Xavier parcourt du regard.

— Vous êtes bien installée, on dirait. Pas de problème de plomberie à signaler ? me taquine-t-il.

— Non, tout va bien pour l'instant, réponds-je en lui remettant son appareil. Je vous dirai ça demain matin, au moment de prendre ma douche.

— Merci, Lucile. Et bonne chance, dans ce cas !

— Bonne nuit, Xavier.

Il acquiesce en effectuant deux pas en arrière.

À cause de mon attitude distante au dîner, il a sans doute compris que la parenthèse enchantée de l'après-midi était close.

Il s'en va. Je prends mon temps pour refermer la porte avant de m'y adosser. L'arrière de mon crâne heurte doucement le battant le long duquel je me laisse glisser, dépitée.

J'aime ma vie sans complications avec Sergio, lui a cette sublime Mélanie aux jambes interminables dans la sienne. Deux bonnes raisons pour ne pas regretter ma décision, et pourtant...

Chapitre 8

Teddy

Michel Audiard a intelligemment dit un jour que les conneries c'était comme les impôts, ça finissait toujours par se payer. J'ajouterai simplement que, dans notre cas, c'en est presque prophétique...

L'heure de l'addition a donc sonné pour Dam et moi, et à mon humble avis, il y a toutes les chances pour qu'elle soit sucrée... ou bien salée ? Je ne sais plus, disons aigre-doux, j'adore manger chinois.

— Une *love coach*, se moque Damien. Elle a loupé son diplôme de psy, c'est ça ?

— J'en sais rien et c'est le cadet de nos soucis. Tout ce qu'on a à faire pour continuer nos vacances et, accessoirement, sauver notre peau, c'est de jouer la comédie pendant une demi-heure. Feindre d'être un couple en froid ne devrait pas nous poser de problème, on a toujours eu tendance à se chamailler comme deux chiffonniers !

— « Chiffonniers » ? Parle pour toi, sale morue ! Moi, je suis un presque célèbre photographe de mode parisien, môdame ! s'offusque Dam. Un homo super coté sur le marché du célibat, qui n'a pas « hum-hum » depuis longtemps et aimerait profiter de cette croisière pour y remédier.

Dans la mesure où nous ne sommes plus très loin du petit salon conférence transformé pour l'occasion en salle de consultation, je lui suggère de baisser le volume de ses plaintes et autres railleries, au risque de tout compromettre. Terminer la croisière à fond de cale, chaînes aux pieds et rames à la main, pour escroquerie ne colle pas avec mon programme des prochains jours.

— Depuis combien de temps est-on ensemble, rappelle-moi ?

Je stoppe en plein milieu du couloir et fais volte-face. Je vais le tuer !

— T'as pas lu ma fiche ? lui demandé-je en croisant les bras sur la poitrine.

En l'occurrence, il s'agit plus d'une affirmation que d'une question, surtout le connaissant.

— De quelle fiche tu parles ?

Il arrondit soudain les lèvres dans un « oh » révélateur.

— Tu parles de ce bout de papier que tu m'as donné, l'autre jour, avant que j'aille au spa ?

Je grince des dents si fort qu'elles en perdent sûrement quelques millimètres au passage.

— Voilà ! Juste par curiosité... qu'est-ce que tu en as fait ? Parce qu'il ne faudrait pas que des preuves accablantes se baladent dans la nature.

Il esquisse une grimace contrite.

— Aucun risque. Je crains qu'il n'ait pas résisté au hammam. Désolé, ma vieille branche.

Je lève les bras au ciel pour implorer tous les dieux que compte le panthéon de venir à mon secours ; on n'a jamais trop d'aide !

Ce garçon est agaçant, démoralisant, consternant et tout un tas d'autres mots déplaisants en « ant » !

— Mais qu'est-ce que je vais faire de toi, Dam !

Il évacue le reproche d'un vague geste de la main.

— Ce qui est fait est fait ! On a bien cinq minutes avant le début de la séance. Balance un petit topo, ça ira. Je mens très bien. Regarde, à chaque fois que je te rassure en te disant que t'es pas moche, ben... je raconte des conneries.

Il rigole comme un crétin, je lui frappe l'arrière du crâne. C'est toute l'histoire de notre amitié.

J'expire bruyamment, tout en me rappelant les fausses informations notées sur la fameuse fiche.

— Je ne me suis pas trop éloignée de la vérité. C'est le principe de tout bon mythomane : toujours se rapprocher du vrai pour ne pas se griller bêtement.

Damien hausse un sourcil sceptique.

— T'as lu ça où ? Dans *Devenir un mytho pour les nuls* ?

— Ha ha, très drôle ! Nous sommes en couple depuis trois ans.

— Trois ans seulement ? Ça fait pas un peu juste pour avoir des problèmes ?

— Mais ferme-la et laisse-moi finir ! Non, c'est pas trop juste, parce que nous avons un bébé de six mois, Liam.

Damien incline la tête, signe qu'il commence à comprendre le plan.

— Je pige le truc : les jeunes parents qui voient leur quotidien bouleversé par l'arrivée d'un gosse et qui font la croisière pour se retrouver. Bien pensé. OK, je marche.

— Ah, tu le reconnais ! m'exclamé-je, triomphante.

Damien, qui n'a pas son pareil pour doucher mon enthousiasme, ajoute :

— Ouais, ne fais pas trop la maligne. Si tu n'avais pas été si radine, on n'aurait pas besoin de servir toute cette mascarade à cette *love coach* à la noix. À quoi ça rime, tout ça, franchement, Teddy ?

— Tu ne vas pas revenir là-dessus, espèce de rabat-joie ! Un petit mensonge, ce n'est quand même pas l'eau du lac à boire pour des vacances presque à l'œil !

Face à moi, Damien se frotte le menton, l'air pensif.

— C'est « pas l'eau du lac à boire », connaissais pas celle-là, tiens !

— OK, tout ça pour dire qu'on ne va pas en faire toute une pâte à tartiner !

Il s'étouffe maintenant de rire. Monsieur fait tellement de bruit que des passants se retournent pour le dévisager. Avec toutes ces bêtises, nous allons finir par être en retard. Et ce serait ballot de se mettre la *love coach* à dos.

— Honnêtement, ma Teddy, tu vas me tuer avec cette manie. Après l'eau du lac, tu t'attaques au Nutella, au risque de te fâcher avec le fromage ! C'est un festival que tu m'as concocté, merci !

— Nia, nia, nia... On y va !

Consciente des minutes qui s'égrènent et surtout agacée par la tournure de notre discussion, je pousse sans ménagement mon meilleur ami dans la bonne direction. Il manque de s'étaler par terre dans la manœuvre et se rattrape in extremis devant la porte de la salle de notre rendez-vous. Imaginer l'entrée fracassante qu'il aurait pu faire m'amuse grandement. Il dresse le majeur ; je riposte en lui tirant la langue.

Puis j'appuie sur la poignée.

Changement d'attitude radical. Nous sommes tout sourires devant notre hôte ; rien à avoir avec les deux gamins mal éduqués que nous étions, il y a moins de deux secondes.

Souhaitant pénétrer en même temps dans la pièce,

Dam et moi nous retrouvons coincés dans l'encadrement de la porte. C'est un gag ! Afin de ne pas ajouter le ridicule à notre situation déjà inconfortable, il recule et me laisse finalement avancer la première. Je le remercie poliment.

Nous découvrons une quadragénaire, grande et élancée dans sa combinaison kaki ceinturée par un bandana jaune. Ses cheveux bruns sont retenus par un large buns, dont quelques mèches bouclées s'échappent. Elle est jolie et, surtout, elle se contient difficilement pour ne pas rire.

Elle nous invite à entrer.

Nous nous installons dans les fauteuils qu'elle nous désigne. Je jette un coup d'œil à mon ami : il est bien plus relax que moi. Le poids du mensonge et de la culpabilité commencerait-il à se faire ressentir ? Peut-être que sans mon stratagème, un autre couple, un « vrai », aurait pu participer et ainsi sauver sa relation ? Je suis une horrible personne...

Pas bien, Teddy. Pas bien !

La femme se présente :

— Bonjour, Théodora et Damien. Je suis Laura, la *love coach* de votre séjour.

Et nous de répondre, à l'instar des participants d'une réunion des Alcooliques anonymes :

— Bonjour, Laura !

Elle réprime une nouvelle fois un sourire et poursuit avec le même enthousiasme :

— Durant nos trois entretiens prévus, nous allons tâcher de comprendre les raisons qui vous ont poussés à vous inscrire à ce programme. Le point positif, c'est que votre présence ici témoigne de votre volonté d'arranger les choses qui vont mal.

Je me crispe en entendant le ricanement de Damien. L'absence de table m'empêche de le cogner discrètement ; dommage pour moi, heureusement pour son tibia. Je tourne la tête vers lui, et mon regard assassin lui promet des sévices innommables, s'il persévère.

— Théodora, vous désirez commencer ?

Damien fait son possible pour ne pas se tordre de rire. Il va jusqu'à fixer le plafond en pinçant les lèvres.

Je vais l'éclater quand nous serons de retour dans la chambre !

— Euh... Eh bien... C'est dur à expliquer...

— Tu m'étonnes, toussote Damien.

Je serre les fesses et prie silencieusement pour que Dieu me donne la foi ou l'inspiration, au choix.

J'intercepte le coup d'œil réprobateur que Laura lance à mon soi-disant compagnon.

— Allez-y Théodora. Nous vous écoutons...

— Teddy, rectifié-je. Je serai plus à l'aise si vous m'appelez Teddy.

Je suis aussi à mon aise qu'un coupable devant ses juges ou un bodybuilder aux cuisses grosses comme des jambons forcé de rentrer dans un jean skinny.

— Très bien, Teddy. Vous pouvez parler librement. Nous sommes là pour ça, m'annonce-t-elle avec un sourire bienveillant. N'est-ce pas, Damien ?

Ce dernier se redresse sur son siège en croisant les bras sur le torse.

— Oh ! mais bien sûr. Je suis tout ouïe, *ma chérie.*

Quand faut y aller, faut y aller... C'est l'heure de payer la note !

J'humecte mes lèvres devenues aussi sèches que l'intimité d'une nonagénaire. Mauvaise comparaison, je ferme les paupières, soudain en proie à de terribles images. C'est officiel, je suis folle !

— Teddy ?

Je les rouvre précipitamment. Laura me fixe, dans l'expectative.

— Euh oui... Les raisons de notre démarche... Mon... mon compagnon et moi sommes les heureux parents d'un petit garçon depuis juin dernier.

Laura acquiesce en vérifiant ses fiches.

— Liam, c'est cela. Toutes mes félicitations !

— Merci, c'est gentil à vous. Enfin voilà...

Dam et elle échangent un regard hésitant, puis me dévisagent. À l'évidence, ils attendent que je développe, sauf que je n'y parviens pas. Je suis en manque total d'inspiration. Pire encore ! Je bloque complètement, car, à trop désirer coller à la vérité, je me suis prise à mon propre piège.

— Très bien... Et vous, Damien, comment avez-vous vécu cette naissance et les bouleversements inhérents à ce type d'événement dans le quotidien d'un couple ?

Il hausse les sourcils si haut qu'ils menacent de sortir du cadre de son visage. Lui non plus ne sait pas quoi répondre, à part une phrase bien bateau :

— Ce... C'est un truc qui vous change la vie, hein. Un enfant, c'est... euh... un sacré bouleversement, effectivement. Mais, honnêtement, j'ai beau connaître ma... femme depuis plus de vingt ans, je ne la comprends pas toujours très bien, ricane-t-il bêtement.

L'imbécile ! Je tique en voyant Laura consulter une nouvelle fois ses papiers.

— Oh ! vous êtes ensemble depuis aussi longtemps ? Pourtant, dans le dossier, je lis « trois ans » dans la case...

— Vingt ans d'amitié ! rectifié-je précipitamment. Av... Avant de réaliser que nous étions faits l'un pour l'autre.

Damien se racle la gorge. Je me retiens de lui lancer mon siège à la figure.

Je suis subitement victime d'hallucinations, car

j'entends les voix de galériens m'enjoignant à venir ramer avec eux. J'ai mal au ventre.

Laura continue :

— À partir de quand avez-vous senti les changements dans votre relation ? Quels sont les sujets de discorde entre vous ?

Damien bégaye tellement qu'il est mûr pour une consultation d'urgence chez un orthophoniste. Je respire un bon coup avant de prendre la parole pour nous sortir de ce guêpier :

— En fait, il n'y en a pas. Je veux dire que nous ne nous disputons pas vraiment. Ce... C'est étrange à raconter comme ça, mais, en réalité, il n'y a pas de problème entre lui et moi. Jo... Damien, pardon, est un mari exemplaire, un papa au top, un homme dévoué à sa famille. Il a tout géré comme un chef : le déménagement, notre installation dans la nouvelle maison, l'organisation du quotidien avec le bébé. C'est même lui qui a mis au monde notre enfant, dis-je dans un rire tendu. Bref, il assure depuis le début.

Laura griffonne sur le cahier posé sur ses genoux.

Comme les psys dans les films, elle dégaine un « Mmm-Mmm », alors que je déballe ma vie privée, en prenant un air concentré du style « je réfléchis intensément ». Si ça se trouve, elle termine la partie de sudoku entamée pendant la consultation du couple précédent.

Elle relève les yeux de ses notes et m'invite à poursuivre.

— Par exemple, c'est lui qui se levait la nuit pour m'apporter Liam, quand je l'allaitais. Il le berçait pendant ses crises de coliques. Pareil pour le premier rhume, la première poussée dentaire, pour tout, en vérité. Lorsque j'en parle à Peggy, ma meilleure amie me dit que j'ai de la chance, qu'à ma place elle aurait été la plus heureuse. Mais moi, je ne ressens pas ça du tout, au contraire. J'ai l'impression de ne servir à rien. Que, sans moi, tout irait aussi bien, voire mieux. Je me vois comme un boulet, un boulet qui doit encore perdre ses derniers kilos de grossesse et qui déprime sans motif. J'ai beau me raisonner, c'est un cycle infernal. À part ça, nous formons une belle petite famille dans un joli cadre photo, sauf que j'ai parfois tendance à m'effacer. Et j'ai peur que, si je venais à disparaître, ça ne fasse aucune différence.

En clair, je suis effrayée par mon inutilité au sein de ma propre famille. Et ça fait mal.

Je baisse la tête et observe mes doigts, occupés à triturer la manche de mon T-shirt. Au moment de la redresser, je croise l'expression compatissante de Laura et la mine déconfite de Damien.

Il devait s'attendre à tout hormis cette confession.

— Vous voyez, je n'ai rien à lui reprocher, si ce n'est d'être trop parfait pour la femme imparfaite que je suis, déclaré-je, penaude.

S'ensuit un silence pesant que Laura finit par rompre :

— Damien, aviez-vous conscience du profond malaise de Teddy ?

— Non... non, je me doutais qu'il y avait un loup, quand elle m'assurait que tout allait bien malgré une tronche de trois pieds de long, mais j'étais loin d'imaginer une telle meute.

À sa voix, je devine qu'il est mécontent.

Je sais ce qu'il pense : il aurait préféré que je lui en parle en amont, mais je ne suis parvenue à apposer des mots sur mon malaise qu'à l'instant où Laura m'a invitée à m'exprimer. En dépit des tentatives de Jonathan pour instaurer le dialogue, je ne lui ai rien confié à lui non plus, à personne en fait. Avec le recul, je me voyais mal lui lancer à la figure : « Hey ! Le souci avec toi, chéri, c'est qu'il n'y en a aucun ! » Car je me serais administré des claques.

— Que répondez-vous à Teddy, quand elle vous qualifie d'homme parfait, Damien ?

— Ah ben... Euh... Que voulez-vous... Dans certains cas, la perfection est un fardeau !

C'est plus fort que moi, j'éclate de rire nerveusement.

Une fois revenus dans notre cabine, Damien remet aussitôt le sujet sur la table.

Je m'installe confortablement sur le lit, prête pour le prochain interrogatoire, tandis qu'il retire son pull au profit d'un T-shirt manches courtes. Depuis que nous avons quitté Marseille, les températures ont sensiblement augmenté, passant en quatre jours de 10 à 25 degrés. Dans ces conditions, inutile de préciser qu'il me tarde d'approcher des côtes antillaises.

— Pourquoi t'as rien dit ?

Je hausse les épaules.

— Ça n'aurait servi à rien. Le problème vient de moi.

Il me rejoint et prend place à côté de moi sur le matelas.

— Soutien moral, espèce d'idiote ! Et puis, j'aurais pu t'apprendre que tu te montes la tête seule. Ton sentiment d'être inutile, c'est de la bêtise. Tu dois en parler à Jon.

Je soupire profondément.

— Et pour lui dire quoi, au juste, qu'il assure trop ? Que ce serait bien qu'il se transforme en connard pour me valoriser ?

— Mais non, n'exagère pas ! Explique-lui. Je suis sûr qu'il trouverait une solution...

— Ah, écoute-toi ! Voilà, c'est tout à fait ce que je dénonçais tout à l'heure. Il y a un problème, appelons

Jon, pas Teddy. Lui saura quoi faire, elle, ce n'est qu'une bonne à rien.

— OK. Je le reconnais. On a tous pris de mauvaises habitudes. Mais vous devriez quand même en discuter, pour que tu trouves une place qui te convienne dans votre nouvelle famille. Le souci, c'est même pas ton mec, c'est la vitesse à laquelle ta vie a changé, Teddy. T'as toujours été un diesel, il te faut du temps pour démarrer, sauf qu'une fois que t'es lancée, tu files à toute allure. Attends un peu pour placer la tête sur le billot, laisse-toi un peu de répit. Ça va s'arranger, parce que t'es pas de celles qui abandonnent sans se battre, hein ?

Il me bouscule légèrement. Je lui souris faiblement.

Son téléphone sonne. Il le consulte et se fige. Je tente d'identifier l'auteur du SMS qu'il vient de recevoir, mais il se lève précipitamment.

— Que se passe-t-il ? Un problème ?

Il range son smartphone dans la poche arrière de son jean avant de pivoter vers moi.

— Non, ça va.

Du pouce, il m'indique la porte et ajoute :

— Je vais au bar. J'ai envie de boire un verre. Tu restes ici ou tu m'accompagnes ?

— Je reste, je dois appeler mes parents avant qu'ils sortent avec Liam. Je te rejoindrai après.

Je deviens parano ou il semble réellement soulagé de mon refus ? En tout cas, il ne me laisse pas le loisir de revenir sur ma décision.

— Bon ben, à plus, alors !

Je reste assise sur le lit, sonnée par ce qui ressemble à s'y méprendre à une fuite.

— OK, à plus...

Mais la porte s'est déjà refermée.

Chapitre 9

Lucile

De bien meilleure humeur ce matin, je mets fin à mon *Face Time* avec Fiona et Sergio.

Aujourd'hui, nous effectuons notre seconde escale, à Santa Cruz de Tenerife, une île appartenant aux Canaries espagnoles. Cela fait presque une semaine que nous avons quitté le port de Marseille. Ou, plus exactement, cinq jours que Laura et moi nous efforçons de renouer les liens distendus des couples qui nous accompagnent.

J'attends mes clients au pied de notre car, sous un agréable soleil. Dans moins d'un quart d'heure, nous ferons route pour découvrir les pyramides de Güimar, situées sur la côte est de l'île.

J'en vois déjà quelques-uns approcher tranquillement en papotant, tandis que je replace correctement mon chapeau de paille sur la tête. Je vérifie également la présence d'un tube d'écran total dans mon sac, car je suis capable de griller comme une dinde au four en une heure seulement.

Durant les dix minutes suivantes, je distribue bonjours et sourires au gré des arrivées, prenant des nouvelles des uns et des autres à mesure qu'ils grimpent dans le bus. Ainsi occupée, je ne remarque pas immédiatement Xavier, pourtant à deux mètres de moi.

Il est habillé d'un jean *used* mettant en valeur l'étroitesse de ses hanches ainsi que ses cuisses solides, et d'un polo blanc dont les manches retroussées dévoilent ses avant-bras musculeux. Je dois faire appel à toute ma volonté et me remémorer ma conversation avec Sergio et Fiona pour me souvenir que ce serait une folie de bouleverser une vie tranquille pour un moment d'égarement, si tentant soit-il. Mais force est de constater que ce cher Xavier a le don de provoquer un raz-de-marée en moi, dès lors qu'il se trouve dans mon périmètre.

Muriel et Vincent, un duo de trentenaires particulièrement mal assortis – elle est aussi taciturne qu'il est solaire –, m'interrogent sur le programme de la journée. Durant notre conversation, nous sommes interrompus par Ghislaine, pour une énième réclamation au sujet de l'horaire de son prochain entretien avec Laura, qui tomberait pile au moment de son rendez-vous au spa. Aussi bien pour la satisfaire que pour me débarrasser de cette enquiquineuse, je lui promets de modifier le planning.

— Je n'en attends pas moins de vous, Lucie, me répond-elle avec un sourire hypocrite.

— C'est Luci-LE ! rectifie une voix grave dans mon dos.

J'identifie immédiatement son propriétaire, qui en rajoute une couche :

— Après tous ces jours en sa compagnie, et vu le nombre de fois que vous la sollicitez pour des broutilles, on pourrait penser que vous n'écorcheriez plus son prénom...

Ghislaine fixe Xavier, médusée. Les autres, autour de nous, se sont arrêtés de discuter pour suivre la scène avec attention. Même Damien et Teddy se sont immobilisés devant la première marche du bus pour ne rien rater.

Je suis confuse et satisfaite à la fois qu'une personne remette à sa place cette affreuse bonne femme au sens critique plus affûté qu'une guillotine.

— Je vous demande pardon ? glapit-elle, consciente des regards curieux autour de nous.

— J'ai simplement dit que la charmante personne qui se plie en quatre depuis le début pour combler toutes vos exigences, et encaisse sans se plaindre toutes vos critiques, se prénomme Lucile. C'est la moindre des choses de l'appeler correctement.

Sous le coup de l'indignation, Ghislaine manque de s'étouffer. De mon côté, j'intercepte des commentaires rejoignant l'analyse de Xavier, accompagnés de ricanements.

Ghislaine lui adresse un regard noir, avant de se tourner vers son mari. Lequel se défile devant le géant qui fait office de pourfendeur de mégère.

— Mais enfin, monsieur. J'ai… Je ne vous permets pas ! Et puis, cette jeune femme ne fait ni plus ni moins que son job. C'est un comble ! marmonne-t-elle, en cherchant en vain du soutien parmi l'assemblée.

Xavier, lui, semble sur le point de monter d'un cran dans l'agressivité. Je juge bon d'intervenir, afin de désamorcer la situation.

— Vous avez raison, Ghislaine, je ne fais que mon travail. Cependant, Xavier n'a pas tort en soulignant que c'est toujours plus agréable de voir son travail apprécié et reconnu et d'être appelée par son prénom. Passons sur cet… ce léger incident. Votre rendez-vous avec Laura sera décalé pour que vous puissiez profiter du spa, aucun problème.

Mon interlocutrice se contente d'un hochement de tête sec, avant de monter à son tour dans le bus. À son attitude revancharde, je devine que la journée, si ce n'est la soirée, sera difficile pour son époux.

Je soupire en échangeant un regard avec Xavier. Ce dernier me décoche un clin d'œil et va s'installer avec le reste du groupe.

J'effectue le trajet à l'avant du véhicule, juste derrière le conducteur avec qui je discute en anglais. Cela m'évite de trop penser à l'incident et, plus largement, de réfléchir au cas Xavier, mais pas assez pour retenir un coup d'œil dans sa direction. Pour cela, je feins de me retourner afin d'admirer le paysage par moments lunaire de l'île volcanique de Tenerife, entre mer et montagnes arides.

Après quarante minutes de trajet, nous parvenons au site à visiter. Notre groupe est aussitôt pris en charge par un guide touristique. Celui-ci entreprend alors de présenter l'histoire des six pyramides à marches à une assemblée fascinée. Nous apprenons entre autres que leur origine est encore à ce jour indéterminée, mais que leur construction est datée du XIXe siècle. Celle-ci serait attribuée à des agriculteurs qui, selon une pratique courante aux îles Canaries, entassaient des pierres à la lisière de leurs champs. Si elles étaient au nombre de neuf, au départ, il n'en reste plus que six aujourd'hui.

Tandis que le guide poursuit son exposé, tout en nous conduisant plus avant sur le terrain, je me perds dans mes pensées.

De son côté, Xavier prend plusieurs clichés des lieux. Parfois, je le surprends en train de plaisanter avec des membres du groupe, parfois capturant des instants complices entre les participants. Il ne cesse de se déplacer, et moi, derrière mes verres fumés, je ne rate aucun de ses mouvements. Je suis comme aimantée par cet homme que je n'ai pas le droit de convoiter. Sans doute que mon attrait déraisonnable vient de l'interdit, justement. Quoi qu'il en soit, je suis mal engagée sur la voie de la prise de distance !

Son objectif se braque soudain dans ma direction, puis il relève la tête, et nos regards s'accrochent. Je me détourne rapidement, secouée par l'intense émotion suscitée par ce simple contact visuel.

Au cours du déjeuner, je suis toujours en proie à mes démons et l'évite autant que possible, la seule façon pour moi de ne pas succomber totalement.

L'après-midi est consacré au farniente, un programme idéal par ces 24 degrés. En quelques jours seulement, grâce aux milliers de kilomètres parcourus, nous sommes passés de l'hiver à un début d'été prometteur.

À l'instar de mes compagnons, j'installe ma serviette sur la célèbre plage de Las Teresitas, dont le sable, qui provient du Sahara, n'est pas noir comme celui des autres plages de l'île.

J'ai abandonné mon énorme sac contenant un assortiment de jeux un peu plus loin. Certains commencent à se servir des raquettes pour entamer une partie de tennis, tandis que d'autres préfèrent s'emparer de palmes et de masques pour explorer les fonds marins.

Des cris résonnent au moment où les plus courageux se jettent à l'eau, sous les applaudissements de ceux restés prudemment sur la rive.

Tandis que je m'applique de la crème sur les bras et les jambes, je repère Xavier qui s'avance à son tour pour prendre la température de l'eau. À sa réaction, je ne doute pas de sa fraîcheur et lui souris, quand son regard rencontre le mien.

Un étau me comprime le cœur, qui tressaute brusquement dans ma cage thoracique lorsque Xavier se rapproche.

Mon comportement irrationnel m'alarme sur l'étendue des dégâts. Seulement, fuir maintenant comme si le diable était à mes trousses pourrait paraître louche. Je m'efforce donc d'avoir l'air le plus naturel du monde.

— Vous avez renoncé à vous baigner ? plaisanté-je.

Les lèvres de Xavier s'ourlent de manière malicieuse.

— Je me suis dit que terminer la croisière au fond de mon lit serait dommage.

— J'en conclus que vous restez avec nous jusqu'au bout.

Il acquiesce, en manipulant l'appareil photo autour de son cou.

— J'ai prévenu Fred, ma sœur, me précise-t-il inutilement. Pas besoin qu'elle se prenne le chou à essayer de nous rejoindre, je commence à apprécier mon travail de journaliste. J'espère que vous ne m'en voulez pas, Lucile ?

Je hausse un sourcil d'incompréhension.

— Pour ce matin, avec cette femme désagréable, m'éclaire-t-il.

— Oh ! cette scène avec Ghislaine ? Non, je vous remercie plutôt. J'ai tendance à me laisser marcher sur les pieds à toujours vouloir arrondir les angles. C'est d'ailleurs ce qui m'a amenée à prendre les commandes de cette croisière.

— Cette dame est l'ingratitude personnifiée. Comme on dit à Marseille : « Fais du bien à Bertrand, il te le rend en caguant ! »

— En « caguant » ? Je ne connaissais pas l'expression. Elle est très drôle, je la retiens, merci !

Il s'installe à côté de moi. Une jambe ramenée contre sa poitrine, et les bras reposant dessus.

— Ma chef aurait dû être là, lui expliqué-je, mais elle s'est mis en tête que son richissime petit ami allait mettre un genou à terre à l'occasion des fêtes. Elle m'a donc demandé de la remplacer, en échange de la promotion qui aurait de toute façon dû me revenir il y a longtemps. Enfin, si cette sorcière n'avait pas menti, marmotté-je, soudain hors de moi.

— Oui, vous me l'avez déjà expliqué. Elle n'en est pas à son premier sale coup, on dirait ?

Je prends une profonde inspiration et me lance dans un exposé plus ou moins détaillé de la situation. De mon idée sur les voyages proposés par l'agence You and I à la naissance du projet Together, je ne lui épargne presque aucun détail, quitte à en éprouver une certaine honte de moi-même. À la fin, je lis la contrariété sur son visage aux traits racés et terriblement masculins.

— Pourquoi n'avez-vous rien dit ? Cette femme vous a spoliée depuis le début !

Incapable d'expliquer mes lacunes en matière de combativité dans toute cette affaire, ou plutôt mon insupportable lâcheté, je hausse les épaules dans un geste d'impuissance.

— Parce que je ne suis pas de la race des fortes têtes comme vous. Longtemps, je suis restée enfermée dans ma timidité, celle qui me poussait à me taire quand quelque chose n'allait pas, de peur de contrarier, ou d'être mal vue. Ma cousine Fio dit que je manque cruellement d'assurance en moi.

— Elle a entièrement raison ! Et c'est une faute, parce que vous êtes une personne formidable, Lucile.

Ce compliment inattendu me comble autant qu'il m'embarrasse. Je sens déjà mes joues et mon cou chauffer... Pourvu que je ne me transforme pas en torche humaine !

— Ma relation avec ma mère y est sans doute pour beaucoup. J'attends toujours qu'elle me remarque et me témoigne de l'attention. Ado, j'avais plus l'impression d'avoir une grande sœur un peu frivole qu'une mère responsable. Ça ne s'est guère arrangé, mais au moins, maintenant, je ne suis plus un fardeau pour elle, dis-je en laissant échapper un petit rire nerveux. Cette année, elle m'a encore plantée à quelques jours de Noël pour partir en vacances avec son nouveau copain. La situation n'aurait pas été si pathétique si je n'avais pas espéré qu'elle tienne pour une fois ses engagements envers moi. Ce qui est arrivé deux fois avec Véra n'est pas si étonnant, dans ce contexte. Je fais partie de ces personnes qui doivent encaisser plusieurs coups avant de comprendre.

— Vous êtes surtout trop gentille et vous croyez un peu trop en la bonté de la nature humaine. Je l'ai constaté avec les membres du groupe. Vous voyez constamment ce qu'il y a de bien en chacun. Les défauts, vous préférez penser qu'on peut y remédier sinon les atténuer.

— Je ne serais pas une pro dans mon domaine si je n'étais pas optimiste, non ? réponds-je avec une légèreté feinte.

Nous nous observons sans rien dire durant une poignée de secondes. Le temps s'étire, les bruits me parviennent de manière étouffée, nous sommes dans notre bulle. Il finit par m'offrir un sourire.

— Sans doute, Lucile. Je n'en reste pas moins persuadé que vous méritez mieux qu'une patronne égoïste et malhonnête, et une mère absente.

— C'est malheureusement tout ce que j'ai, murmuré-je, avant d'ajouter plus enjouée : Mais, j'aime ma vie comme elle est, et venir en aide aux gens, leur rappeler ce qui compte, me comble de joie. Je suis une optimiste doublée d'une grande romantique. Vous avez vu comme certains ont fait des progrès dans leur communication ?

— En effet, je m'incline. Moi qui étais plus que sceptique au départ, je dois avouer que j'ai eu tort.

Maintenant, reste à découvrir combien de ces couples termineront l'année ensemble.

— Vous voyez ! Même vous, vous êtes en train de changer votre perception des choses. À la fin du voyage, vous serez peut-être un autre homme, Xavier !

J'ai voulu faire de l'humour, mais remarque qu'il semble méditer mes paroles, d'un air assombri. Son expression légère et taquine s'est envolée. Son visage est si parlant que ses sautes d'humeur transforment considérablement ses traits.

Je me rends compte que je l'observe de manière trop appuyée et détourne les yeux.

— Je vais très prochainement devoir prendre une décision qui influera, dans des proportions plus ou moins importantes, sur mon avenir et celui de ma famille. Alors, oui, probablement que ce voyage et toutes ces expériences partagées avec ces gens venus de différents horizons pourraient m'influencer. Peut-être que vous, Lucile, pourriez même jouer un rôle.

— Vous faites référence à cette rumeur à propos de ce Coloba Kité et de ce club qui vous réclame ? On vous forcerait la main ?

— Ça et d'autres choses. Si, jusque-là, j'ai toujours su ce que je voulais et dans quelle direction avancer pour y parvenir, ce n'est plus le cas aujourd'hui. Les épreuves de la vie ont fait que j'ai perdu cette excitation liée au fait de relever de nouveaux défis. Vous savez qu'on me surnomme « l'Ermite », depuis ma retraite ?

Ses orteils jouent avec le sable. Je profite qu'il soit absorbé par la contemplation du paysage pour le considérer.

Sa barbe a repoussé. Je l'aime bien ainsi, maintenant que je ne suis plus intimidée par son côté bourru. À force de conversations et de moments de complicité comme celui-ci, je perçois mieux sa sensibilité. J'en viens à la conclusion que son attitude distante et brutale du début était destinée à le protéger du monde extérieur, qui l'a apparemment éprouvé par le passé.

— Rappelez-vous que vous êtes le mieux placé pour savoir ce dont vous avez besoin et ce qui serait susceptible de vous nuire, Xavier. Si le feu des projecteurs n'est plus pour vous, personne n'a le droit de vous pousser à y revenir. Vous ne me paraissez pas fait pour ça, de toute façon. Et je ne doute pas de votre capacité à « taggarder » tous ceux qui essaieraient de vous forcer la main et de faire obstacle à votre bien-être.

Mon allusion à cette expression le surprend aussi bien qu'elle l'amuse.

Je me penche et le bouscule d'un léger coup d'épaule. Autant dire qu'il ne bouge pas d'un millimètre, alors que j'ai l'impression d'avoir cogné une montagne en effectuant du parapente.

Il éclate de rire. Un rire si communicatif que je l'imite en me massant le bras.

La soirée, tout comme la journée, se sont admirablement bien déroulées, si on exclut l'incident du portefeuille de Damien. Heureusement que ses papiers ne s'y trouvaient pas, au pire aura-t-il perdu une importante somme en liquide.

Je pousse la porte-fenêtre et la fais coulisser. L'air est doux, et profiter d'un moment au calme sur la terrasse est tentant. Je m'installe sur la chaise longue et renverse la tête pour contempler les étoiles. Une activité est organisée pour les férus d'astronomie. La nuit est belle, et le ciel suffisamment dégagé.

Je ferme les paupières en inspirant les effluves marins. Le mouvement du bateau, combiné au bruit des flots, me berce, mais une voix me fait soudain sursauter. Je réalise que je me suis assoupie.

C'est Xavier. Il est en pleine communication téléphonique.

Si j'étais de nature indiscrète, je m'interrogerais sur l'identité de son interlocuteur. Comme je suis simplement curieuse, je me fais toute petite, pour éviter d'être remarquée. Oui, je vous l'accorde, il n'y a pas tellement de différence entre les deux, c'est surtout pour soulager ma conscience. Au lieu d'utiliser un vilain mot comme « espionnage », je préfère y voir de l'intérêt pour une personne que j'ai appris à apprécier.

— ... On y sera d'ici six jours. Non. Je n'ai pas encore pris de décision... Pas de souci... Et puis, quelqu'un m'a rappelé aujourd'hui que j'étais un homme difficile à abattre, et que mes choix m'appartenaient... Ça ne te dirait rien... Je te recontacte à mon retour à Marseille... OK, faisons comme ça. Passe un bon réveillon et bon bout d'an ! Tchao.

Le silence retombe, il a raccroché.

Ma satisfaction est énorme en comprenant son allusion à notre discussion.

Je me lève doucement, prenant soin de ne faire aucun bruit dans l'espoir de regagner ma suite en toute discrétion. Hélas, je suis vite rattrapée par ma maladresse légendaire, et me cogne le pied contre celui de la table.

Je me fige en retenant mon souffle et plaque la main devant la bouche pour retenir un juron. La lumière de la chambre voisine constitue, avec une lune pas tout à fait pleine, l'unique éclairage, et l'obscurité dans laquelle je me trouve actuellement est ma seule cachette.

— Lucile ?

Comme il fallait s'y attendre, la scène n'a malheureusement pas échappé à Xavier. Me voilà dans l'obligation de révéler ma présence et, par extension, mon indélicatesse.

— Je me suis assoupie sur la terrasse, me justifié-je, gênée.

Son téléphone encore à la main, il se fige, visiblement surpris de me découvrir là.

— Pardon, si je vous ai réveillée avec ma grosse voix. Je ne savais pas que vous étiez ici.

— Ce n'est pas grave. Je ne comptais pas non plus passer la nuit à la belle étoile !

Il s'appuie contre la rambarde après avoir rangé son portable.

— Elle est pourtant magnifique.

— Oui, et il y a comme un léger parfum d'exotisme dans l'air. Je me sens vraiment dépaysée, maintenant. Des conditions idéales pour se vider la tête et faire le point, n'est-ce pas ?

— Je tenais à vous remercier, déclare-t-il brusquement.

— À quel propos ?

— Pour cet après-midi. Notre discussion m'a été bénéfique à plus d'un titre.

Ma poitrine se gonfle de fierté, d'autant que, si ma mémoire est bonne, nous étions mal engagés au début de l'aventure, lui et moi.

— J'en suis heureuse.

Il hésite avant d'ajouter :

— Est-ce que je peux me permettre un conseil à mon tour ?

Je me penche pour mieux le voir, car nos terrasses sont séparées par une paroi en verre opacifié.

— Allez-y, je vous en prie.

Il esquisse un sourire en coin, qui fait apparaître la fossette sur sa joue gauche. Je me morigène intérieurement pour éviter à mon imagination romanesque de s'emballer.

— Vous devriez avoir davantage confiance en vous. Ne permettez plus aux gens d'abuser de votre gentillesse. C'est marrant comme deux personnes aussi différentes que nous le sommes auraient à gagner à prendre exemple l'une sur l'autre.

— C'est ce qu'on appelle l'échange, Xavier. Et je suis bien d'accord, lui réponds-je avec amusement.

Séparés par la mince paroi, nous demeurons immobiles, le regard perdu dans les vagues.

Soudain rattrapée par la fatigue d'une journée au grand air, je bâille et m'étire. Puis je me tourne vers Xavier. Sa manière de me fixer m'intrigue, je me retranche derrière mon épuisement pour masquer mon trouble.

— Je vais rentrer, je crois. Je tombe de sommeil.

Il hoche simplement la tête, avant de désigner sa propre terrasse.

— Je reste ici encore un peu. Bonne nuit, Lucile.

Envahie par un sentiment ineffable, je le regarde s'installer sur l'une des chaises longues et sortir son téléphone de sa poche.

— Bonne nuit, Xavier, soufflé-je en refermant la baie vitrée.

Chapitre 10

Teddy

Je m'installe au comptoir, ni trop loin, afin d'entendre ce qu'ils se diront, ni trop près, pour ne pas être repérée bêtement ; astuce d'agent secret en mission empruntée à la série des années 2000 : *Alias*. Bref...

Tout se déroule comme escompté, enfin presque. Un poil s'échappant de ma barbe me gratouille subitement le nez, et menace de me faire éternuer. En plus, je me connais, dans ces cas-là, je suis tout sauf élégante, la discrétion n'est absolument pas mon credo. Non, avec moi, ce serait plutôt grondements venus des cieux et tremblements de terre ultra-bruyants. Une bonne raison pour ne pas jouer au nain Atchoum en plein milieu d'un bar bondé de touristes, où je suis d'ailleurs censée me fondre dans le décor.

Ah oui, j'ai dit « barbe », et vous vous demandez certainement dans quel délire je me suis encore embarquée, ou quel genre d'hallucinogène j'ai ingurgité au déjeuner.

Rien de tout ça. Le fait est que j'assure la filature de Damien, alias monsieur le cachottier au comportement suspect.

Cette histoire farfelue a commencé par la lettre que

j'ai repérée dans ses affaires, et qui a disparu depuis. Il y a eu également ce texto, reçu voici deux jours, après notre séance avec Laura, ce qui a éveillé un peu plus mes soupçons. Sans compter que Dam est encore plus bizarre que d'habitude. Quand il me croit occupée, j'en profite pour l'observer, et cette expression tourmentée qui ne lui est pas coutumière m'intrigue. J'ajouterais même qu'elle suscite en moi incompréhension et appréhension. Que lui arrive-t-il qu'il ne saurait me confier ? Je botte en touche et ça m'énerve.

Pour cette raison, j'ai élaboré un plan plus ou moins ingénieux consistant à partir à la pêche aux infos. Damien ayant une passion soudaine pour le bar L'Aquarius, j'ai décidé de m'y rendre incognito.

Voilà pourquoi j'y suis en cet instant, accoutrée en mauvais sosie de Magnum, le héros de la série éponyme des années 1980, et accoudée face à un barman, lui-même concentré sur les acrobaties de son shaker.

À ma décharge, la boutique de déguisements du paquebot a été dévalisée à l'approche de la soirée costumée du nouvel an. Conséquence : ma séance shopping s'est achevée sur l'acquisition d'une chemise hawaïenne un brin voyante, d'un pantalon kaki deux tailles trop grandes pour moi et que n'aurait pas renié Rambo, du chapeau de Colombo et de la barbe de Chuck Norris. Un combo effrayant, dit comme ça, mais qui passe à peu près, une fois enfilé. Je dis bien « à peu près ».

— Bonsoir, *señor*, qu'est-ce *qué jé* vous sers ?

Un doigt sur le côté droit de ma moustache, afin qu'elle ne tombe pas dans le bol de cacahuètes, je tâche de prendre ma voix la plus masculine pour répondre au barman.

Ma tentative échoue lamentablement. Je ne parviens

qu'à me déclencher une quinte de toux sévère. Au temps pour mon imitation de Barry White !

— Un marti... Euh, non ! Un ... Hum... Un whisky, s'vous plaît, réussis-je à articuler, les yeux inondés de larmes.

Le martini avec l'olive verte dans le verre en forme de triangle, c'est pour les filles, version Sharon Stone et son mythique croisé décroisé sans culotte. Comme je joue le mec viril et plein de poils, je me dois d'ingurgiter quelque chose de plus fort. Bon, les clichés ont peut-être aussi la vie dure chez moi...

Damien n'est pas encore revenu au bar. Je l'ai vu prendre la direction des WC sitôt après avoir salué le séduisant serveur à l'accent espagnol. Ce dernier lui a d'ailleurs apporté sa boisson, sans que mon ami ait eu besoin de passer commande, ce qui atteste des nouvelles habitudes de Dam à L'Aquarius.

Élémentaire, mon cher Watson !

OK, c'est sans doute un peu tôt pour se congratuler. Mon enquête ne fait que débuter.

Le type revient avec mon verre. Je me penche à peine au-dessus que les effluves d'alcool m'envahissent les narines et m'anesthésient le cerveau. C'est sûr, si je bois ce truc, je suis bonne pour rouler sur la table en claironnant : « Je... je... suis libertine, je suis une catin... » Sacrée Mylène !

Pour les besoins de ma couverture, je fais mine de tremper les lèvres dans le whisky. Je force un peu le trait en m'extasiant sur la robe du machin – faut-il parler également de cuisse, comme pour le vin ? –, en tout cas, je joue l'experte.

— Alors Miguel, quoi de neuf *ahora* ? *Esta bueno* ?

— Oh merde ! m'étouffé-je.

J'ai recraché ma gorgée sur le siège vide d'à côté. La faute à Damien et son espagnol au rabais. Je lui avais pourtant conseillé de ne pas choisir l'Allemand au collège, à cet idiot !

— Tout va bien, *señor* ? s'enquiert le dénommé Miguel en s'adressant visiblement à moi.

Tout en attrapant une dizaine de serviettes cocktail pour essuyer les dégâts, je bredouille une excuse bidon. Attirer l'attention sur moi ne rentre pas dans le plan. Heureusement pour la suite, Damien ne se préoccupe pas de moi ; tout juste a-t-il jeté un coup d'œil circonspect à mon look atypique.

Après cet incident ridicule, je me fais minuscule pour écouter leur conversation.

— *Entonces*, comment ça *sé* passe avec *lé* groupe ?

— Ça va. L'ambiance est bonne. Ma copine et moi, on a une autre séance en fin d'après-midi et ce soir, on doit répéter notre petit numéro pour la soirée costumée. Ça me fait chier... Enfin, ça m'ennuie un peu, mais bon.

— *Yé vou* que vous aviez *uno* ancien footballeur avec vous. Il est sympa, lui aussi.

— Ouais, je l'aime bien, Xavier. Un peu brute de décoffrage au début, mais cool au final.

— Vous restez combien *dé* temps aux Antilles après *lé* croisière ?

— Pas longtemps. On a notre vol quarante-huit heures après avoir accosté. Et toi ?

J'ose un regard discret dans leur direction. Damien sirote un cocktail à base de jus de fruits exotiques, tandis que Miguel termine de sécher des verres sortis du lave-vaisselle, qu'il range ensuite sur les étagères.

— *Yé* repars avec le bateau. Encore six mois à un an et *yé* rentre chez moi.

— Et c'est où chez toi, mon charmant Miguel ?

— Vitoria-Gasteiz, au Pays basque, précise l'intéressé avec une fierté à peine contenue.

— Tu as de la famille là-bas ? Quelqu'un qui t'attend ?

Les lèvres de Miguel s'étirent en coin, et le regard qu'il lance à Damien ne laisse place à aucun doute : mon ami lui plaît et il a certainement deviné que cette attirance était réciproque.

— *Si, mis padres et mi hermana*... Sœur, corrige-t-il. Et quelques amis, personne d'autre.

Un silence s'installe, seulement troublé par les conversations autour de nous et le tintement de la vaisselle.

— Est-ce qu'elle *lé* sait ? Tu esposa.

Miguel parle maintenant si doucement que je suis contrainte de tendre l'oreille un maximum pour entendre, au risque de me fracasser la mâchoire sur le comptoir dans la manœuvre ; je vois d'ici la scène...

— Qui ça ? Et à propos de quoi ?

— Si *tou* préfères ne pas en discuter, c'est comme *tou* veux.

Damien, se rendant certainement compte que Miguel est loin d'être dupe, décide de lui révéler la vérité :

— Oui, elle le sait. Teddy et moi... En fait, on n'est pas un couple. C'est ma meilleure amie. Si on est ici, avec ce groupe, c'est parce qu'elle a cru faire une bonne affaire sur le Web.

Je grimace en l'écoutant résumer la situation.

— Donc vous *faité*... semblant ? insiste Miguel.

Damien lève son verre avant d'avaler le liquide d'un trait.

— Tu vas nous dénoncer ? lance-t-il sur le ton de la plaisanterie.

Miguel abandonne son torchon et bascule légèrement le buste en direction de Damien. Je suis tentée de l'imiter, ne serait-ce que pour ne rien rater.

— *Yé* ne dirai rien, si *tou* acceptes de prendre un verre avec moi.

Damien se redresse, un sourire satisfait sur les lèvres.

— Dis-moi quand ?

— Pourquoi pas *cé* soir ?

Mon ami réfléchit pour la forme avant de déclarer :

— Ça peut s'arranger.

J'assiste donc en direct à la parade amoureuse de Damien avec ce Miguel, avec qui il a un rencard pour le soir même. Comme quoi, ses craintes de repartir bredouille étaient infondées, même en étant arrivé sur ce paquebot au bras de sa soi-disant femme. Quel *serial lover*, ce Dam !

— *Perfecto !* Et pour l'autre soir, ça s'est arrangé ?

Je me fige. Voilà une autre histoire. À quoi fait-il allusion ? Et pourquoi ne suis-je pas au courant ?

— Oh ça... C'était un message de mes parents. Ils voudraient qu'on se voie prochainement. Je ne sais pas... De l'eau a coulé sous les ponts depuis notre dispute, mais je ne suis pas certain d'arriver à leur pardonner.

Ses parents ?

Je suis abasourdie.

De quel droit ces deux-là reviendraient-ils dans sa vie, alors qu'ils n'ont pas hésité à le jeter à la rue, il y a quinze ans. À la mort de son jumeau, Dam n'a pas seulement perdu un frère, il a assisté, aux premières loges, à l'éclatement de sa famille. Non contents d'avoir perdu un fils, ses géniteurs ont renoncé à un autre, quand celui-ci leur a révélé son homosexualité.

Je suis écœurée...

... Et déçue. Parce que Damien n'a pas jugé opportun de m'en parler, alors que je l'ai toujours soutenu. C'est d'ailleurs chez mes parents qu'il a trouvé refuge, à dix-sept ans, une valise dans une main, un sac de sport dans l'autre. Comme quoi une vie peut tenir dans peu de choses parfois.

Damien quitte le bar. Je consulte l'horloge au-dessus

de la tête de Miguel et constate que je devrais suivre le même chemin, notre rendez-vous avec la *love coach* approchant à grands pas. Seulement, je suis incapable de bouger.

Mon regard se noie dans le liquide ambré de mon verre que je ne cesse de faire rouler entre les doigts. Je le fixe, et l'idée de prendre un petit remontant ne me paraît pas si futile.

J'avale donc le whisky cul sec... pour le regretter amèrement la seconde suivante.

Hum ! On pourrait entendre un moustique péter...

Je suis installée face à Laura, Damien à ma gauche. Ce dernier semble encore moins disposé que moi à desceller les lèvres. Notre composition du couple empêtré dans sa discorde est si criante de vérité que je pourrais gober le scénario. Néanmoins, elle témoigne de notre éloignement, chacun placé devant la preuve de la trahison de l'autre.

— Bien, commence Laura. Avez-vous déjà préparé votre petit show pour la soirée de demain ?

Elle fait référence à la chorégraphie sur laquelle nous sommes censés travailler à l'occasion des festivités du nouvel an, et je préfère ne pas dévoiler que le tout est encore à l'étape de concept et, qu'étant donné les circonstances, il n'est pas près d'évoluer.

Je préfère mentir de manière éhontée.

— Ça avance... doucement.

Je me tourne vers Damien, qui approuve mon pipeau d'un hochement de tête.

— Parfait. Avez-vous rediscuté de ce qui a été dit lors de notre dernière séance ?

— Vous voulez parler de la malédiction de ma perfection ? raille Damien.

Un léger ricanement m'échappe.

— Le dialogue est essentiel pour l'amélioration de vos relations, lui rétorque la coach.

Il soupire. Je choisis ce moment pour mettre les pieds dans le plat :

— Depuis quand tes parents et toi êtes en contact ?

La stupéfaction de Damien est si vive que son expression en est presque comique. De toute évidence, je l'ai pris de court, il ne s'attendait pas à celle-là. Conclusion : j'ai décidément l'art de le surprendre durant ces séances.

— T'as fouillé dans mes affaires ? s'offusque-t-il aussitôt.

— Peut-être bien ! bluffé-je. À ton avis, qu'est-ce que j'aurais bien pu trouver dedans, qui me donne envie de gerber ?

— Putain..., marmonne-t-il. Je savais que j'aurais dû brûler cette lettre avant de partir.

Une lettre ?

— Tu veux dire que tes parents t'ont envoyé un courrier et que tu n'as pas jugé utile de m'en toucher un mot ? C'était quand ?

— Pour Noël, me répond-il en ramenant les bras sur son torse, tel un gamin boudeur.

— Ça, c'est la meilleure ! Et après, monsieur me reproche de ne pas lui parler de mes problèmes de couple !

La pauvre Laura est perdue. Du coin de l'œil, je remarque qu'elle souhaite intervenir, mais elle apprendra à ses dépens qu'il est quasiment impossible de nous arrêter, avec Dam, dès lors que nous sommes lancés dans une engueulade.

— Ce n'est pas la même chose, Teddy. Je sais à quel point tu détestes mes parents et j'ai anticipé ta réaction, voilà !

— Ah ben ça, mon vieux, tu parles d'une anticipation ! Ce qui me fait le plus mal, c'est que tu aies préféré de te confier à un barman dont tu viens à peine de faire la connaissance !

Il s'immobilise. Quelque chose me murmure que je viens de me dénoncer toute seule.

Merde !

— Attends, attends... Comment t'es au courant, espèce de sale petite fouineuse ? Oh la vache ! C'était toi, ce mec bizarre au bar ? Un mélange de Magnum, Rambo et Chuck Norris !

Je grimace. Qu'est-ce que je disais !

— J'ai bien été obligée d'utiliser des subterfuges pour mener mon enquête, vu que tu ne me dis plus rien ! Qu'est-ce qu'ils te veulent, d'abord ? Avec le mariage pour tous et les adoptions par les couples gay, ils ont compris que tu ne risquais plus d'être arrêté comme sodomite, ou quoi ?

— Ils n'ont pas mentionné une seule fois mon homosexualité dans leur lettre, pas plus que dans les rares messages que nous avons échangés.

— Pardon ? Je... Vous venez bien d'évoquer l'homosexualité de Damien ? Mais alors... Que...

Fais chier !

Je l'avais complètement oubliée, celle-là ! Avec toutes les informations compromettantes que nous venons de lâcher par inadvertance, autant dire que nous sommes bons pour les menottes à l'arrivée.

— Homosexuel ? Non, nooon ! Enfin, ce serait étrange, ricané-je, stupidement. Ma langue a fourché, c'est tout. J'ai... Je voulais dire bisexuel.

Le regard effaré de Laura, qui se pose sur nous tour à tour, évoque une partie de tennis : un coup à droite, un coup à gauche, rebelote et... faute !

— Depuis quand le savez-vous, Teddy ?

— Depuis toujours, dis-je en me plaçant face à Dam.

Et je l'accepte comme il est, contrairement à ces gens. J'aime de tout mon cœur cet abruti avec ses qualités et ses nombreux défauts. Et si je ne lui ai rien dit de mes... problèmes, c'est parce que je sais qu'il a vécu des moments pénibles dernièrement, et qu'il a déjà fait tellement pour moi qu'il méritait une pause. Dam, je suis désolée de t'avoir tenu à l'écart.

Mon attention est rivée sur lui. Ses yeux commencent à s'embuer aussi sûrement que les miens. Dans moins d'une minute, nous nous tomberons dans les bras... ou pas !

— T'es vraiment tordue, ma vieille branche. Tu le sais, ça ?

— Quoi ? Tu ne t'es toujours pas remis de mon hybride de « Stars des années 1980 » ?

— Ta chemise était affreuse et ta barbe ressemblait au cadavre d'un hamster moisi !

— Mais tu n'as pas tilté, sur le moment, on peut donc considérer que ma mission d'espionnage s'est soldée par un succès. Au fait, sympa, ce Miguel, j'aimerais bien apprendre à le connaître. Quand est prévu ce fameux verre, déjà ? le taquiné-je.

Il secoue la tête, l'air faussement désespéré.

— Même pas en rêve, morue ! Et pour en revenir à cette lettre, je comptais t'en parler à notre retour. Pour l'instant, je ne sais pas trop quoi faire.

Je hausse les épaules en me rapprochant de lui. Laura est devenue transparente.

— Je n'ai aucun droit de t'influencer, c'est ta décision. Mon rôle en tant que meilleure amie... et compagne ! ajouté-je au léger coup de coude administré par Dam, c'est de te mettre en garde. N'espère pas trop de choses venant d'eux, comme ça, tu réduiras la probabilité d'être déçu. La tolérance, chez certaines personnes, est inversement proportionnelle à leur connerie.

Il acquiesce. Je lui caresse le visage affectueusement.

— On fait la paix ? proposé-je.

Il se penche pour demander son avis à Laura :

— Qu'est-ce que vous en pensez, nous sommes un cas désespéré, pas vrai ?

La *love coach* esquisse un sourire en refermant son cahier de notes posé sur ses jambes croisées.

— Vous l'êtes nettement moins que certains couples du groupe. On sent beaucoup d'amour entre vous.

— Tu entends ça, chérie ! se félicite Damien en mettant l'accent sur le dernier mot. On va rejouer la scène de *Titanic* sur le pont sup ?

Amusée par son comportement et soulagée d'avoir enfin crevé l'abcès, je lui tape dans l'épaule en lui chuchotant de ne pas trop en faire.

— Si elle ne nous démasque pas avant la fin du séjour avec toutes nos gaffes, c'est qu'elle a vraiment eu son diplôme dans un Kinder surprise, me murmure-t-il.

— Et ça fait bien notre affaire ! lui soufflé-je, en l'enlaçant.

Chapitre 11

Lucile

Je regagne ma luxueuse cabine après mon long entretien avec Laura.

À la suite de nos observations et des résultats de ses premières consultations, nous en sommes plus ou moins arrivées aux mêmes conclusions : la majorité des couples est en bonne voie, ce qui constitue une énorme satisfaction pour nous. Deux sont sans doute irrécupérables, tant les différends qui les opposent sont difficilement surmontables, et un troisième nous paraît désormais suspect.

En attendant d'élucider ce dernier point, assez fâcheux, je dois me pomponner pour le réveillon de la Saint-Sylvestre.

Je me dirige vers l'imposant dressing, d'où je ressors avec ma tenue pour la soirée costumée. Je souris de manière triomphale, en faisant tournoyer le cintre dans ma main. Pour une fois, on ne pourra pas m'accuser de pécher par excès de couleurs, car j'ai opté pour une association noir et argent. La fille de la boutique m'a assuré que le costume produirait son petit effet, reste à savoir sur qui...

Impatiente de parader dans mes nouveaux atours, je file à la salle de bains.

Une demi-heure plus tard, je m'étudie dans le miroir sur pieds de la pièce principale. Mon examen se veut sans complaisance. Je lisse les faux plis de la jupe et réajuste le bandeau sur mes cheveux, retenus par un chignon flou d'où s'échappent quelques mèches bouclées.

Je me rapproche de mon reflet afin de corriger le surplus de fard sur mes joues roses, et pince les lèvres pour atténuer le rouge. Pour le regard, j'ai choisi de rehausser le bleu de mes yeux par un *smokey eyes* saphir. Satisfaite du rendu, je me souris dans le miroir.

Puis je m'empare de mon téléphone posé sur le lit, afin de m'immortaliser dans cet accoutrement de fête. Après vérification, je prends un nouveau cliché que j'envoie par MMS à mes proches avec la mention « Bon réveillon à tous ! »

Ma cousine est la première à me répondre, en me souhaitant à son tour de « m'éclater », exactement ce que je compte faire.

Un regard en direction des balcons plongés dans l'obscurité m'indique que Xavier n'est pas dans sa cabine. Je m'avance avec l'espoir de détecter un mouvement, quelque chose. En vain. Je ne l'ai aperçu que brièvement au moment du petit déjeuner, et depuis plus rien, comme s'il s'était évaporé en plein océan !

La situation ne serait pas si déplorable, si je n'éprouvais pas autant de déception, sans parler de cette sensation incompréhensible de manque.

Je suis irrécupérable, car je louche sur un homme au front duquel est inscrit – ou devrait l'être – « Danger, pas touche ! » Le soupir d'impuissance que je pousse est déchirant, tandis que mon front entre en contact avec la surface froide de la vitre, que mon souffle couvre de buée. Comme dans mon enfance, je trace des formes de la pointe de l'index.

— Une rose des vents, constaté-je, amusée. Si seulement tu pouvais m'indiquer le bon chemin à prendre dans la vie…

Je me redresse et lève les yeux en direction du ciel, à qui j'adresse une prière silencieuse.

La sonnerie de mon portable m'extirpe de ma rêverie solitaire. Laura m'annonce qu'il ne manque plus que moi. L'esprit obnubilé par Xavier, j'en ai oublié mon rôle d'animatrice.

Un second bip retentit. Il s'agit de Cruella, alias Véra. Par un mail aux accents hypocrites, elle présente ses vœux à toute l'équipe en nous félicitant pour le travail fourni tout au long de l'année, puis en nous enjoignant de continuer. Elle termine par une formule de politesse aussi convenue qu'impersonnelle envers ceux qu'elle considère comme ses subalternes, dans le sens le plus péjoratif du terme.

Je me rappelle soudain que j'ai oublié de répondre à son message, tout comme j'ai omis de prendre des nouvelles de sa très attendue demande en mariage.

Munie d'une pochette assortie à la robe, je quitte ma chambre pour rejoindre les autres au restaurant.

Je débarque à l'Odyssée juchée sur des talons de dix centimètres. Les mauvaises langues diraient que je découvre mon environnement d'un tout nouveau point de vue.

— Vous êtes délicieusement rétro, Lucile. Charleston ?

Mon pauvre palpitant exécute un double salto, avant ou arrière, on s'en fiche !

Je pivote d'un quart de tour et me retrouve face à un Xavier d'une rare élégance. J'en vacille sur mes petites jambes !

Vêtu d'un smoking noir porté sur une chemise couleur

saphir, il est à tomber. J'ai besoin de me remettre de mes émotions avant de répondre à son compliment.

— Vous n'êtes pas mal non plus, Xavier. Je vous remercie. Vous... Vous aimez vraiment ma tenue ?

Ses lèvres s'étirent pour m'offrir un sourire des plus charmeur. Ça ne surprendra personne si j'avoue être conquise ?

— Disons que ça vous change. C'est moins coloré, me taquine-t-il, même si, je l'admets, j'ai appris à apprécier votre style particulier.

— Particulier ?

— Ne le prenez pas mal. L'originalité est une qualité dans un monde où tout le monde se ressemble. Vous... vous êtes unique en votre genre.

Je baisse légèrement la tête pour cacher mon trouble aussi bien que mes joues écarlates.

Il m'offre le bras. J'hésite, il attend calmement que je l'accepte. Ce que je finis par faire, non sans me triturer l'esprit avec les nombreuses questions qui me taraudent.

Notre arrivée à table est remarquée, mais je dévie rapidement le cours de la conversation sur le programme de la soirée.

Le repas est succulent. Le plat principal, homard au champagne, est un régal pour les papilles. Les bulles pétillent dans les coupes, les rires s'élèvent dans la salle où le ballet des serveurs est incessant.

Sur scène, les participants au spectacle s'occupent d'animer la soirée. Plusieurs de nos clients ont accepté de se plier à l'exercice, jugé excellent par Laura, afin d'améliorer la communication et de restaurer la complicité dans leur couple.

Ce sera bientôt au tour de Damien et Teddy de se dévoiler sous le feu des projecteurs, et à qui j'accorde une attention toute particulière.

Après la représentation inspirée de la comédie musicale *Grease* de Magali et Stéphane, nous changeons de registre avec *California Love*, de Tupac Shakur.

Je remarque qu'un certain nombre de personnes échangent des regards étonnés. Un peu plus loin sur ma droite, je vois Xavier s'adosser à sa chaise en croisant les bras ; il est abîmé dans la contemplation de la scène.

Notre duo apparaît enfin sous une salve d'applaudissements.

Pour ma part, j'avale de travers ma gorgée d'eau en apercevant Damien, habillé comme un gangster américain, et Teddy, attifée comme une de ces filles se trémoussant de façon ridicule dans les clips de rap.

Le play-back de Damien est si mauvais que des rires commencent à retentir. Quant à Teddy, la pauvre est aussi à l'aise qu'un poulet devant une enseigne KFC, elle ne sait visiblement plus où se mettre.

Laura se penche vers moi :

— Ils n'ont rien préparé.

— Je ne pense pas, non. Ils avaient probablement mieux à faire, les coquins.

Elle m'adresse un regard entendu, auquel je réponds par un discret signe de tête. Je désigne ensuite notre couple de grincheux, Ghislaine et Jacques, et c'est au tour de Laura de secouer la tête, l'air épuisé.

Les stars d'un soir continuent de défiler sur scène.

Le dessert remonte déjà à une heure. Cela étant, la soirée est loin d'être terminée, d'autant plus que le champagne coule à flots dans les flûtes en cristal.

Xavier a disparu un peu avant qu'il ne soit servi.

À plusieurs reprises, au cours du dîner, j'ai surpris son regard sur moi sans parvenir à l'interpréter. Éprouve-t-il également de l'attirance pour moi ? Ou m'apprécie-t-il simplement comme il l'a laissé entendre un peu plus tôt ?

La fatigue d'une longue journée commence à se faire sentir. Tandis que je réprime un bâillement, quelqu'un s'installe sur la chaise vide à côté de moi. Identifiant Ghislaine, j'opte pour la fuite et me lève avant qu'elle ne déplie son interminable liste de doléances toujours plus difficiles à satisfaire.

L'air est frais à l'extérieur. Je regrette de ne pas avoir emporté un châle.

Je croise les bras autour de mon buste pour me réchauffer, sans pour autant envisager de regagner ma cabine. Déambuler sans but précis m'apaise. Sur mon parcours, je croise des promeneurs profitant du calme des ponts, loin de l'agitation régnant dans les différents restaurants et bars du paquebot. Bien évidemment, des voix et des rires résonnent dans la nuit, mais ce n'est rien en comparaison de la cacophonie que j'ai abandonnée en quittant notre table à l'Odyssée.

J'arrive bientôt à l'avant du bateau. Je m'arrête brusquement et me penche par-dessus le bastingage. Durant une bonne minute, je suis hypnotisée par la puissance avec laquelle la coque fend les vagues.

Ma tête bascule en arrière, et je ferme les paupières en inspirant profondément.

— Lucile ?

Je sursaute et rouvre aussitôt les yeux. Une forme se meut dans l'obscurité avant d'en émerger progressivement.

— Xavier, c'est vous ?

À peine ai-je posé la question, qu'il apparaît dans toute sa splendeur. Mon penchant déraisonnable pour cet homme me joue des tours, car il me semble plus grand, plus fort, plus beau, s'il en était besoin. Je suis mal engagée pour revenir dans le droit chemin.

— Que faites-vous ici, toute seule ?

— Comme vous, je fuis les autres.

Il ne répond pas à ma provocation et demeure silencieux, les poings enfoncés dans les poches de son pantalon à pinces. Sa cravate dénouée retombe lâchement sur sa veste ouverte.

Je l'observe et un détail que je n'avais pas relevé m'interpelle à présent.

— Excusez-moi, j'ai oublié de vous le demander tout à l'heure, mais vous êtes déguisé en quoi, au juste ?

Il hausse les sourcils, manifestement surpris par ma question.

— En rien du tout. Je déteste ces fêtes costumées. Coup de bol, j'avais pensé à mettre un costard dans mes affaires. J'ai eu du flair, s'amuse-t-il.

— Effectivement, c'était bien vu.

Le silence retombe. Je me mords les lèvres. De son côté, il se perd dans la contemplation de la voûte céleste ; il semble même vraiment absorbé.

— Vous vous y connaissez en astronomie ? demandé-je alors.

Il délaisse le ciel étoilé et baisse la tête pour me répondre.

— Pas du tout, si ce n'est deux ou trois noms de constellations pour épater la galerie, enfin surtout les filles, dans ma jeunesse.

Je ricane.

— Comme si vous aviez besoin de ce type de stratagème !

— Pardon ?

— Non rien, éludé-je en grelottant. Ça vous ennuie, si on rentre. J'ai froid.

En homme serviable, il se déleste de sa veste et la glisse sur mes épaules contractées. Je me détends peu à peu, enveloppée par la chaleur résiduelle de l'homme auquel elle appartient. J'en profite pour humer discrètement son odeur, qui m'est devenue si familière au fil des jours.

— Ça va mieux ?

— Oui, je vous remercie.

Une porte s'ouvre à la volée pour révéler un petit groupe alcoolisé qui s'échappe dans un brouhaha de rires et de commentaires grivois.

Xavier et moi les observons s'éloigner en silence.

La musique du restaurant nous parvient distinctement, car le battant a mal été refermé.

Xavier se place devant moi et m'offre la main, tandis que je le fixe avec le plus grand étonnement.

— M'accorderiez-vous cette danse, Lucile ?

— Volontiers, réponds-je en plaçant la main dans la sienne.

Un frisson exquis remonte le long de mon bras, je le ressens aussi bien que le martellement de mon cœur en alerte, ainsi que cet élancement particulier dans le bas-ventre.

Commence alors le slow le plus sensuel de toute mon existence. Mon corps est en symbiose complète avec celui de mon partenaire. Aucun de nous n'impose son rythme à l'autre, nous nous mouvons à l'unisson. Je me félicite d'avoir enfilé des talons, car je me situe à une hauteur parfaite par rapport à Xavier. À chacun de nos pas, ma poitrine devenue sensible glisse le long du torse solide de mon sportif préféré. Nos ventres sont plaqués l'un à l'autre, nos bassins également, nos cuisses s'effleurent. Je suis en feu !

Dans un geste spontané, j'appuie la tête sur son épaule. Lui ne tarde pas à poser le menton sur mon crâne. Je ne me suis jamais autant sentie à ma place qu'en cet instant, dans les bras forts et protecteurs de cet homme.

Je lève les yeux vers lui et, ce faisant, j'assiste à un phénomène d'une rare beauté.

— Oh ! regardez ! Une étoile filante ! Faites un vœu, Xavier.

Il me dévisage sans mot dire, mais avec la même expression qu'au cours du dîner. Ma bouche s'assèche, tandis qu'à l'inverse, mes mains se mettent à trembler légèrement sur ses épaules.

— Embrassez-moi, Lucile.

Ai-je bien entendu ou mon imagination de fille romantique me malmène-t-elle encore ?

— Pardon ?

Il lève alors l'index en même temps qu'un sourcil. Je suis son geste et découvre la branche de houx accrochée au-dessus de nous.

— Il faut respecter la tradition ou ça porte malheur, déclare-t-il.

— Ah bon ? Eh bien, dans ce cas, il serait peut-être temps de se tutoyer, vous ne croyez pas ?

La pleine lune joue maintenant à cache-cache avec les nuages. Le visage de Xavier se retrouve en partie plongé dans l'obscurité, toutefois je devine son sourire quand il me répond :

— D'accord. Alors, embrasse-moi, Lucile.

Minuit sonne, au loin résonnent les cris de joie des passagers. Cependant, Xavier et moi demeurons dans notre bulle où rien ne peut nous atteindre, même pas ce changement d'année.

Ma gorge est plus que jamais nouée. Je m'oblige à me détendre. Quel mal y aurait-il à respecter la tradition, comme il l'a si bien suggéré ?

Sa grande main caresse ma joue. Je me surprends à rechercher bien davantage que ce simple contact en pressant le visage dans le creux de sa paume. Il se penche. Je suis toute frémissante. Il stoppe brusquement alors que mes paupières s'abaissent. Il jauge ma réaction. J'approche les lèvres des siennes, pour lui faire comprendre que je n'attends que lui, que je ne désire que lui, et que cette branche de houx n'est qu'un prétexte comme un autre pour assouvir ce besoin que j'ai de lui.

Je sens son souffle chaud sur moi. Un courant électrique me parcourt tout entière. Il effleure enfin mes lèvres qu'il butine avec application et savoir-faire. Ses mains expertes explorent ma taille et le bas de mon dos. Ces gestes sont aussi légers que doit l'être le contact d'ailes de papillon. La sensation est exaltante. Toutefois, j'en désire davantage. J'aspire à un tel tourbillon d'émotions que je ne respire plus. Cela fait si longtemps que la passion a déserté ma vie ! Soudain, mon quotidien tranquille, pour ne pas dire monotone, avec Sergio ne me suffit plus. Xavier ressent mon impatience, car après une infime pause, nous nous embrassons véritablement.

Vive la tradition !

Depuis que je me suis glissée entre les draps, impossible de fermer l'œil. Voilà deux heures que je ne cesse de me retourner sans parvenir à trouver une position correcte, de m'enrouler maladroitement dans la couette, de me débattre aussi bien avec le tissu qu'avec mes pensées entremêlées.

J'ai le choix entre deux options pour interpréter mon baiser avec Xavier : soit c'est le début d'une belle histoire, soit c'est une erreur monumentale.

La façon dont nous nous sommes quittés sur ce pont, après avoir partagé un moment aussi intense que fugace, ne me permet pas d'entrevoir une issue certaine. J'ajouterais même que le flou le plus total règne désormais. Une alarme tinte dans un coin de ma tête pour m'avertir que mes prochaines décisions pourraient avoir un gros impact sur mon avenir.

Cela m'obsède tellement que je crois même entendre le bruit d'une sirène.

Une sirène ? !

Je me redresse d'un bond. Le bruit ne se situe pas simplement dans ma tête perturbée, une sirène retentit réellement. Le son me parvient de plus en plus nettement à mesure que je prends conscience de sa signification.

Je quitte le lit et file à la porte que j'ouvre à la volée.

Le corridor grouille déjà de monde, c'est impressionnant ! Certains sont toujours en habits de soirée, car les festivités du nouvel an ne sont pas encore achevées pour les couche-tard.

Un membre de l'équipage, passant devant ma cabine, m'attrape par les épaules et m'enjoint de rejoindre le point de rassemblement sur le pont de notre étage. Je le suis sans protester, tout en cherchant Xavier des yeux.

Une fois au bon endroit, je sens mon anxiété grandir de ne l'apercevoir nulle part.

Je me renseigne auprès de l'homme en uniforme sur la possibilité qu'il puisse s'agir d'un exercice, mais il paraît ne pas avoir d'informations à ce sujet. Les commentaires inquiets commencent à fuser. Les esprits s'échauffent de demeurer dans l'ignorance. Pour ma part, je choisis l'action en partant à la rencontre des membres de mon groupe.

Je parviens non sans mal jusqu'au pont abritant les cabines de la majorité d'entre eux.

Teddy me repère la première et m'adresse de grands signes. Je me fraye un chemin jusqu'à elle et découvre sept autres couples. Je m'enquiers de leur état à tous. Ghislaine est si choquée qu'elle en a perdu sa langue fourchue.

— Hey ! Si c'est un remake du naufrage du *Titanic*,

je vous préviens que le monde a changé, alors le refrain des femmes et des enfants d'abord, c'est has been. Ce sera juste les enfants, et après la parité ! déclare Damien.

— Pour ça, je te fais confiance, Dam. Tu seras le premier à sauter dans un canot de sauvetage, rétorque Teddy, sarcastique.

— Oh ! mais pas sans toi, ma vieille branche.

— C'est vrai ?

— *Of course*, comme ça, si on dérive sur une île déserte sans noix de coco, je pourrai te bouffer, comme dans le film, tu sais, *Les Survivants* !

Il part dans un grand éclat de rire tandis que les coups de poing de Teddy pleuvent sur lui. La complicité de ces deux-là est évidente. Je souris, car une part de moi les envie un peu de partager cela.

— J'ignore où sont Magali et Stéphane, s'inquiète Damien, reprenant son sérieux. Leur chambre est à côté de la nôtre, mais on ne les a pas vus. Tu confirmes, Teddy ?

Cette dernière acquiesce en se plaçant sur la pointe des pieds pour inspecter le pont noir de monde. Je l'imite.

En dépit des températures estivales en journée, la fraîcheur est de mise la nuit, et tous ceux qui, comme moi, n'ont pas pensé à se vêtir convenablement avant de quitter leur cabine grelottent.

Je me rapproche de Teddy qui tremble autant que moi et finis par la prendre dans mes bras.

— Waouh, ce ne serait pas Xavier, là-bas ? s'exclame-t-elle avec une admiration à peine contenue.

C'est plus fort que moi, j'opère une volte-face. Mon corps ne tremble plus à cause du froid, mais d'excitation.

Teddy a vu juste, c'est bien Xavier qui s'avance, vêtu d'un débardeur et d'un pantalon de pyjama. Il est plus sexy que jamais, et moi, encore plus mal barrée !

Il s'arrête à notre hauteur. Parler de déception devant

son comportement serait bien en deçà de la vérité. Il m'adresse à peine un regard, tandis qu'il prend des nouvelles de chacun. Je pourrais avoir simplement imaginé ce moment sous la branche de houx que ça ne ferait guère de différence.

Je ravale ma peine et étouffe les couinements de mon cœur meurtri.

— Il manque Magali et Stéphane. Teddy et moi, on se demandait justement où ils étaient.

— En discothèque peut-être ? suggère Sara, soutenue par Karim, son compagnon.

— Non, ils sont partis en même temps que nous. Y a environ une heure, précise David.

— Et Gaby et Laurent, où sont-ils ? ajouté-je.

Xavier me remarque enfin, mais son expression est si neutre que c'en est blessant. Néanmoins, je feins de ne pas lui accorder d'importance, alors qu'il occupe toute la place dans mon esprit et sans doute ailleurs.

— Je ne sais pas vous, commence Damien, mais j'en ai marre de patienter ici en me les gelant. Ça vous tente d'aller à leur recherche ? Si ça se trouve, ils n'ont pas entendu l'alarme.

Cela m'étonnerait, mais leur absence pose tout de même problème. Nous nous dévisageons les uns les autres, puis, d'un commun accord, nous décidons de ne pas attendre le feu vert de l'équipage, à plus forte raison si tout ce chambardement ne relève pas d'un simple exercice.

Parvenue devant la chambre de Magali et Stéphane, je prends les commandes et frappe à la porte. Aucune réponse.

Je réitère, en vain.

— Ils ne sont pas là. Nous devrions retourner sur le pont et...

Un « boum » en provenance de l'intérieur nous

fait sursauter. À bout de patience et inquiète, Teddy tambourine de plus belle contre le battant. Au même instant, j'aperçois un steward, un peu plus loin. Je lui demande d'intervenir. Devant l'urgence de la situation, il s'exécute et ouvre la porte avec son passe. Ce que nous découvrons nous laisse sans voix, ou presque :

— Oh putain ! s'écrie Teddy, en plaquant une main sur la bouche.

Comme je la suis de près, je m'immobilise in extremis avant de la bousculer.

Les mots me manquent pour décrire l'incongruité de la scène. Je regrette soudain d'avoir forcé l'entrée de cette chambre à coucher.

— Jésus, Marie, Joseph..., soufflé-je, sidérée.

— Bingo ! On a le compte ! renchérit Damien.

Passé les premières secondes de stupeur, je me détourne pour ne pas ajouter le voyeurisme à notre intrusion.

Xavier n'est plus là. Je me sens mal.

Chapitre 12

Xavier

Après dix jours en mer, *El Miraculo* a accosté à Fort-de-France aux premières lueurs du jour.

La croisière touche à sa fin, mais pas les ragots qui se répandent à la rapidité d'un feu de forêt. Et Dieu seul sait que les pyromanes s'en donnent à cœur joie, n'ayant rien de mieux à se mettre sous la dent !

Quarante-huit heures plus tard, l'incident du nouvel an est toujours dans les regards en coin, mais pas sur les lèvres, par égard pour les principaux concernés. Sur ce point, les consignes de Lucile ont été respectées.

En attendant de grimper dans le car devant nous conduire à notre hôtel, situé dans la commune des Trois-Îlets, je surprends quelques œillades peu discrètes suivies de chuchotements à l'approche de Magali et Stéphane. La raison ? Débarquement oblige, nos nouveaux Clara Morgane et Rocco Sifredi ont bien été forcés de quitter leur cabine, dont ils n'ont plus osé franchir le seuil depuis cette fameuse nuit.

Je ne suis peut-être pas resté jusqu'au final, mais d'après ce que j'ai pu apercevoir en pénétrant dans leur chambre, ces deux-là ont mis en pratique les conseils délivrés par la gentille Laura. Mieux que ça, ils ont décidé de relancer leur vie sexuelle en s'offrant un plan à trois avec un autre passager, heureusement étranger au groupe. Sinon, je ne vous raconte pas le bordel au royaume du puritanisme !

Dommage pour le trio, tout aurait pu se dérouler ni vu ni connu, sans cette fausse alerte incendie, suivie de l'irruption de notre groupe animé des meilleures intentions du monde. Et que dire du spectacle ! Sur le coup, j'ai moi-même eu du mal à interpréter la scène, à croire qu'en acrobates expérimentés, nos trois stars du porno s'étaient donné comme mission de reproduire la position la plus hard du Kâma sutra. En tant que premiers témoins, Teddy, Damien et moi avons été tentés d'applaudir un tel exploit technique, alors que de son côté, Lucile était à deux doigts du malaise. Sauf qu'elle s'est vite ressaisie pour ordonner l'évacuation des lieux, et empêcher que le reste de la troupe ne vienne se rincer l'œil, un poil trop tard cependant pour préserver l'intimité de Mag et Steph.

La principale conséquence de cela, conséquence contre laquelle elle n'a pu lutter, est le commérage. Et là, nos chers quinquagénaires guindés – j'ai nommé Ghislaine et Jacques – se sont fait plaisir, avec l'aide de quelques autres, qu'on pourrait rebaptiser la ligue des frustrés, et contre laquelle les efforts combinés de Lucile et Laura n'auront abouti à rien.

Il va de soi que pas un mot de toute cette histoire ne se retrouvera dans mon article, en dépit du buzz que cela pourrait susciter. Tout ce qui se passe à Vegas reste à Vegas !

Je confie ma valise au chauffeur et attends que tout le monde prenne place dans l'autocar pour m'installer à mon tour.

Gaby passe devant moi sans me saluer. Elle m'évite un peu, je crois, et j'ai ma petite idée sur la raison de son comportement. Apparemment, Magali et Stéphane ne sont pas les seuls à avoir profité de la soirée du nouvel an pour faire des folies de leur corps avec un autre que leur conjoint. En retournant à ma chambre, j'ai comme qui dirait surpris la femme de Laurent en train de se glisser discrètement hors d'une cabine qui n'était pas la leur. Depuis, elle agit comme si j'allais balancer l'info sur le blog de ma sœur. Personnellement, je suis adepte de l'adage qui dit que chacun fait ce qu'il veut avec son cul.

Je traverse le bus et m'installe au dernier rang, inoccupé. Mon téléphone sonne, je vérifie. C'est Fred qui cherche à me joindre. Je renvoie son coup de fil sur la messagerie, en notant mentalement de la recontacter une fois au calme à l'hôtel.

Le véhicule quitte son point de stationnement. Je regarde l'énorme silhouette du paquebot s'éloigner avec la sensation étrange d'être légèrement différent qu'au moment d'embarquer. C'est probablement l'effet Lucile.

Hier, durant le dîner, elle a fondu en larmes quand les membres du groupe lui ont offert des cadeaux achetés à la boutique du bateau : une parure fabriquée à partir de coquillages nacrés, un paréo Madras et un T-shirt montrant un Winnie l'ourson habillé comme Marilyn Monroe et se gavant de miel, accompagné de l'inscription « *My heart belongs to candy* ». Une idée de Teddy apparemment.

Pourtant peu versé dans le sentimentalisme, j'ai trouvé l'instant touchant et la réaction de Lucile plus encore. Il n'a échappé à personne qu'en plus de son professionnalisme, elle est passionnée par ce qu'elle fait. À mon sens, elle appartient à cette catégorie de personne aimant rendre les gens heureux de la manière la plus altruiste qui soit. C'est également quelqu'un de sensible... que j'ai dû heurter, étant donné la façon dont elle me snobe depuis notre aparté sous cette branche de houx. Le problème est que je ne saurais lui reprocher ce que j'ai moi-même essayé de faire : l'autruche. La force de ce moment nous a sans aucun doute surpris tous les deux. Bien sûr, aucun de nous ne pourrait nier l'attirance qui s'est progressivement installée entre nous, mais de là à imaginer cette alchimie mise en évidence avec autant de force par un simple baiser. Non, sincèrement, je ne m'y attendais pas. Ce qui explique ma gestion merdique de la situation. J'aurais dû aller lui parler le lendemain, plutôt que me retrancher derrière le scandale Gaby – Laurent et ma prétendue couverture médiatique du séjour. Le fait est que j'ai passé plus de temps à penser à elle qu'à toute autre chose. La petite créature étrange et trop colorée du début s'est muée en obsession pour moi au fil de la croisière. Il n'est pas question uniquement d'attirance ; nos discussions ont soulevé en moi un certain nombre d'interrogations. Tout cela m'a donné matière à cogiter, et ce qui en ressort, c'est que je dois effectuer un ménage dans ma vie pour repartir sur des bases saines. Décision est donc prise d'avoir une conversation franche avec Mel à mon retour. Je l'aime, elle est ce que j'ai de plus précieux dans ma vie, mais j'envisage notre relation différemment aujourd'hui.

Je me sens observé et tourne la tête. Mon regard rencontre celui de Lucile... Une fraction de seconde avant qu'elle ne se détourne précipitamment.

Nous en sommes revenus au jeu du chat et de la souris. Voilà une autre femme avec qui je vais devoir clarifier la situation.

L'occasion se présente l'après-midi même.

Désireux de profiter pleinement de leurs dernières heures de vacances, quelques membres du groupe se sont offert une excursion en catamaran vers le nord-ouest de l'île pour tenter d'apercevoir des dauphins, pendant qu'une autre partie a pris la pétrolette direction la ville de Fort-de-France, pour un moment détente entre tourisme et shopping.

J'ai de mon côté choisi de jouer la carpette sur la plage.

En atteignant les transats, je constate que Lucile a opté pour le même programme et que le siège à côté du sien est vide.

C'est moi ou elle se raidit ? Ce qui n'est pas bon signe selon mon expérience.

Au risque de passer pour le mec relou de l'année, je m'approche quand même. Moi qui attendais de pouvoir lui parler seule à seul, ce serait idiot de ne pas saisir ma chance.

Seulement, c'est sans compter les touristes qui m'ont repéré et me coupent la route pour me demander non plus des autographes, mais le truc à la mode : des selfies. Histoire de ne pas être taxé de gros con imbu de sa personne, je me plie aux différentes sollicitations, et parviens, après ce qui me semble une éternité, à me débarrasser de tout ce beau monde.

Je constate alors, impuissant, que le transat libre à côté de celui de Lucile est maintenant occupé par Teddy.

J'aime bien cette fille, du moins je n'ai rien contre elle, mais dans l'immédiat je l'enverrais bien en orbite sur Mars pour lui piquer sa place.

Au lieu de ça, je déploie ma serviette sur le sable et m'allonge dessus.

Elles m'ont repéré – mais avec la cohue de tout à l'heure, le contraire aurait été étonnant –, et m'adressent un petit signe de la main en souriant. Quant à moi, je dois sûrement leur renvoyer quelque chose à mi-chemin entre le sourire crispé et la grimace.

J'espère quand même arriver à me détendre, mais leurs rires étouffés me parviennent bientôt. Je tends l'oreille, juste pour vérifier que je ne sois pas l'objet de leurs messes basses.

— Tu as une photo de lui ?

— Oui, sur mon portable. Attends, je te le montre.

De qui parlent-elles ?

— Ah ouais ! Il est très beau, en effet. Et ce regard, waouh ! Je comprends que tu aies craqué sur cette belle bête !

Eh bien, si c'était un homme qui désignait une femme de cette manière, il prendrait une sacrée volée de bois vert, alors que le contraire ne choque personne. C'est comme le site « Adopte un mec.com ». Essayez de le convertir au féminin et vous verrez ce que vous recevrez dans la tronche !

Lucile se met à glousser. Mes récriminations intérieures m'ont empêché d'entendre ce que lui a confié Teddy. Je déplace discrètement ma serviette sur le sable pour me rapprocher d'elles. Je ne sais pas pourquoi, mais la situation m'agace.

OK, cette conversation ne me concerne pas, mais elles n'ont qu'à être plus discrètes, elles aussi !

— C'est ce que je dis à ma cousine. Elle n'en est pas fan du tout.

— Ah bon ? Moi, je le trouve trop craquant, au contraire. Et c'était pendant des vacances, alors ?

— Oui. Dès que j'ai vu Sergio, ça a fait tilt. On peut dire que je suis revenue avec lui dans mes bagages et depuis, nous ne nous quittons plus, enfin presque.

— C'est trop mignon ! J'adore les jolies petites histoires comme ça.

— Nous sommes des femmes. Nous les aimons toutes, ces histoires-là.

Derrière mes lunettes de soleil, je lève les yeux au ciel en les entendant ricaner.

Sergio ?

Lucile est donc… maquée ?

Du coup, je comprends mieux son attitude, après notre baiser du nouvel an. Elle n'était pas uniquement gênée, elle s'est sentie mal de s'être laissée aller dans mes bras, pour la simple et bonne raison qu'il y a quelqu'un dans sa vie.

Et moi qui culpabilisais de mon côté sans savoir… Abruti ! J'ai mal interprété les signes et me suis fourvoyé. Au moins, en permettant à mes oreilles de traîner, j'ai évité l'humiliation.

Je me redresse et attrape ma serviette. Mon geste est si brusque qu'il engendre une projection de grains. Tant pis, les filles boufferont du sable, ça les empêchera de s'extasier sur le physique d'un rital.

Tel un missile lancé à pleine vitesse, je scinde en deux un groupe qui se positionne pour entamer une partie de tennis. Pour ma part, j'ai assez joué, ces derniers jours. Je suis énervé.

Le soir, je boude le restaurant de l'hôtel, où les autres se sont donné rendez-vous, au profit d'un snack du quartier de la Pointe-du-Bout, face à la mer. Un dîner en tête à tête avec moi-même, voilà ce dont j'avais besoin pour mettre mes idées au clair.

Repu et prêt pour une bonne nuit de sommeil avant le vol de demain, je déambule dans les allées fleuries de l'établissement. Elles sont flanquées de part et d'autre de bungalows à l'architecture typique des Antilles et hautement colorés, un détail esthétique qui devrait plaire à Lucile.

Merde. On avait dit plus de Miss Mini-pouce !

J'ai envie de me donner des gifles. Je suis un homme

de trente-huit ans, pas un adolescent boutonneux victime de son petit béguin pour une fille déjà en couple ! Et puis, il faut que je parle à Mélanie. Une femme à gérer à la fois ! C'est bien suffisant pour un mec comme moi, un gars à qui il manque quelques outils pour parvenir à décoder la psychologie de l'autre sexe.

Les mains dans les poches, la tête dans les nuages et le regard fixant un point imaginaire devant moi, je prends l'allée que je pense mener à ma chambre. Je suis en réalité sur celle du resto. Le temps de m'en apercevoir, je rebrousse chemin et percute un gamin. Je le rattrape juste avant que son postérieur n'entre durement en contact avec le sol.

— Aïe !

— Lucile ?

— Xavier !

Ses yeux s'arrondissent, elle a l'air stupéfaite de me trouver là. À force d'exhiber les photos de son super mec à qui veut bien, elle en a totalement zappé ma présence sur l'île.

Cela dit, dans le cas présent, je ne suis qu'une brute ayant presque envoyé à terre une jolie jeune femme sans défense. J'ai beau être sur les nerfs, la moindre des politesses est de m'enquérir de son état.

— Tu vas bien ?

— Ou... Oui, ça va et toi ?

Sa remarque m'arrache un sourire. C'est comme si une souris s'inquiétait d'avoir amoché un éléphant en lui rentrant dedans. Je mime la douleur, mais il faut le reconnaître, mon jeu d'acteur est pourri.

— J'ai mal, mais je m'en remettrai.

Ma blague tombe à plat. Lucile 1 – Xavier 0.

En fait, je la sens mal à l'aise. Le chant assourdissant des cricris, des insectes, nous épargne au moins un silence gênant. Lucile est agitée, son regard scrute les environs.

Elle remarque enfin que je la fixe avec insistance et comprend certainement que je trouve son comportement bizarre.

— Oh... Euh... J'ai perdu un objet auquel je tiens. Un bracelet pour être précise, je le porte assez souvent.

— Celui avec la pierre d'ambre au milieu ?

Elle se fige. C'est à son tour de me dévisager étrangement, comme si elle s'étonnait que j'aie pu relever ce type de détail la concernant.

— Oui... Oui, celui-là.

— Tu es sûre de ne pas l'avoir oublié dans ta chambre d'hôtel, tout simplement ?

— Non, malheureusement. J'en viens.

Elle paraît abattue à l'idée de l'avoir égaré. Ses humeurs sont-elles à ce point communicatives ou bien suis-je seulement très réceptif dès lors qu'il s'agit d'elle ? Je ressens son désarroi, et mon impuissance me pèse tout à coup. Je voudrais pouvoir faire apparaître son bijou, uniquement pour le plaisir de voir son visage s'illuminer. Certaines femmes vous donnent envie de vous transformer en chevalier servant, prêt à pourfendre des dragons ou à vous engouffrer dans un immeuble en flammes pour les sauver, ou plus simplement à les rendre heureuses.

Lucile, comme Mel, produit cet effet sur moi, mais pour des raisons différentes. Et les analyser maintenant ne réussirait qu'à me filer un mal de crâne carabiné.

— Aucune chance que tu l'aies oublié dans ta cabine, sur le bateau ?

Ce serait le pire scénario.

Elle secoue la tête, faisant virevolter la masse rousse de sa chevelure. Au ralenti, ça ferait une bonne pub pour du shampoing.

Putain, j'en dis des conneries, moi, parfois...

— Non, je me souviens l'avoir mis à mon poignet ce matin. En plus, j'ai passé la pièce au peigne fin avant de partir. Non, je l'ai forcément perdu entre mon arrivée ici et ce soir. Je suis désespérée, c'était un cadeau de ma grand-mère.

— Hum, je comprends. Tu sais quoi, je pense honnêtement qu'on aurait à y gagner en retournant à ton bungalow pour le fouiller. À deux, on aurait plus de chance.

Elle hésite une seconde avant d'acquiescer. Je lui offre le bras, elle accepte, et un léger sourire naît à la commissure de ses lèvres. Je tente d'occulter que je connais leur saveur et la sensation de leur contact. Elle n'est pas libre et, dans un sens, je ne le suis pas non plus. Je déteste être raisonnable.

Résultat des recherches : une demi-heure de fouille, un bordel innommable, et une Lucile ravie d'avoir remis la main sur le bracelet de grand-maman.

La piaule a l'air d'avoir été perquisitionnée par une horde de flics enragés, mais c'est le cadet de ses soucis.

— Je n'aurais jamais pensé à la poubelle de la salle de bains !

Je hausse les épaules, l'idée était de moi. De manière plus générale, lorsqu'elles sont si foireuses, elles viennent toujours de moi.

— Quand on a épuisé toutes les options normales, il ne faut pas hésiter à passer à la vitesse supérieure. Des clés de bagnole dans le frigo, personne ne l'envisagerait, pourtant, ça m'est arrivé.

Elle éclate de rire en repoussant ses fringues pour s'asseoir sur le lit. La montagne de tissus bigarrés me rappelle à quel point ses goûts vestimentaires sont particuliers, et à quel point cela fait son originalité. Exception faite de ce soir. Elle est élégamment vêtue d'une petite robe de plage blanche à l'ourlet en dentelle, tout ce qu'il y a de plus classique, mais accessoirisé d'un énorme coquelicot bien rouge en guise de broche sur la poitrine. C'est du Lucile tout craché !

Je me redresse et grimace, le corps endolori d'être resté à quatre pattes pour inspecter le dessous des meubles.

Lucile tapote sur la place libre à côté d'elle, et je la rejoins. Elle se lève aussitôt pour se diriger vers sa valise ouverte et maintenant presque vide, un paquet d'affaires gisant à côté.

Elle en sort une bouteille de rhum, du Trois Rivières, mon préféré.

— Pour fêter ça ?

J'incline la tête.

— Une proposition qui ne se refuse pas !

Elle s'empare des deux verres posés sur le bureau.

— Il nous manque des glaçons, mais ce n'est pas grave.

Je lui prends la bouteille des mains, l'ouvre et nous sers :

— De la glace ? Ce serait gâcher ce breuvage, malheureuse !

Elle ricane, avant de porter la boisson à ses lèvres.

— Doux Jésus ! C'est plus fort que je le pensais ! Mais, ça sent très bon, en tout cas.

— Tu n'en as jamais goûté ?

Elle secoue la tête et avale une autre gorgée.

— Oui, je confirme, c'est vraiment fort !

— Et ça glisse tout seul, parole d'alcoolique !

Elle rit aux éclats.

— Je suis incroyablement soulagée. Le séjour touche à sa fin. Tout s'est relativement bien passé. Je rentre avec la satisfaction de la mission accomplie.

Je la fixe et plonge le regard dans le sien. Sa lèvre

supérieure tremble un peu, signe qu'elle est nerveuse. Sergio ou pas, je lui fais de l'effet, c'est indéniable. Je me demande à quoi peut bien ressembler ce type. Et leur relation ? Est-elle heureuse avec lui ? Sur ce point, je n'en mettrais pas ma main au feu. Mais je suis bien placé pour savoir que le bonheur durable est une quête de chaque instant dans la vie d'un couple.

— Tu peux être fière de toi. Tu as convaincu le plus sceptique de ton groupe, et ce n'était pas une mince affaire !

— J'en déduis que l'article que tu rédigeras sera dithyrambique.

— Donne-moi cinq minutes, le temps d'aller chercher dans le dico ce que signifie ce mot.

Elle éclate de rire en basculant la tête en arrière. Je crois que l'alcool commence à agir sur elle, car elle perd l'équilibre et sa joue cogne légèrement mon épaule.

Je l'aide à se redresser et pose mon verre sur la table de chevet.

— Je ferais mieux de rentrer. Ça va aller, toi ?

Elle m'adresse un vague signe de la main, que j'interprète comme un oui.

— OK...

Lucile s'allonge en gémissant. Si j'en crois ma propre expérience, le mal de crâne n'est plus très loin.

Dans un premier temps, je me dirige vers la porte, avant de revenir sur mes pas. Mon regard exécute plusieurs allers-retours entre la femme ronflant maintenant bruyamment sur le lit et la pièce sens dessus dessous.

Je soupire.

Il m'aura fallu plus de temps pour ranger le bordel que pour l'y foutre.

Je pose la dernière petite culotte de Lucile dans sa valise et c'est fini. Elle émet toujours des sons entre le porc qu'on égorge et la mobylette au pot d'échappement crevé.

Je m'approche. Une mèche lui barre le visage et se soulève à chacune de ses expirations. Je la lui ôte et en profite pour lui caresser la joue, à la peau aussi douce que du velours.

Elle s'est couchée tout habillée, ses sandales encore aux pieds. Je les lui retire, glisse ses jambes sous le drap, que je remonte à hauteur de sa poitrine, et attrape la télécommande pour régler la clim.

Puis je pars, l'esprit tranquille.

En ouvrant la porte de la chambre, je tombe nez à nez avec un couple encombré de ses bagages.

Bizarre, il est minuit passé, un peu tard pour effectuer un check-out…

La femme tourne la tête dans ma direction. Je reconnais Gaby et en déduis que l'homme à ses côtés est son conjoint, Laurent.

Je descends les deux marches de la terrasse et parviens à leur hauteur. Ils sont surpris de me voir. La chambre que je viens de quitter est celle de Lucile, facile dans ces conditions d'en tirer de fausses conclusions.

— Hé, où vous allez, avec toutes vos valises ? On ne part que demain.

Ma remarque anodine provoque chez eux un changement de comportement. De fait, leur nervosité me pousse à la méfiance. Qu'est-ce que ces deux-là mijotent exactement ? J'intercepte le bref coup d'œil anxieux de Gaby à son mari.

— Rien. On a choisi de ne pas suivre le groupe. On s'en va de notre côté.

Laurent ricane comme un con.

— Et ça ne peut pas attendre demain ?

— Ne… Nous devons nous rendre chez des amis.

Cette fois, c'est Gaby qui me prend pour un imbécile.

— D'accord. Je dirai à Lucile que vous êtes partis.

Je lâche l'affaire. Ce ne sont pas mes oignons, je ne les cuisine donc pas plus. Ils ont l'air soulagés. Je m'écarte pour qu'ils puissent poursuivre leur chemin.

J'aperçois soudain une puis deux chemises blanches au loin. Un type, que son uniforme me renseigne sur sa profession, sort de l'obscurité. Je le vois pointer du doigt mon couple de mythomanes. J'ai à peine le temps de comprendre ce qui se passe que Laurent envoie valdinguer l'un de ses bagages pour s'enfuir à toutes jambes, suivi de près par sa femme.

La réaction est immédiate, les deux flics les prennent en chasse.

— Police ! Arrêtez-vous ! hurle l'un d'eux.

Débute alors une véritable traque.

En passant devant la réception de l'établissement, je comprends que les autorités, prévoyantes, ont quadrillé l'ensemble des bâtiments, signe que nous n'avons pas affaire à de petits délinquants de quartier.

Vingt minutes plus tard, Bonnie and Clyde jouent encore à cache-cache. Des résidents de l'hôtel, alertés par le bruit, sont sortis de leur chambre, avant d'être priés d'y retourner et de s'y enfermer le temps de l'intervention.

À mon avis, Gaby et Laurent sont toujours dans la place. Ils doivent se terrer dans l'un des bungalows, attendant le moment propice pour détaler dans l'obscurité.

Bungalow… Malfrats en cavale… Lucile !

Je m'en veux de ne pas l'avoir anticipé !

Je me faufile entre les habitations et les arbustes comme une ombre pour ne pas être repéré. Si mon sens de l'orientation ne me fait pas défaut, je ne suis plus très loin du but.

Je rampe sur le bois de la terrasse jusqu'à la fenêtre de la chambre. Lucile n'est plus endormie sur le lit, je ne la vois nulle part. Mon pouls s'accélère, je sens monter en moi l'adrénaline.

Je me baisse et plaque le dos contre le mur. Il n'y a pas trente-six solutions si je veux en avoir le cœur net, je dois entrer pour vérifier qu'elle va bien.

J'ignore si Gaby et Laurent sont armés, même si mon petit doigt me souffle que c'est sûrement le cas. Qu'importe, si ma Mini-pouce préférée est en danger, je fonce !

— Lucile ? Lucile !

Une fois à l'intérieur, je ne peux que constater ce que j'avais déjà noté depuis l'extérieur : la pièce est vide. Je ne décèle aucune trace de lutte, tout est exactement comme quand j'ai quitté le bungalow. C'est rassurant, en un sens. Je me détends un peu.

Le répit n'est que de courte durée. Je sursaute au bruit sourd en provenance de la salle de bains. La porte est fermée. Je me déplace tout doucement. Je pose lentement la main sur la poignée que je tourne. Elle est verrouillée de l'intérieur.

— Lucile, tu es là ?

Après une attente interminable, elle me répond enfin d'une voix faussement enjouée :

— Oui, Xavier. Je suis juste allée au numéro cent !

— Au quoi ?

— Aux toilettes !

— Ah. Je suis venu vérifier si tout était OK. La police est ici. Ils en ont après Gaby et Laurent.

— Ah... Ah bon ?

— Mais, si tu m'assures que tu es en sécurité, je m'en vais.

— Xavier ! Je... Oui, ne t'inquiète pas pour moi.

Elle n'est pas seule, j'en parierais mon maillot du Brésil signé par Romario. Je dois vérifier si mes soupçons sont fondés.

— Lucile.

— Ou... Oui ?

— J'ai conscience qu'on n'aurait pas dû, mais j'ai aimé couché avec toi, ce soir.

— Qu... Quoi ?

Si le contexte n'était pas si grave, j'aurais éclaté de rire à son ton choqué.

— Oui, malgré Sergio et ma propre situation, je ne regrette rien de ce qui est arrivé entre nous. Je voulais que tu le saches.

Silence. Puis elle reprend :

— Moi aussi, Xavier. Je ne regrette rien, malgré Mel et ma propre situation.

Elle est donc au courant... Et elle n'est pas seule. Mon petit stratagème pour m'en assurer a fonctionné. Je dois maintenant amener le couple à baisser sa garde. Pour cela, j'ai une idée en tête, reste à savoir si cela va marcher.

— Bon... J'y vais. Enclenche le verrou derrière moi, ce sera plus prudent. Bonne nuit, Lucile.

Bien sûr, je bluffe. Elle ne me répond pas.

Je mime des bruits de pas jusqu'à la sortie, je n'ai en réalité pas bougé. Aucune réaction de l'autre côté.

Comme je ne suis pas disposé à attendre dix ans, je choisis d'enfoncer la porte. Ce ne serait pas la première fois qu'un footballeur pro saccage une chambre d'hôtel et, dans ce cas précis, j'ai des circonstances atténuantes.

Un... Deux... Trois...

Des cris accompagnent mon entrée fracassante dans la salle de bains. Un couteau valdingue dans les airs et termine sa course dans le lavabo. Lucile est projetée dans la douche avec Gaby. Quant à moi, je suis accueilli par le gros poing de Laurent, que j'esquive in extremis.

Notre échange de gnons débouche sur une baston mémorable.

Sous ses airs de gendre idéal, Laurent est un véritable boxeur. Il est en plus habité par la hargne et le désespoir d'une bête qui se sait acculée. Sauf que je ne lui offre aucune ouverture et rends coup pour coup.

Sans le perdre de vue, j'essaye de repérer Lucile. Elle n'est pas en reste et se défend telle une tigresse, je suis fier d'elle.

À la manière des catcheuses dans la boue, Gaby et elle se livrent une lutte sans merci. J'ignore comment, mais Gaby a maintenant une fleur de bain dans la bouche. Ma Mini-pouce à la crinière de lionne s'est métamorphosée en Xena la guerrière. On peut dire que quand on la cherche, on la trouve !

Conséquence directe de ma petite observation, je suis distrait. Laurent saisit cette occasion en or pour m'asséner une beigne dans la mâchoire, qui précarise mon équilibre. J'entends sonner les cloches et voler les papillons pendant un bref instant.

Je me ressaisis rapidement. Pas question de laisser cette ordure s'échapper !

Je le rattrape, alors qu'il comptait prendre la poudre d'escampette, oubliant sa femme au passage, le goujat !

Dans l'action, il trébuche sur la bouteille de Trois Rivières et chute lourdement au sol. J'en profite pour le démonter d'une bonne droite, après quoi mes doigts sont en feu. Mon adversaire s'effondre et, de mon pied fermement plaqué sur sa poitrine, je l'immobilise. Je m'empare ensuite de mon téléphone portable pour avertir la réception que j'ai le paquet des flics, qui attend sagement au chaud.

Lucile réapparaît dans la pièce en titubant et s'écroule sur le lit, malmené par mon face-à-face avec Laurent. Pour le prouver, le meuble perd un pied au moment où elle s'assoit et se retrouve de travers, mais elle paraît tellement à l'ouest qu'elle ne sourcille même pas.

— Lucile ?

Elle ne m'entend pas tout de suite, puis lève son œil valide vers moi. L'autre double de volume de seconde en seconde, jusqu'à devenir un formidable coquard de boxeur.

Aucun son ne s'échappe de ses lèvres tuméfiées, ce qui ne m'empêche pas de lire son « Merci. » Je hoche la tête en songeant que la sienne est à faire flipper.

Les flics arrivent peu de temps après et ramassent les deux comparses, l'un étendu sur le tapis devant la télévision éteinte, et l'autre complètement K-O dans la douche.

Lucile et Xavier 1 – Gaby et Laurent 0.

Un policier recueille ma déposition, tandis qu'un urgentiste prend en charge Lucile et nettoie ses plaies. Elle a refusé un transfert vers l'hôpital voisin.

J'attends qu'il en ait terminé avec elle pour la rejoindre sur le lit. Alliés dans la bataille, je lui présente mon poing serré qu'elle tape du sien avec la vigueur d'un paresseux mourant. Nous sommes cuits tous les deux.

Il nous faut encore patienter jusqu'à ce que cesse le cirque des enquêteurs pour nous retrouver seuls.

Fatiguée aussi bien émotionnellement que physiquement, et toujours sous l'emprise de l'alcool, Lucile fond alors en larmes dans mes bras. Je tente de la réconforter du mieux que je peux, et lui essuie le visage à l'aide d'un mouchoir propre, déniché dans l'une de mes poches.

La crise se calme. Nous en profitons pour revenir sur les récents événements.

— Gaby et Laurent, j'avais des doutes, mais jamais je n'aurais soupçonné une telle supercherie.

— Des doutes ?

— Oui, avec Laura, nous pensions qu'ils n'étaient

pas réellement un couple. Des détails, des petites choses que nous avons relevées et qui nous ont mis la puce à l'oreille.

— Votre instinct ne vous a pas trompées, apparemment.

— Un frère et une sœur, deux criminels. C'est complètement fou !

Lucile tremble, et je resserre les bras autour de ses épaules.

— De ce que j'ai pu intercepter des communications entre les flics et le personnel de l'hôtel, ils sont recherchés pour différents délits de braquages à main armée commis en France et en Allemagne. L'équipage du *Miraculo* a signalé plusieurs vols ayant eu lieu pendant la traversée. Ils n'ont pas ébruité la nouvelle pour ne pas créer de psychose en plein milieu de l'Atlantique. Mais quelqu'un, à bord, les a reconnus le dernier jour. Pour le nouvel an et l'épisode de l'alarme incendie s'étant soi-disant déclenchée intempestivement, c'étaient eux aussi. Je le crois, parce que j'ai moi-même vu Gaby sortir discrètement d'une cabine, cette nuit-là. À l'époque, j'ai simplement supposé qu'elle s'était offert une relation extraconjugale avec un autre passager, mais à la lumière des récentes infos, je comprends qu'elle était en chasse de cabines à dévaliser.

— Et ce soir, comment t'es-tu retrouvé mêlé à tout ça ?

Je hausse les épaules.

— Ah ça... Eh bien, je les ai rencontrés en partant d'ici. On ne dirait pas, comme ça, mais quand je t'ai quittée, tout était en ordre, j'avais tout rangé.

Elle me sourit faiblement :

— Vraiment ? C'est adorable de ta part, Xavier.

Je bombe le torse et joue le kéké. Ça l'amuse. Je tente surtout de lui changer les idées.

— J'ai trouvé bizarre qu'ils se barrent avec leurs bagages en plein milieu de la nuit. Après, je n'ai pas cherché à en apprendre plus.

— Je me doute bien, te connaissant.

Elle bâille sans savoir à quel point sa remarque à propos de mon caractère m'a pris de cours. Je continue :

— C'est là que les flics ont débarqué et leur ont crié qu'ils étaient en état d'arrestation. La suite, pas besoin de te la raconter, tu étais aux premières loges. Ils ont essayé de s'échapper et voilà. Ils ont utilisé cette croisière pour se mêler à un groupe au-dessus de tout soupçon, afin de quitter la métropole sous de fausses identités. Une fois en Martinique, ils comptaient sûrement disparaître à bord d'un bateau, vers une destination où ils se seraient mis au vert pour profiter de leur magot.

Lucile secoue la tête.

— Mon Dieu... Qui peut être aussi pervers pour imaginer un plan pareil ? Il n'y a qu'une expression qui me vienne à l'esprit pour définir ce genre d'individu : quand il dort, le diable le berce !

— Hum, c'est parlant, en effet, et bien imagé.

Je m'écarte doucement pour me redresser. Lucile lève la tête, ses yeux bleus et humides m'interrogent.

— Il est tard. Maintenant que tu ne crains plus rien, tu devrais te coucher. La journée sera longue, demain.

— Tu as raison.

J'atteins la porte. Lucile m'interpelle.

Je me retourne, en songeant que si elle me demande de rester, j'ignore si j'aurais la force de refuser. Notre échange, alors qu'elle était retenue en otage par Gaby et Laurent, me taraude. Sergio et Mel, deux bons motifs pour que chacun de nous conserve ses distances.

Désir contre volonté, un combat dur à mener, dans certains cas.

— Encore merci, Xavier. Bonne nuit.

— Dors bien, Lucile.

Décidément, je déteste être raisonnable !

Chapitre 13

Lucile

Je donne l'accolade aux derniers couples qui récupèrent leurs valises sur le tapis bagage. L'heure de la séparation a sonné, après douze jours passés ensemble et de bons moments partagés.

Nous ne sommes à Orly que depuis quarante minutes, mais la routine et surtout l'hiver nous ont rattrapés. La neige s'est invitée au programme, semant son lot de pagaille sur les routes, dans les gares et les aéroports. C'est limite si, au premier flocon, tout le monde ne s'est pas mis à crier et à courir dans tous les sens. Chaque année, c'est le même cirque.

Je soupire et déverrouille l'écran de mon smartphone. Mon visage s'y reflète. Je ressemble à la sœur cachée de Quasimodo.

Quand je repense aux circonstances qui m'ont valu cette allure, je peine à y croire. Le plus compliqué a été d'informer mes clients. Le raffut n'était pas passé inaperçu et il a bien fallu expliquer la soudaine absence de Gaby et Laurent. Sans compter que mon œil au beurre noir et mes lèvres à l'effet botoxé étaient tout bonnement impossibles à dissimuler.

Gaby n'aura pas volé d'avoir vu disparaître la moitié de sa chevelure plus une molaire.

Devant mes bafouillements et bégaiements, Xavier a volé à ma rescousse. Ça devient une habitude, chez lui ! Je devrais le rebaptiser « Super Xav ». Trop occupée à me rouler dans la boue avec Gaby, j'ai manqué le spectacle du « taggardage » de Laurent. Dommage... À nous deux, nous avons formé une sacrée équipe, comme quoi, nous nous entendons sur pas mal de plans, hormis celui qui pourrait compter...

Mel...

J'avais beau avoir un couteau sous la gorge, lorsqu'il a usé de son subterfuge pour vérifier la présence ou non du couple de malfrats dans ma chambre, une intense bouffée de chaleur m'a envahie. Pendant une seconde, une toute petite, riquiqui et insignifiante seconde, des images de corps en sueur, de membres entremêlés et de draps froissés m'ont assaillie, menaçant d'occulter tout le reste.

Le tapis continue sa danse hypnotique, je vais perdre des neurones à le fixer ! Ma valise apparaît enfin et me sort de ma transe. Je la soulève dès qu'elle arrive à ma portée. Je grimace, halète, elle pèse une tonne ! La faute sans doute à ma nouvelle passion pour le rhum martiniquais et mon souhait d'en faire profiter mes proches.

Tout un groupe prend la direction de la sortie et libère ainsi le paysage. Xavier entre alors comme par enchantement dans mon champ de vision. Moi qui l'accusais d'avoir filé à l'anglaise, il était toujours là.

On se croirait dans un film. La salle se désemplit peu à peu. Xavier se tient bien droit sur ses jambes solides ; je suis en face, dans une posture un peu gauche. Dix mètres nous séparent, même si j'ai la sensation que c'est un océan de contraintes. Il me fixe, je fais de même. Un sourire incurve ses lèvres pleines ; je conserve le souvenir impérissable de leur goût depuis cette fameuse soirée.

Il effectue un premier pas pour me rejoindre. Mon cœur, pourtant habitué à lui, ne devrait pas avoir cette réaction, mais il tressaute, exécute deux ou trois saltos, puis redémarre son martèlement – *boum boum... boum boum*. Il semble se caler sur la démarche de l'homme qui se trouve bientôt tout près de moi.

— C'est terminé.

— Non !

Je plaque la main sur la bouche, consciente d'avoir exprimé à voix haute mes pensées. Le sourire de Xavier s'épanouit jusqu'à devenir un brin espiègle.

Sans vraiment réfléchir, je lui tends la main. Il baisse lentement les yeux jusqu'à elle, l'observe, puis la prend dans la sienne.

Un hoquet de surprise m'échappe à l'instant où je ressens la pression exercée par Xavier, afin de m'attirer à lui. Ma poitrine entre en contact avec son torse et, malgré nos couches respectives de vêtements, mes joues s'enflamment aussi sûrement que mes sens.

— Au revoir, Lucile. Je suis heureux d'avoir fait ta connaissance.

— Moi non plus... Euh, moi aussi. J'ai... Je ne t'oublierai pas, Xavier Taggard. Maintenant, grâce à toi, je suis incollable sur les règles du hors-jeu au football !

Nous pouffons. Nos mains sont toujours jointes, mon corps vibre de savoir le sien si proche.

— Nous aurons tous les deux appris quelque chose, pendant ces quelques jours ensemble.

Il se penche et dépose un baiser sur chacune de mes joues. Je clos les paupières afin de savourer l'instant, bien trop bref à mon goût.

Puis il s'écarte avec un raclement de gorge. Je suis

déçue, quand bien même je n'espérais rien en débarquant à Paris. Qu'aurais-je pu attendre, de toute façon, tout avait été dit.

— Le temps de le mettre au propre, l'agence aura mon article et les photos, lundi matin.

Je hoche la tête et le remercie.

Il s'éloigne. Mon cœur va mal, ma tête bouillonne, une voix à l'intérieur me hurle de ne pas le laisser partir. Qu'importe Mel, mes réticences du début, ma petite existence trop tranquille avec Sergio, je ne supporte pas l'idée qu'il disparaisse de ma vie. Mais nos mondes sont à l'opposé, ils le sont autant que les deux hémisphères, j'ai donc parfaitement conscience que plus jamais nous ne nous reverrons. Ce qui aurait été un avantage pour une aventure d'un soir ne l'est plus actuellement.

Je dois me rendre à l'évidence, je suis tombée sous le charme de cet homme, aussi bourru et sauvage qu'il soit. Je me remémore ces moments où il s'est soucié de moi, a pris ma défense, m'a apporté son aide, m'a embrassée avec passion. Jamais de ma vie, je n'avais éprouvé ce que j'ai ressenti à cet instant. C'était intense et un peu magique, sous les étoiles, au beau milieu de l'océan. Oui, mais voilà, Xavier est une star quand je ne suis personne. Il est adulé par des millions de personnes quand je suis insignifiante pour la plupart des gens. Il a une famille quand, moi, je n'ai jamais autant senti le poids de ma solitude.

Je sèche rageusement une larme qui perle au coin de mon œil.

Un homme du service entretien me dépasse. Un regard à la salle me fait prendre conscience que je suis la dernière à faire de la résistance.

— Un problème, mademoiselle ? Si vous n'avez

pas eu tous vos bagages, vous pouvez adresser une réclamation au bureau.

Je suis touchée par sa sollicitude et lui souris.

— Non, j'ai tout ce qu'il me faut. Je traînais, c'est tout. Merci monsieur, bonne journée.

— Bonne année, mademoiselle.

Bonne année. Elle ne pouvait commencer sur une note plus mélancolique.

Il y a foule dans l'aérogare, et pour cause, la plupart des vols ont été annulés en raison des prévisions météo.

Dehors, le ciel est plus menaçant que jamais, et annonciateur de nouvelles chutes de neige. Je presse le pas en direction du OrlyVal, la navette de l'aéroport, pour gagner Paris.

Les autres voyageurs ont certainement eu la même idée, car une nuée impressionnante se précipite dans une seule et unique direction, ce qui a pour conséquence d'engendrer un énorme bouchon.

Moi qui ne culmine déjà pas à des sommets, je suis rapidement écrasée par les sacs à dos des personnes autour de moi. J'étouffe, j'ai chaud, j'en ai marre !

Sans plan B, je choisis néanmoins de m'extirper de cet enfer. Je m'écarte pour ne pas risquer d'être emportée par le flot, puis regarde de loin l'agglutinement qui ne cesse de croître. C'est certain, en cas d'invasion extraterrestre, ce serait la cata !

— ... Non, mon vol a été annulé. Plus aucun avion ne décollera d'ici aujourd'hui. Je ne sais pas... Je t'avoue que c'est un peu la pagaille. On se croirait en pleine fin du monde.

Tiens, qu'est-ce que je disais !

J'ai reconnu la voix de l'homme dont j'espionne la conversation. Dois-je y voir un signe du destin ? Peut-être bien.

Je pivote et découvre sans surprise Xavier. Il raccroche en même temps qu'il pose les yeux sur moi.

— La journée s'annonce compliquée, me lance-t-il.

— C'est ce que j'ai cru comprendre. Tu ne pourras pas rentrer à Marseille, alors.

Il enfonce les mains dans les poches de son jean et pousse un long soupir défaitiste.

— J'ai bien peur que non. En plus, comme je ne suis pas considéré comme un passager en correspondance, je n'ai droit à rien, et tous les hôtels des environs affichent complet.

— Oh ! mince.

— Pas grave, j'ai quelques contacts dans la région.

— Tu peux venir chez moi !

J'ai dit ça, moi ?

C'est sorti si précipitamment de ma bouche que je n'ai pas eu le temps de retenir ma langue. Je fixe Xavier, le cœur battant. Je lis également de l'hésitation dans ses onyx qui me sondent.

— Tu... Je ne suis pas sûr que ce soit une bonne idée. Je ne voudrais pas déranger. J'ai cru comprendre que tu ne vivais pas seule.

Je balaie sa dernière remarque d'un geste.

— Oh ! ça ne posera aucun problème. Sergio n'est pas sauvage, et rien ne dit qu'il sera à la maison quand nous arriverons.

Xavier doute encore. Maintenant que j'ai lancé mon invitation – que je l'ai « balancée » même –, elle me tient à cœur. En dépit des circonstances, la perspective non négligeable de prolonger mon temps avec Xavier me pousse à insister :

— Tu serais plus que le bienvenu.

À son ébauche de sourire, je devine qu'il est sur le point de capituler. Je lèverais bien le poing de la victoire, mais il pourrait mal l'interpréter.

— Si tu n'y vois aucun inconvénient, alors j'accepte avec plaisir. Merci beaucoup, Lucile. J'essayerai de me faire tout petit.

J'éclate de rire en l'examinant.

— Comme si c'était possible !

— Je t'assure, je peux être aussi discret qu'une ombre quand je le décide.

— Hum... Nous verrons ça.

Il m'invite alors à le devancer en mimant une courbette de courtisan. Je lui rends la politesse, ce qui me vaut le plus beau des clins d'œil.

Il se dirige vers la porte des taxis. Je l'interpelle, alors qu'il s'éloigne avec nos deux bagages.

— Le OrlyVal est par là, Xavier, lui indiqué-je du pouce.

Il secoue la tête.

— J'ai commandé un Uber. Ça ira plus vite. Profitons-en tant que les autoroutes ne sont pas encore saturées.

Quel homme prévoyant !

Je plaque la main sur mon béret rouge assorti à mon manteau, et cours pour ne pas le faire attendre.

Prochaine étape, la découverte de mon appartement par Xavier.

Il a cessé de neiger, mais nul doute que la reprise est pour bientôt.

Le trajet en voiture a duré une heure et quarante-cinq minutes, alors qu'il est de trente d'ordinaire.

Ma rue est méconnaissable sous tous ces centimètres de neige. Le spectacle est magnifique ; il le serait davantage, s'il ne s'accompagnait pas de tout un tas de galères. Les trottoirs se sont transformés en patinoire. Dans le parc, à côté, les luges sont de sortie. Les enfants profitent de leurs derniers jours de vacances scolaires.

Xavier récupère nos bagages auprès du chauffeur, qui lui a tenu la jambe pendant quasiment toute la course sur son ancienne vie de sportif.

Je tente pour ma part d'atteindre en un seul morceau l'entrée de la résidence.

Proche du but, je trouve le moyen de déraper, et j'essaie désespérément de me rattraper à quelque chose. Hélas, je ne parviens qu'à gesticuler de manière ridicule, à grand renfort de moulinets du bras. Si je continue comme ça, je pourrais bien fabriquer de l'électricité, les éoliennes n'ont qu'à bien se tenir.

Xavier me saisit par le coude et m'offre suffisamment d'équilibre pour me permettre de taper le code de la porte sur la platine.

Une fois dans le hall, je suis plus à mon aise. Nous le traversons pour déboucher sur la cour intérieure, puis entrer dans mon petit T2.

Une odeur de pomme cannelle nous accueille à notre arrivée. Un mot a été laissé à mon intention sur le guéridon, à côté de la bougie :

Bienvenue à la maison, Lucile. Bonne année !

Je souris de cette attention, il s'est souvenu de la date de mon retour.

Je repose le papier à sa place et me tourne vers Xavier. Il semble contrarié, un pli sévère lui barre le front. Je l'interroge du regard.

— Tu es sûre que ma présence ne dérangera personne ?

Je m'étonne qu'il insiste sur ce point.

— Mais oui, certaine. Fais comme chez toi. Je n'ai qu'une chambre, mais le canapé est convertible. La salle de bains est par là, dis-je en lui indiquant le chemin. Dans le placard du couloir, il y a tout ce qu'il faut : draps, taie, serviette, etc. N'hésite pas, si tu as besoin de quoi que ce soit.

Il s'avance dans le salon. Son regard curieux parcourt la pièce. Il s'arrête sur les photos trônant à côté de la télévision, avant de bloquer sur ma déco de fête surchargée, ainsi que sur celle du sapin qui n'aspire visiblement qu'à prendre sa retraite, car il menace de s'effondrer. Avec le recul, je reconnais m'être laissé emporter par un enthousiasme délirant. À en juger par l'expression interdite de Xavier, il en est arrivé à la même constatation.

Il pivote lentement vers moi, l'index pointé en direction du pauvre conifère juché sur un tabouret, ce qui fait qu'il est à peu près de la même taille que lui.

— C'était pour rivaliser avec celui du Rockefeller Center à New York ? ironise-t-il.

Je lève les yeux au ciel en me mordant la joue pour ne pas rire.

— J'adore Noël ! C'est la plus belle fête de l'année. Et j'aime que mon chez-moi soit imprégné de cette fabuleuse atmosphère qu'elle engendre. Cette période est juste... magique !

Oui bon d'accord, dès qu'on aborde le sujet, je suis submergée par l'allégresse.

Xavier hausse les sourcils, ses lèvres s'étirent et la fossette sur sa joue produit son effet renversant sur moi. Dans une seconde, mon cœur va palpiter. Je le répète, le charme de cet homme est trop dévastateur pour la simple mortelle que je suis.

— Pari réussi en tout cas, concède-t-il. Ça a dû te prendre une semaine entière.

Je rejette son affirmation d'un geste vague.

— Penses-tu ! Une soirée et une partie de la nuit tout au plus.

Il éclate de rire. Je suis à deux doigts d'appeler le Samu pour ma future réanimation.

Soucieuse d'allonger mon espérance de vie, je me soustrais à sa présence bien trop perturbante, et file jusqu'à ma chambre, pas mécontente de me débarrasser de mon encombrante valise. J'effectue ensuite le tour du propriétaire, afin de vérifier que tout est en ordre avant de rejoindre Xavier.

Il est toujours debout face au sapin à qui… il *parle* ?

— Xavier ? Qu'est-ce que tu fais ?

Il pivote.

— Je m'occupais en faisant un petit brin de causette avec… Comment s'appelle-t-il ?

Je glousse devant son air sérieux.

— C'est un… Euh, il se nomme Norman, dis-je en entrant dans son jeu.

Le comprenant, Xavier m'offre alors un sourire enjôleur auquel je ne suis pas assurée de survivre. Puis il reporte son attention sur le sap… Norman.

— Eh bien, mon pauvre vieux Norman, rassure-toi, c'est bientôt la fin. D'ici quelques jours, tu pourras t'offrir des vacances bien méritées.

— Tu es réellement en train de parler à mon sapin ?

— Absolument ! Après tout ce que tu lui as fait subir, tu pourrais au moins lui témoigner un peu de considération, me tance-t-il, en lançant un regard atterré en direction du Nordmann. Tu me déçois, Lucile. Je te croyais plus sensible.

Pour mon plus grand plaisir, je découvre en lui un talent caché d'acteur.

— Oh euh… Bien entendu que je le suis ! Mon brave Norman, commencé-je en me raclant la gorge, je te remercie du fond du cœur d'avoir supporté, pendant plus de deux semaines, toutes ces boules et guirlandes, en plus de la tentative d'un chat indiscipliné de te brutaliser. Mais réjouis-toi, mon grand, bientôt tu seras libre. Je te le promets.

Je suis ridicule. Je n'ai jamais autant eu envie d'exploser de rire que maintenant.

Mon regard croise celui de Xavier. Nous pouffons, puis, sans savoir comment c'est arrivé, je me retrouve dans ses bras.

Pendant un instant, je me persuade qu'il va m'embrasser. Comme il n'en fait rien, je m'écarte en lui proposant un café. Cela me fournit surtout une excuse pour prendre la poudre d'escampette.

Je n'attends pas sa réponse pour filer dans la cuisine. Je m'y affaire énergiquement, fouillant dans les placards, à la recherche d'un filtre et de sucre. À l'évidence, ce petit tour dans ses bras m'a fait perdre la mémoire, car je ne me souviens plus de la disposition de mes ustensiles.

— Ah ! Tu m'as fait peur ! lâché-je en sursautant.

Il est juste derrière moi. Il hausse un sourcil.

— Désolé.

— Je te croyais dans l'autre pièce.

— Aussi discret qu'une ombre, tu te souviens ? rétorque-t-il d'un ton malicieux.

— Tu ne mentais pas, effectivement. Avec ou sans sucre ?

— Pardon ?

— Le café, dis-je en lui indiquant le mug que je tiens.

— Sans !

Il réprime un bâillement en me répondant.

La fatigue des deux derniers jours, en plus du décalage horaire, commence à se faire ressentir. Nous nous installons confortablement au salon avec nos boissons. Xavier pose le plateau contenant nos deux tasses sur la table basse. J'allume le téléviseur, davantage pour éviter de nous endormir que pour l'intérêt des programmes diffusés.

Je zappe jusqu'à entendre le générique d'une série à la mode il y a quelques années. À mes côtés, Xavier se crispe.

— Tu permets ?

— Bien sûr.

Je lui tends la télécommande et il change immédiatement la chaîne. Finalement, décision est prise d'éteindre la TV sous peine de souffrir d'une entorse de l'index.

Nous discutons ensuite du contenu de son article sur la croisière, tout en buvant nos cafés.

Par moments, je le sens distrait. Il continue de regarder un peu partout, comme s'il recherchait quelque chose ou bien quelqu'un.

Nous sommes interrompus dans notre échange par un bruit de clé dans la serrure. Je me lève. Xavier m'imite. Je m'avance dans le couloir de l'entrée, tandis qu'il préfère rester en retrait. Je lui adresse un coup d'œil par-dessus mon épaule. Il paraît tendu. Je ne m'explique pas son comportement.

Une voix perce le silence qui s'est installé :

— Lulu, c'est nous ! Sergio, tu viens ?

Parce qu'ils m'ont manqué et que je suis heureuse de les retrouver, je saute au cou de Fiona avant de prendre Sergio dans mes bras. Je note qu'il porte un bandage. Qu'est-ce qui s'est encore passé ? Je m'apprête à interroger Fiona quand elle pousse un cri d'épouvante :

— Mais c'est quoi, ça ? Qu'est-ce qui t'es arrivé ?

Complètement affolée, elle me palpe le visage, réveillant ainsi l'élancement que j'étais parvenue à oublier.

— Oh euh... Je te rassure, c'est plus impressionnant que douloureux. Et puis, c'est une longue histoire.

— J'ai tout mon temps ! répond-elle, en se débarrassant de ses chaussures.

Sergio s'agite. Mon immobilité lui fait perdre patience. Il a également flairé quelque chose, ou plutôt la présence de quelqu'un.

Mon invité nous a rejoints. Je lui fais signe d'avancer pour procéder aux présentations.

— Xavier, voici Fiona, ma cousine. Et lui, c'est mon petit Sergio, annoncé-je en lui désignant le chat roux blotti tout contre moi.

Xavier adopte la posture de quelqu'un qui a fixé dans les yeux la Gorgone.

Ai-je dit une bêtise, ou fais quelque chose de travers ?

— Xavier, tu vas bien ?

Fiona, qui en a fini avec les lacets de ses bottines, se redresse et se fige à son tour, son attention rivée sur l'homme qui n'a pas prononcé une seule parole depuis une bonne minute – et c'est incroyablement long, une minute, dans ces circonstances !

Étant donné qu'elle est moins ignorante que moi sur tout ce qui touche aux personnalités, elle a reconnu Xavier et doit s'interroger sur la présence d'un célèbre footballeur chez moi. Dans tous les cas, ils arborent tous les deux la même mimique, les yeux et la bouche grands ouverts. C'est du plus haut comique ! Si j'avais mon appareil photo sur moi, je l'immortaliserais.

— Ce... C'est ça, Sergio ?

Offusquée par le ton employé, je recule d'un pas, resserrant mon emprise sur ma boule de poils chérie.

— Euh oui... C'est lui. Mon adorable et doux Sergio, réponds-je, tandis que ma joue caresse le pelage de mon protégé.

— Mais... C'est un CHAT !

Mes yeux s'écarquillent d'incompréhension. Quelle

mouche l'a piqué ? Bien sûr que c'est un chat, je n'ai jamais prétendu le contraire !

— Oui et alors ? rétorqué-je, soudain sur la défensive.

— À ta façon d'en parler, je... J'ai cru que...

Ma cousine glousse puis, incapable de retenue, explose de rire. Je mets un peu plus de temps pour faire la lumière sur la situation...

Bon sang de bois !

— Non, nooon, je suis célibataire ! Tu as cru que Sergio était mon... nooon ! Il est mon fidèle compagnon depuis un an et demi, c'est tout. Enfin, non, ce n'est pas tout. Oh misère...

Je lance un regard oblique à ma cousine, hilare. Je sais que j'ai parfois tendance à traiter Sergio autrement que comme un animal, certaine personne ici présente me le répète bien assez, mais je l'aime tant...

Et puis mince ! Je n'ai pas à me justifier d'éprouver un profond attachement pour mon chat ! Je ne serais ni la première ni la dernière.

— C'est très drôle, vraiment, s'esclaffe Fio en s'approchant de Xavier à qui elle tend une main. Bonjour, je suis Fiona, la cousine préférée de Lucile.

— Tu es la seule ! précisé-je un peu sèchement.

Elle me fait signe de la fermer ; je pousse un soupir d'exaspération.

Sergio, qui a apparemment eu son compte de câlins, me saute des bras pour filer à la cuisine. Il gratte à la fenêtre pour que je lui ouvre, je ne peux rien lui refuser. Heureusement que j'habite au rez-de-chaussée, sans quoi ce petit vagabond serait malheureux.

Au salon, ma cousine et Xavier font tranquillement connaissance. Il n'a pas idée que dans moins d'une minute, elle le bombardera de questions. Je note néanmoins qu'il est plus détendu que tout à l'heure. Un fait compréhensible, si on songe qu'il s'attendait à rencontrer mon petit ami et non mon chat. Je saisis mieux sa réticence à accepter ma proposition de l'héberger. La situation aurait tout de même été étrange que je convie l'homme que je convoite sous le même toit que celui qui partagerait ma vie.

Cependant, l'attitude de Xavier fait naître en moi l'espoir que je ne lui suis pas indifférente. Avec un peu de chance, peut-être que, de mon, côté je me suis trompée à son sujet ? Cette Mélanie est bien sa femme, d'après l'article Wikipédia, mais se pourrait-il que le site ne soit pas à jour et qu'il s'agisse d'une ex ? Serait-ce trop demander ? Mouais...

L'horloge de l'église d'à côté sonne les douze coups de midi. Mon ventre, totalement synchro, choisit donc ce moment pour se manifester. Je plaque la main dessus. Il gargouille tellement qu'on croirait qu'un alien s'y est installé. Dans une seconde, il va jaillir de moi, comme dans le film avec Sigourney Weaver.

Je propose à Fiona de déjeuner avec nous, ce que cette chipie s'empresse d'accepter. Durant le repas, pas moyen pour moi d'en placer une, car elle monopolise la discussion avec Xavier. Patient et sociable, celui-ci se montre aimable et étonnamment prolixe. Serait-il possible que je n'ai pas embarqué le bon à l'aéroport ?

— Je chante très mal. Ce ne serait pas un bon projet de reconversion, s'amuse-t-il.

Je reviens avec le dessert, rien d'élaboré, des mousses au chocolat industrielles sans lait, présence de Fiona oblige. Cette dernière, qui n'oublie jamais rien, demande, en désignant mon visage :

— Et maintenant, vous m'expliquez comment ça s'est produit ?

— Je te l'ai dit, c'est une longue histoire qui inclut deux escrocs, une fuite ratée, une prise d'otage suivie d'un sauvetage par l'homme à ta droite.

Elle se tourne vers Xavier. Elle était déjà sous le charme, la voilà désormais en admiration.

— Super-héros en plus du reste, hein ?

Xavier, qui est la modestie même, minimise son rôle tout en valorisant le mien. Je ne le montre pas, mais je suis flattée.

— Eh bien, quelle aventure ! conclut Fio, une fois sa curiosité satisfaite.

— Je ne chercherais pas des noises à votre cousine, si j'étais vous, plaisante Xavier.

— Oh ça, j'étais déjà au courant ! répond-elle en lui décochant un clin d'œil.

Les bras m'en tombent ! Ils n'auront pas mis bien longtemps avant de devenir copains comme cochons ! Fiona est de toute évidence bien plus rapide que moi.

Alors qu'ils discutent, je vois bien qu'elle l'examine sous toutes les coutures. Ceci étant, ma pétulante cousine anime à merveille le déjeuner, surtout quand elle entreprend de raconter quelques anecdotes de notre enfance. Je ne me rappelais pas à quel point j'étais espiègle. Xavier me jette des regards pétillant de malice par-dessus son verre de vin. Conséquence immédiate : je change de couleur en me dandinant sur mon siège comme une gamine. Fiona, à qui rien n'échappe, se racle la gorge sans discrétion. Je la crois même à deux doigts de lever le pouce en prévision de notre victoire. Je la supplie mentalement de s'abstenir « Pitié, pitié, pitié ! » Abandonnant son pot vide dans son assiette, elle feint de s'essuyer la bouche avec sa serviette, et remue les lèvres à mon attention. J'y lis : « C'est dans la poche ! »

Ben voyons !

— Tu as pris des couleurs, Lucile. N'est-ce pas, Xavier ? Ça lui va à merveille, ne trouvez-vous pas ?

Tu es radieuse malgré tes bleus, ma Lulu. Ces dix jours au soleil t'ont fait le plus grand bien !

Je grince des dents silencieusement. Elle en fait trop.

— C'est aussi mon avis, renchérit Xavier. J'ajouterais qu'à plus d'un égard, elle a été un véritable rayon de soleil pour le groupe, pendant le séjour.

Je suspends mon geste, ma cuillère à mi-chemin entre la mousse et ma bouche, ouverte dans une expression interloquée.

Après ça, il n'en faut pas davantage pour que Fiona multiplie les allusions peu subtiles au fait que je sois célibataire et que cette situation lui paraît anormale au possible. Je ricane nerveusement, tentée de creuser un trou dans lequel je pourrais me planquer.

Quand elle annonce son départ, je ne me fais pas prier pour la reconduire jusqu'à la porte. C'était ça ou la frapper avec un morceau de viande du congélateur pour l'obliger à se taire. Je n'ai cessé de craindre que sa nouvelle mission d'entremetteuse ne lui monte à la tête et qu'elle commette une idiotie, comme me propulser littéralement dans les bras de Xavier.

Depuis l'entrée, elle jette un coup d'œil par-dessus mon épaule pour s'assurer que les oreilles de ce dernier soient hors de portée.

— Alors là ! Je te tire mon chapeau, cousine. Je te donne ma bénédiction ! Quand j'annoncerai la nouvelle à Marius, il ne va pas en revenir ! Xavier Taggard, non, mais tu réalises, Lucile !

Elle couine telle une groupie sous amphétamine. Je l'attrape par le bras, ouvre la porte et l'entraîne dans le couloir.

— Ne va pas te faire des films, OK ? Il te l'a dit lui-même pendant le repas, son avion pour Marseille a été annulé et aucun vol ne décollera aujourd'hui.

Je lui ai simplement offert de l'héberger devant la pénurie de chambres d'hôtel.

— Eh ben, je constate que tu as parfaitement appris ton petit discours. Sinon, le fait qu'il t'attire, ça entre en compte quand ?

— Non, je...

Fiona place la main sur ma bouche pour me sommer de me taire.

— Ne me mens pas, chérie ! Pas à moi. Je te connais par cœur. Ce gars te plaît, c'est évident ! Et ce qui est encore plus évident, c'est que tu lui plais aussi !

Mes yeux s'écarquillent, et mon palpitant tambourine dans ma poitrine.

— Ah bon ? Qu'est-ce qui te fait dire ça ?

— Tu n'as pas remarqué sa réaction, quand il s'est rendu compte que Sergio était ton chat et non ton mec ? C'était très amusant, je te l'accorde, mais également hautement révélateur.

Je vire la main de Fiona de mon visage et réfléchis en faisant la moue. Ce scénario-là m'irait parfaitement. Seulement, j'ai une trouille bleue de prendre mes désirs pour la réalité.

— Bon, je dois partir, sinon je serai en retard pour la manif.

— Quelle cause tu défends, aujourd'hui ?

— Comme d'hab. Avec les membres de l'asso, on marche contre l'exploitation et la consommation des animaux !

— Ton fiancé est boucher, Fiona, lui rappelé-je.

Elle hausse les épaules en réajustant l'anse de sa besace.

— Personne n'est parfait. L'amour, c'est accepter l'autre tel qu'il est.

— Très juste ! Bonne manifestation, cousine.

— Et toi, bon après-midi avec le beau Xavier Taggard ! chantonne-t-elle.

Elle s'éloigne, puis revient brusquement sur ses pas.

— Au fait, avec tout ça, j'ai oublié. Sergio s'est blessé à la patte, l'autre jour. J'ignore où ce petit malin a traîné, mais il s'est entaillé le coussinet avec du verre brisé. Ne fais pas cette tête, tu l'as vu, il va bien. Ton véto l'a examiné. Il faudra refaire régulièrement le bandage jusqu'à ce que ça cicatrise. Je t'ai mis le produit à lui appliquer dans la salle de bains.

— Je ne te remercierai jamais assez, Fiona.

— Oh si, tu le pourrais. En permettant au fabuleux spécimen qui squatte chez toi de rentrer dans la famille. Imagine les repas de Noël avec lui à table ! Oh ! et il pourrait poser pour une photo avec mes copains de l'association pour la défense des animaux. Ce serait génial, si ça collait entre vous ! Steuplaît, steuplaît, Lucile !

— Hum, ça fait beaucoup de conditionnel.

— Il ne tient qu'à toi de modifier le tout en futur de l'indicatif.

Je pose les mains sur ses épaules et la pousse en direction de la sortie. Je ne suis pas disposée à débattre de conjugaison avec elle maintenant.

— Tu vas trop vite en besogne. Allez, file et embrasse Marius pour moi. À plus, Fio !

Elle se retourne et m'envoie un baiser. Je secoue la tête en riant. S'enflammer pour un rien, c'est tout elle.

De nouveau dans l'appartement, j'appelle Xavier depuis le seuil. Aucune réponse. En revanche, il a profité de mon absence pour débarrasser la table et tout mettre au lave-vaisselle. Une véritable fée du logis !

Mon appart étant relativement petit, je vérifie dans ma chambre, inspecte la salle de bains et même les WC, mais il n'est nulle part. Retour au salon.

À moins de s'être faufilé par la fenêtre comme le chat, je l'aurais vu partir ! Un grand gaillard tel que lui n'est pas du genre à passer inaperçu, lorsqu'il se déplace.

Je fronce les sourcils.

Est-ce bien un ronflement que j'entends ?

J'avance dans la pièce et remarque pour la première fois la masse sombre et oblongue sur le canapé. Xavier s'est endormi, mystère résolu.

Je prends d'infinies précautions en déplaçant les portes coulissantes de l'armoire. Je m'empare d'un plaid dont je le recouvre. On ne pourra pas m'accuser d'être une hôte négligente.

Un dernier regard dans sa direction et je file dans ma chambre, gagnée moi aussi par la fatigue et un épuisement émotionnel certain.

Chapitre 14

Xavier

Je me réveille en sursaut, un peu désorienté.

Le brouillard se dissipe au bout d'une minute, ça y est, tout me revient. Je suis chez Lucile, et Sergio n'est pas son mec mais son chat !

Je ricane tout seul en me grattant l'arrière du crâne. Prenant appui sur les coudes, je jette un coup d'œil circulaire à la pièce. Il fait nuit dehors. Nous avons beau être en hiver, cela signifie quand même que ma sieste a duré tout l'après-midi. J'espère que Lucile ne m'en veut pas trop de l'avoir abandonnée.

Ma séance d'étirements terminée, je quitte mon « lit ».

— Lucile ?

J'aperçois de la lumière au bout du couloir. Je m'avance doucement, en réitérant mon appel. Pas de réponse.

La porte de sa chambre est entrebâillée. Par curiosité, mais surtout inquiet, je la pousse d'une légère pression de l'index.

— Lucile. Tu es là ?

De ma position, j'ai une vue partielle de la pièce. Des vêtements sont éparpillés au sol. La couette gît au pied du lit et...

Un gémissement ?

— Lucile, c'est moi, Xavier.

Je me traite mentalement de débile. Qui voudrais-tu que ce soit ?

De nouveau le silence. Je ne sais plus quoi penser, si ce n'est que j'ai l'impression d'avoir atterri dans la cinquième dimension. Je me décide à entrer. Au pire, je ne trouverai personne, au mieux Lucile est là et me foutra dehors.

Mais le spectacle que je découvre m'ôte momentanément l'usage de la parole.

Pas trace de Lucile dans tout ce capharnaüm, en revanche, son chat est là et trône comme un roi sur le matelas, ravagé par les coups de griffes.

— Sergio, c'est ça ?

Je m'avance lentement. Des fois qu'Edward aux mains d'argent soit énervé au point de me sauter à la gorge. Vu la manière dont Lucile le traite, ça ne m'étonnerait pas qu'il me considère comme un rival potentiel.

— Où se cache ta maîtresse, le chat ?

Miaulement.

Je suis tout proche maintenant. Ça se gâte, il fait le dos rond et se met à cracher. Je stoppe ma progression et nous offre une trêve. Nous sommes tous les deux sur nos gardes.

Il me fixe. Je fronce les sourcils.

Je n'avais pas remarqué qu'il avait les yeux bleus. Le regard, le pelage roux, un caractère de prime à bord peu facile, il ressemble plus à sa maîtresse que je ne l'imaginais.

La comparaison me fait sourire.

L'animal a abandonné sa posture offensive. C'est lui, à présent, qui esquisse un pas vers moi. Je lui tends la main pour qu'il la renifle. Il se frotte finalement à ma paume, à la recherche de caresses.

Un détail m'intrigue. Ce ne sont pas des poils que je sens, mais la peau veloutée de Lucile. Son odeur embaume mes narines, alors qu'elle n'est pas présente. Puis, c'est au tour de sa voix de résonner à mes oreilles.

Sergio lève sa petite tête vers moi. Il bâille à s'en décrocher la mâchoire, avant d'accomplir le plus dingue des miracles : il me parle.

Je fais un bond sous le coup de la surprise. Je le fixe, éberlué. Il recommence, mais je ne comprends rien. Ça s'embrouille dans ma tête.

Je deviens fou ou quoi ?

Je recule encore jusqu'à heurter un objet qui met à mal mon équilibre. Je bascule et...

— Xavier, allez, marmotte ! On se réveille.

Quoi ?

Je me réveille en sursaut. Pour de vrai, cette fois.

Ma respiration est saccadée, je ne peux pas bouger les bras, je suis en panique.

Le temps de comprendre qu'on m'a recouvert d'un plaid, celui-ci se retrouve sur la table basse, emportant au passage ce qu'il y avait dessus.

Lucile apparaît alors. Elle marmonne un truc, puis se baisse pour réparer mes dégâts.

— Désolé, je...

Je me passe une main fébrile dans les cheveux. Mon rêve était vraiment, mais vraiment bizarre. Un chat qui ressemble à Lucile et qui parle ? Non, mais sérieusement.

Lucile remet en place le plateau et la bougie sur la table, puis elle plie la couverture, qu'elle dépose sur le rebord du canapé.

— Sacré réveil, hein !

— Ouais, je... J'ai eu un sommeil un peu agité, je crois.

Elle acquiesce et me laisse seul. Je la suis du regard.

Elle disparaît dans la cuisine. J'entends des portes qui claquent, le tintement de la vaisselle et le boucan de sa cafetière.

Bonne idée, ça m'aidera à émerger du pays des dingues !

Je titube jusqu'aux tabourets du bar et m'affale sur l'un d'eux. Le décalage horaire et les nuits blanches m'ont définitivement mis K-O.

— Et voilà, tu y verras plus clair après avoir bu ça.

Je prends le mug qu'elle m'offre en la remerciant. Je grimace en avalant la première gorgée.

— Tu l'as sacrément chargé, celui-là, dis donc.

— Je dose en fonction de la personne qui va le déguster. Étant donné ton état, j'y suis allée fort.

J'incline la tête pour le lui confirmer.

— Quelle heure est-il ?

— 18 heures. Je t'ai arraché aux bras de Morphée pour que tu aies une chance de dormir cette nuit.

— Tu as bien fait.

Troisième gorgée, mes mains commencent à trembler. À la fin du mug, je me transforme en sèche-linge en plein cycle, c'est sûr.

— J'ai oublié de t'en parler, mais ce soir je suis attendue et...

— Oh... Pas de problème. Si tu veux, je peux...

— Non, permets-moi de finir. Je suis bénévole dans une association qui vient en aide aux SDF. Ce soir, je suis censée servir des repas au centre d'hébergement d'urgence. Il ne s'agit pas d'un rendez-vous galant.

Elle est adorable quand elle rougit.

— Bénévole ? Je ne savais pas, tu ne l'as jamais mentionné.

Elle me répond avec un sourire mutin :

— Douze jours, c'est peu pour apprendre à bien connaître une personne, et je suis pleine de surprises.

Je pouffe, le visage en partie dissimulé par mon mug.

— Comme Sergio ?

— Pas tout à fait. Celle-là tenait plus du malentendu.

Ses lèvres s'incurvent légèrement. Elle se détourne, sous prétexte de trier son courrier encore intact, posé sur le plan de travail.

J'arque un sourcil narquois. Je quitte ma place, direction l'évier, où je rince ma tasse que je place ensuite dans le lave-vaisselle. En me retournant, je surprends Lucile en train de m'observer, l'air pensif.

— Serais-tu maniaque ?

— Non, pourquoi ? Ah ! Tu parles de ma passion pour la vaisselle, c'est ça ?

— Entre autres, oui.

Je hausse les épaules.

— Question d'éducation, d'autant plus quand je suis hébergé par une amie.

À sa mine, je dirais qu'elle est déçue de ma réponse, mais cette impression ne dure pas. Je dois avoir mal interprété.

— Tu voudras m'accompagner, ou tu préfères rester ici ? Il y a de quoi manger dans le frigo de toute façon, et tu auras vite fait le tour de l'appart.

— Non, je viens. Donne-moi une vingtaine de minutes. J'aimerais prendre une douche et changer de vêtements.

— Vingt minutes. Accordé !

— Oui, chef ! Bien, chef !

Je lui réponds par un salut militaire et m'éloigne, en imitant la démarche des mecs pendant le défilé du 14-Juillet.

Elle éclate de rire devant mes pitreries.

***

Le centre d'hébergement n'est qu'à quelques rues de chez elle. Nous nous y rendons à pied.

Sur le chemin, nous rencontrons des personnes de sa connaissance, avec lesquelles elle ne s'attarde pas trop. J'enfonce profondément mon bonnet sur le crâne, afin de passer incognito.

Il s'est remis à neiger. Je n'ai toujours pas de nouvelles de la compagnie aérienne concernant mon vol. J'espère qu'ils ne tarderont pas à se manifester, non pas que je sois mal installé chez mon hôtesse, mais lui imposer ma présence me gêne, même si le mystère Sergio est élucidé. J'ai également un rendez-vous important lundi soir.

Lucile, qui me précède, trébuche sur une plaque de verglas malgré ses Moon boots fourrées blanc et orange, très voyantes. J'empêche de justesse son salto arrière, qui aurait sans doute été mémorable.

— Mercredi !

— Euh non, on est samedi.

— Hein ? Non, je voulais dire : zut, crotte. Merci de m'avoir rattrapée, Xavier.

Je me retiens de rire.

— Si ça peut nous éviter une nuit aux urgences.

Nous nous remettons en route. Lucile ne me lâche plus le bras.

Nous parvenons enfin sans encombre devant un bâtiment en briques marron. La plaque sur la double porte me confirme que nous sommes arrivés au centre. J'emboîte le pas à Lucile.

À l'intérieur, des bénévoles s'affairent déjà derrière de grosses marmites fumantes. Je hume l'air et dirais à vue de nez que le menu de ce soir sera composé de ragoût de mouton.

Lucile ne perd pas de temps pour se mettre au boulot. N'y connaissant rien, je la suis comme son ombre.

Sur le chemin, les gens lui font la bise, l'interpellent

pour la questionner sur sa ressemblance avec Rocky Balboa après un match de boxe, ou plus joyeusement afin de lui souhaiter la bonne année. Elle est visiblement très appréciée ici, ce qui ne me surprend pas. L'ambiance est conviviale, je me sens à mon aise. J'imite Lucile et ôte manteau, gants et bonnet.

Occupé à arranger mes affaires, je ne remarque pas immédiatement le silence qui s'est installé, au point qu'on pourrait entendre une mouche voler.

Je pivote et croise alors un premier regard incrédule. La femme se demande si je suis bien celui auquel elle pense.

Je réprime un soupir d'agacement. J'avais oublié ce petit détail, en acceptant d'accompagner Lucile. Elle aussi s'est aperçue du changement d'ambiance, car elle déclare :

— Bonsoir, tout le monde ! Euh, ce soir, je suis venue avec un... ami. Certains d'entre vous l'auront probablement déjà reconnu. Il s'agit de Xavier Taggard. Xavier, voici les bénévoles avec qui je distribue les repas du centre, une à deux fois par semaine.

J'adresse un signe de la main au groupe qui nous rejoint et ceux qui nous encerclent déjà.

Je l'admets, je suis beaucoup moins détendu qu'à mon arrivée. Je suis observé comme une étrange créature martienne sur laquelle on s'interroge, quant à sa présence parmi les Terriens.

L'atmosphère s'allège quand un gars, possédant une voix lourde avec un fort accent du Sud, décrète qu'il faut se remettre à bosser, le centre ouvrant ses portes dans une dizaine de minutes.

Il se dirige ensuite vers moi. Il me fixe en m'offrant une poignée de main ferme. Je pense qu'il va s'éloigner, mais il reste là à attendre que je lui dise un truc. Il abdique le premier et prend la parole.

— José, monsieur Taggard. Vous ne vous souvenez pas de moi, mais on s'est rencontrés à l'hôpital Necker. Vous y étiez pour votre association.

Et là, j'ai un flash. Je le remets enfin.

— José… Rodrigues ? Vous êtes le père de Luna, c'est bien ça ?

Il affiche un sourire radieux. Attirée par notre conversation bruyante à grand renfort de gestes, de rires gras et de « Hé » « Ho », Lucile s'approche.

— Et j'ai appris pour… Ça va mieux ?

— Merci, elle va mieux. Tout est rentré dans l'ordre pour nous aussi.

— Vous vous connaissez, messieurs ?

Je me tourne vers Lucile, sans savoir par où commencer pour lui expliquer ma connexion avec José. Ce dernier me devance après m'avoir tapé dans le dos :

— Ce grand homme parraine une association soutenant les victimes de cette saloperie qu'est le cancer pédiatrique. J'ai rencontré monsieur Xavier à Necker, quand ma fille y était hospitalisée. Il réalisait le rêve de plusieurs enfants, celui de profiter d'un moment privilégié avec leur champion !

Lucile me dévisage comme s'il venait de me pousser une seconde tête.

— Quoi ? C'est si surprenant que ça d'apprendre que je me suis engagé dans une noble cause ?

— Ne… non, pas du tout. Tu ne l'avais jamais mentionné, voilà tout.

Elle me renvoie mes propres paroles, en arborant à présent une moue amusée.

— Je suis un gars surprenant, tu ne t'en étais pas encore rendu compte ?

— Oh si. Si, je le savais déjà.

— Excusez-moi, Lucile est votre dame ?

La réaction de l'intéressée est vraiment comique et

suppose que ce brave José vient de lâcher une bombe. Elle s'est figée, et son teint est en train de virer au cramoisi, tandis que sa mâchoire se désolidarise du reste de son visage. J'ai deux options : me marrer ou être vexé.

— J'accompagne Lucile ce soir, parce qu'elle m'héberge pour la nuit.

José fronce les sourcils. C'est vrai que mon statut de star du foot ne colle pas avec mon récit de SDF, alors je m'explique :

— À cause de la neige, tous les avions sont cloués sur le tarmac et les hôtels ont été pris d'assaut. Alors...

— Oh oui. Vous êtes amis ?

Lucile et moi lui rétorquons pratiquement d'une même voix :

— Oui, voilà c'est ça !

— Non, pas tout à fait !

José nous dévisage d'une drôle de façon. Lucile s'éclipse à l'arrivée des premiers bénéficiaires de l'aide d'urgence. Je me sers de son départ comme excuse pour décamper.

À l'instar des bénévoles, les sans-abri ne mettent pas longtemps à faire le rapprochement entre Xavier-servant-le-ragoût et Taggard « le Prince du Parc », mon ancien surnom.

Après le repas et la distribution des nouveaux kits hygiène aux femmes et aux hommes de la rue, nous disputons une partie de football dans l'arrière-cour de l'immeuble. Des défis dribble sont lancés par quelques-uns, que je remporte tous, et nous terminons la soirée par un quart d'heure danse. Voir Lucile imiter les stars du hip-hop vaut son pesant d'or, vraiment !

Nous rentrons à l'appartement d'humeur festive.

Lucile plaque l'index sur la bouche. Il est tard,

et nous parlons bruyamment. Alors qu'elle quitte le passage piéton pour le trottoir, elle dérape et atterrit sur les fesses.

— Outch ! Le sol est glacé !

J'arrive à sa rescousse et, trop occupé à me moquer d'elle, je la rejoins sur le bitume recouvert de neige. Ma chute s'accompagne d'un énorme « scratch ». RIP ma poche de jean et... ma fierté.

Après ça, j'exécute une première tentative pour me relever, qui échoue lamentablement : j'ai l'air d'un poulain effectuant ses premiers pas. J'y serais peut-être parvenu si je n'étais pas secoué par les spasmes de mon hilarité. Lucile se tord de rire elle aussi. La scène est comique. On pourrait nous prendre pour deux clochards ivres morts sur la chaussée.

— Ce n'est pas drôle. On va choper la grippe, si on reste là toute la nuit. Allez, viens !

Je réussis enfin à me mettre debout et à le rester. Je tends ma main à Lucile et la hisse sur ses deux jambes. Étant plus petite, elle m'oblige à me courber pour la tenir sous les aisselles... et manque de m'asséner un coup dans le nez en relevant la tête. Ses joues, rosies à cause du froid, rehaussent le bleu de ses grands yeux innocents. Une mèche rousse s'échappe de son affreux bonnet de laine. Je suis si proche que je peux compter les quelques mignonnes et discrètes taches de rousseur sur ses pommettes ainsi que sur son nez.

Je fixe ses lèvres. Elle se les mord. La situation se corse. Je le lis dans son regard, elle y pense également : notre premier baiser sous cette branche de houx. Je suis partant pour renouveler l'expérience et elle aussi.

Je me penche encore un peu plus et...

— Aaaaaah !

— Putain de merde !

Nous finissons encore une fois les quatre fers en l'air dans la neige !

Je n'en peux plus de rire dans le couloir menant à son appart. Lucile, devant moi, en titube. Je l'observe essuyer les larmes qui lui brouillent la vue pour insérer correctement la clé dans la serrure. Rarement un instant plus fatidique aura été ruiné de manière si ridicule.

Lucile jette ses bottes dans l'entrée. Je range mes baskets dans le meuble prévu à cet effet, et la suis jusque dans le salon, où elle s'écroule sur le canapé. Je lui propose à boire, elle accepte.

Je reviens avec deux verres d'eau et pose le sien devant elle, sur la table basse. Elle a la tête renversée sur un coussin. Je ne la quitte pas des yeux. Elle se tourne légèrement vers moi. Nos regards s'accrochent, un message passe ; j'ajouterais même qu'un puissant courant électrique circule entre nous.

Sans un mot, nous nous embrassons.

C'est un feu d'artifice comme on n'en a jamais vu pendant la fête nationale ! Des jours de désirs refoulés remontent brusquement à la surface.

Lucile grimpe à califourchon sur moi sans rompre le contact. Je la tiens fermement entre mes bras, et pas question de la lâcher.

J'ouvre un œil et aperçois Sergio près de la cheminée condamnée. Je l'avais oublié, celui-là.

Lucile est aussi excitée que moi, et ça la rend entreprenante. J'adore ça. Je l'aide à me débarrasser de mon pull, qu'elle envoie valser pile où se trouve son chat. Vif, Sergio se déplace de quelques centimètres pour l'éviter. Son miaulement de mécontentement est couvert par le gémissement de Lucile, alors que je lui titille la poitrine de ma langue.

Je parcours son corps de mes deux mains, prends un sein rond et lourd en coupe dans l'une d'elles.

Je grogne en le soupesant, le malaxant et dévore le cou de sa propriétaire.

Le bassin de Lucile effectue des va-et-vient de plus en plus rapides et saccadés contre mon entrejambe. J'ai affreusement honte de l'avouer, mais je dois invoquer l'image de Ghislaine pour ne pas exploser dans mon caleçon comme un adolescent à peine pubère. La faute à des mois d'abstinence sûrement. Sans compter que le frottement de nos deux corps risque de produire des étincelles. Lucile a le don de me rendre fou !

Je jette un coup d'œil à mon rival, qui n'a pas bougé. J'ai comme l'impression que le spectacle ne plaît pas à ce brave Sergio.

Tant pis, mon vieux, les câlins ronron ça va un temps, mais ta maîtresse a besoin qu'un homme, un vrai, s'occupe d'elle.

Et laisser un tel feu couver sous la glace, ce serait trop dommage !

Lucile se débat avec les boutons de ma chemise. À la seconde où je lui assure que j'en ai d'autres dans ma valise, elle les fait sauter en riant, et me l'ôte complètement. De mon côté, je fais passer son gilet de mémé péruvienne et son T-shirt par-dessus sa tête.

Moi torse nu et elle en soutif, nous sommes sur le point d'achever notre échauffement. Personnellement, je suis bouillonnant et prêt à la satisfaire, peu importent ses demandes.

Sergio choisit mal son moment pour attaquer. Je lui envoie le soutien-gorge de sa maîtresse à la tête. Vexé, il s'en va.

Xavier 1 – Sergio 0.

Je glisse les mains sous les fesses de Lucile et l'allonge sur le canapé. À genoux entre ses jambes, j'enroule ses bas entre mes doigts jusqu'à les faire disparaître. Mon index exécute le chemin inverse en traçant une ligne invisible de sa cheville jusqu'en haut de sa cuisse. Elle frissonne en se mordillant les lèvres.

À son tour, elle tend la main pour ouvrir ma braguette. Je la regarde s'affairer.

Elle halète, j'entrevois sa petite langue rose, avec laquelle elle s'humecte la bouche. En agissant ainsi, elle me met au supplice sans s'en apercevoir. Puis, son œillade coquine achève de me transformer en bête assoiffée de sexe. Sa jupe vit ses derniers instants avant que je ne l'arrache, tandis que mon jean se dématérialise, façon de parler.

Nous sommes nus. Deux adultes consentants, éprouvant du désir l'un pour l'autre, attirés depuis le début l'un par l'autre. Ce que nous nous apprêtons à faire est la suite logique de ce qui a été démarré à bord du *Miraculo*.

Pour la première fois depuis longtemps, j'obéis à une impulsion. Je veux cette femme, je prends ce qu'elle m'offre, point ! Je ne ressens aucune culpabilité, juste un indicible bien-être entre ses cuisses ouvertes.

La sensation, alors que je m'enfonce en elle, me conforte dans mon choix. C'est un pur plaisir et j'ai la partenaire la plus enthousiaste, la plus enflammée qui soit. Cette nuit, les pompiers de Paris auront un gigantesque incendie à éteindre...

Pas d'incendie, mais une nuit de passion comme je n'en ai jamais connue.

Après avoir mis une claque à feu son canapé, nous avons été contraints de migrer dans sa chambre. Son lit, et les voisins aussi probablement, nous ont maudits.

Dans la cuisine, en T-shirt et caleçon, je nous prépare à présent une omelette aux herbes de Provence pour le déjeuner. Lucile s'est enveloppée dans un peignoir aux couleurs étonnamment sobres – il est rose et blanc –, et s'est installée sur un des tabourets pour me regarder travailler.

— À quelle heure est ton avion ?

— 19 heures. Ça nous laisse encore un peu de temps.

Je lui décoche un clin d'œil que j'espère chargé de promesses quant au programme de l'après-midi. Lucile le reçoit 5/5 et vire au rouge. Ça m'amuse de la taquiner, ses émotions se lisent sur son ravissant visage ou grâce à son teint.

À la recherche d'une spatule, je heurte un objet sur le plan de travail qui s'écrase au sol dans un bruit de verre.

— Merde ! Désolé, Lucile.

Elle se penche sur le comptoir pour vérifier et me rassure :

— Ce n'est rien, juste le cendrier de Martial.

Martial ?

Je me redresse avec le cendrier en arquant un sourcil interrogateur. Elle ajoute précipitamment :

— C'est mon homme de ménage. On s'entend bien et il est vrai qu'il lui arrive de prendre des libertés, quand il travaille ici. Il fume, alors que ça m'indispose. Et il oublie de refermer la fenêtre et Sergio en profite pour sortir.

Elle a quasiment marmonné les derniers mots. Je hausse nonchalamment les épaules.

— Pourquoi tu ne lui dis pas que ça te dérange ?

— Parce que... je ne sais pas. Il fait du bon travail, il est adorable. Il s'occupe de Sergio lorsque je m'absente, donc...

— Je vois. Ça justifie qu'il t'indispose en fumant chez toi. Le repas est prêt, miss trop conciliante.

Elle me jette un regard outré.

— Je ne suis pas...

Devant ma mine, elle s'interrompt :

— OK. Je manque parfois de franchise avec ceux qui me déplaisent. Je n'aime pas être désagréable.

— Comme avec ta patronne, qui pourtant t'a fourni cent mille motifs pour l'envoyer au diable ?

— Dans ce genre-là, effectivement. Ma boss est une gravure de mode ambulante. Sa devise pourrait être « Écraser son prochain pour exister. » Elle me prend pour son paillasson, même si c'est moi qui ai accepté d'endosser le rôle de la carpette, dès le début de notre collaboration.

— Et ça lui arroge le droit de te traiter comme de la merde ? Elle te refile sa croisière à cinq jours de Noël avec un deal plus proche du chantage qu'autre chose. Ce n'est pas honnête. Tu vaux mieux que ça, Luce.

Elle cille. Je cherche ce que j'ai pu dire de mal, car loin de moi l'envie de la blesser. Lucile, si douce, mérite d'être chérie, au contraire.

— Je ne peux pas me permettre de perdre mon travail. Et puis, même si la méthode est douteuse, cette promotion me revient. Et en ce qui concerne la croisière, je ne regrette rien.

Elle m'attrape par le cou pour m'attirer à elle et m'embrasser.

L'omelette risque de refroidir.

Je traîne ma valise jusque dans l'entrée. Il est 17 h 30, mon taxi ne devrait plus tarder.

Lucile est dans le salon, plongé dans l'obscurité. Je m'avance et appuie sur l'interrupteur.

Perdue dans ses pensées, elle ne m'a pas entendu approcher. Je la vois qui essuie discrètement ses joues humides.

Quand elle relève la tête, elle prend cet air faussement enjoué que je lui connais, lorsqu'elle cherche à dissimuler un problème.

— C'est bientôt l'heure.

— Je sais. Tu n'as rien oublié ?

Je lui fais signe que non en récupérant mon téléphone.

— Ça ne serait pas perdu, de toute façon.

Elle se lève et me rejoint. Je lui caresse l'ovale du visage, avant de déposer un baiser sur ses lèvres frémissantes.

— C'était trop court.

— Tu parles de cette journée ou de cette nuit ?

— Les deux. Arrête de te moquer !

Elle me tape sur l'épaule. Je l'enlace et l'embrasse avec fougue pour ne pas qu'elle m'oublie, une fois que j'aurai franchi la porte.

— Je t'ai parlé de la Sardaigne et à quel point j'aime cette île. On devrait programmer nos prochaines vacances ensemble, pour que je t'y emmène.

Son visage s'illumine.

— C'est vrai ? J'adorerais. Tu en es sûr ?

— Oui, pourquoi ?

Elle semble contrariée. Je devine que mon départ précipité y est pour beaucoup. Si ça ne tenait qu'à moi, nous aurions pris la semaine pour apprendre à mieux nous connaître en dehors et sous la couette. Seulement, je n'ai pas le choix, j'ai un rendez-vous important lundi, qui ne peut être reporté. C'est même capital pour mes projets d'avenir.

— C'est que...

Mon portable vibre. C'est mon taxi qui m'annonce qu'il est arrivé et m'attend.

— Parle-moi, Luce. Il y a un problème ? C'est ma proposition qui te gêne ? Si c'est trop tôt, dis-le-moi, je comprendrai et...

— Et Mel ? Je... Fouiller dans ta vie n'était pas dans

mes intentions, mais tu m'intriguais et j'étais curieuse. J'ai... Tu vas la mettre au courant pour nous ?

Au loin, j'entends un véhicule klaxonner. Serait-ce mon chauffeur qui s'excite ? Quoi qu'il en soit, j'ai intérêt à me bouger pour éviter que le compteur explose !

J'embrasse Lucile, avec le regret de ne pouvoir lui expliquer ma situation.

— Je te parlerai d'elle plus tard. Quant à Mel, ce qui se passe entre nous ne la regarde pas, du moins pour l'instant. Je dois filer. Je t'appelle à mon arrivée.

Je me retourne une dernière fois avant de disparaître à l'angle du couloir. Lucile est pâle et se retient au montant de la porte. Mon cœur se serre ; la séparation sera difficile pour tous les deux.

Chapitre 15

Teddy

Aujourd'hui, c'est mon anniversaire !

Et je me réjouis à l'idée de le fêter avec mes amis – remarque que je n'aurais jamais pensé faire un jour sans un flingue braqué sur la tempe.

Pour l'occasion, Jonathan et moi avons prévu un dîner en toute simplicité avec Peg et David, son mari, ma super copine Simone, sans l'homme invisible qui lui sert de mec – et qui ne la mérite absolument pas ! –, et Damien, *of course*.

Il est encore tôt et, notre fils étant à la sieste, Jon et moi en profitons pour nous en octroyer une aussi, mais crapuleuse. Mon super-héros a pris une journée de congé, nous savourons notre moment à deux. Nous le savourons d'autant plus que, depuis mon retour, c'est un peu la folie. Le rythme frénétique de notre quotidien m'a rattrapée sans mansuétude, entre mon boulot qui est de parcourir le globe à bord de mon « gros navion », mon job à plein de temps de maman, et mon rôle d'épouse. Mais, en toute franchise, je n'échangerais ma place pour rien au monde, surtout maintenant, alors que mon maïeuticien super sexy s'amuse à tracer de petits et grands cercles sur le bas de mon dos et mes fesses, qu'il finit par mordre.

Je me tortille en riant aux éclats. Un peu trop peut-être.

— Chut ! me gronde Jonathan. Tu vas réveiller le petit et je ne pourrais pas te faire tout ce que j'ai prévu.

— Oh ! minaudé-je, en me retournant pour lui tendre les bras. Aurais-tu l'amabilité de me mettre dans la confidence, je te prie ?

Jonathan se hisse au-dessus de moi, en appui sur les coudes, le bassin calé entre mes cuisses.

— Nan ! C'est ce que j'appelle la... surprise du chef !

Je fais mine de réfléchir.

— J'ai beau me creuser la cervelle, je ne vois pas une position ou une technique, réalisable sans risquer de se rompre le cou, que nous n'aurions pas déjà testée, mais je suis pour la recherche, alors...

Il me sourit de manière coquine en me décochant un clin d'œil fabuleux. Je faufile une main entre nous pour lui caresser le visage.

— Tu m'as manqué.

Je le lui répète pour la centième fois au moins depuis mon retour, voilà une semaine. Au cas où il n'aurait pas encore compris.

Il dépose un baiser sur le bout de mon nez, avant de pivoter sur le côté, une main soutenant sa tête, l'autre posée sur ma taille.

— Tu ne m'as toujours pas expliqué le délire du faux couple. Qu'est-ce qui t'as pris de vous embarquer dans une histoire pareille, Teddy ?

J'ignore son regard de reproche pour lui exposer ma version, et non celle déformée de Damien !

— C'était une aubaine, vous semblez tous oublier ce détail.

— Un détail ? Moi, j'appelle ça un plan à dormir debout.

— Eh bien non, pour moi, c'était simplement une affaire qui valait le coup de passer outre une ou deux petites choses contrariantes.

— C'était illégal, je te signale. Et puis, tu aurais pu en discuter avec Damien, au lieu de le placer devant le fait accompli. C'était prévisible qu'il t'en veuille, du moins au début. Le but des vacances est de se détendre, pas de jouer la comédie, en imitant un couple en crise. Là, c'est sûr, ça a dû être facile de rentrer dans le rôle.

Sur ce point, je ne le contredis pas. Je me remémore le premier rendez-vous avec Laura, et un rire nerveux m'échappe. Je m'étonne encore que nous n'ayons pas éveillé les soupçons de la *love coach* et de Lucile – ah ! ça y est, j'ai définitivement retenu son prénom !

— Nous avons été plus que parfaits ! Nous n'aurions pas volé deux nominations à la prochaine cérémonie des Césars.

— J'enverrai un courrier à l'académie pour proposer vos candidatures, persifle Jonathan.

Je le traite de rabat-joie, il me pince la hanche en souriant.

Je me colle à lui, désireuse de mettre un terme à cette conversation ennuyeuse, au profit d'un programme hautement plus intéressant. Mes mains baladeuses s'en donnent à cœur joie sur le corps de rêve de mon rugbyman du Sud-Ouest. Il gémit doucement, tandis que ma langue retrace le dessin de son fascinant tatouage, qui s'étend de sa clavicule gauche à sa hanche, en passant par son pectoral dont j'aspire le téton.

Les doigts tremblants de Jon fourragent dans ma chevelure bouclée et déjà en bataille, à cause de notre premier round.

Je descends plus bas et là, le pauvre endure sa

délicieuse torture en silence, de peur de réveiller le nouveau patron de la maison, âgé de bientôt sept mois. Je pouffe discrètement, mais manque de m'étouffer en le voyant plaquer un oreiller sur son visage.

Très excité, il n'attend même pas que je reprenne ma respiration pour m'obliger à basculer sous lui. La lueur coquine et un tantinet lubrique dans ses iris turquoise m'autorise à penser que c'est le moment pour moi d'accueillir la surprise du chef...

J'ai le souffle court d'un sprinter après sa course.

Mon Dieu ! A-t-on jamais atteint le septième ciel avec autant de maestria ! Les trompettes et les feux d'artifice étaient de sortie, eux aussi. J'ai aperçu les anges et tapé la bise à saint Pierre pendant ma visite au paradis, car mon cœur a bien failli s'arrêter sous tant d'émotions.

Le faiseur de miracles reprend des forces à côté de moi. Il est allongé sur le dos et fixe le plafond, son torse se soulevant et s'abaissant à un rythme soutenu.

Je roule jusqu'à lui et pose le bras en travers de son ventre moite de sueur. Je joue ensuite à saute-mouton sur ses abdos admirablement bien dessinés, avec l'index et le majeur. Ça le chatouille. Il m'attrape la main et l'embrasse, avant de la poser sur ses pectoraux.

— Joyeux anniversaire, ma femme !

— Merci, mon mari.

Il tourne la tête. Nos regards s'accrochent, je ne peux m'empêcher de songer au nombre incalculable de fois où je me suis perdue dans ces magnifiques yeux couleur azur depuis le jour de notre rencontre. Ni dans quelle circonstance celle-ci a été rendue possible : mémorable, c'est le mot juste !

Jonathan me demande d'une voix plus rauque que d'ordinaire :

— Très bonne tactique pour stopper notre discussion, je m'en souviendrai.

— Meuh... Pas du tout ! De quoi on parlait, déjà ?

Ma mauvaise foi l'amuse. Je lui mords l'épaule pour lui démontrer que, diversion ou pas, j'ai toujours envie de lui.

L'espace d'un instant, il se rembrunit avant d'arborer à nouveau son petit sourire en coin.

— J'ai discuté avec Damien, l'autre jour, commence-t-il.

— Ah oui ?

Ça ne me dit rien qui vaille.

Est-ce que ma saleté de meilleur ami aurait cafté ?

— Il avait l'air de suggérer que nous devrions discuter, toi et moi.

Je remue, soudain moins à mon aise. Pourquoi faut-il toujours qu'un sombre nuage vienne obscurcir un ciel bleu ? Je ne suis pas Miss Météo, mais la question m'interpelle.

Oui, d'accord, je divague.

Jonathan me fixe dans l'attente d'une réponse.

Je soupire.

— Il a eu tort. Ce... C'est juste que je me suis un peu trop prêtée au jeu des confidences avec Laura, la *love coach* de l'agence, et que j'ai... pu émettre des doutes sur mes capacités de femme et de maman. Rien de bien méchant.

— Rien de bien méchant ? répète-t-il d'un ton où perce l'incrédulité.

— Oui.

Je hausse les épaules de manière faussement détendue.

— OK. Donc, tu te sens mieux que lors de ton départ ?

— Tu avais raison, comme toujours. Ces quelques jours loin de tout m'ont été bénéfiques.

Il tique un peu. J'en fais trop sans doute. Je ne suis

pas aussi bonne actrice que je l'imaginais. Néanmoins, il n'insiste pas.

Son téléphone sonne. Le visage souriant de Cristina, avec la plage de Marbella en fond, s'affiche sur l'écran. Il s'écarte pour s'emparer de l'appareil et décroche.

J'entends la voix enjouée de sa sœur me souhaitant un joyeux anniversaire. Je lui envoie un bisou, dont Jonathan se fait le messager. Je perds ensuite le fil de leur conversation, engluée dans mes doutes et pensées coupables. J'ai menti à Jonathan, rien n'est réglé, puisque le problème, c'est moi !

Lors de la dernière séance, Laura m'a délivré un conseil pertinent, mais plus facile à formuler qu'à appliquer : je dois trouver ma propre place au sein de ma famille, entre un adorable bébé braillard et un mari qui assure pour deux. Personne n'est inutile, mais tout le monde ne sait pas comment exploiter ses qualités.

— Teddy ?

Je sursaute, prise en flagrant délit d'intense réflexion. Je devais ressembler au *Penseur* de Rodin, car Jon m'observe étrangement.

— Ta... Tu as déjà terminé avec ta sœur ?

— Oui. Elle t'embrasse comme le reste de la joyeuse troupe.

— Elle est à Biarritz ?

— Oui, ils s'y sont définitivement installés. Son mari a fini de courir après les contrats à l'international et, comme ils veulent fonder une famille, ils recherchent la stabilité. Du moins pour le moment.

L'époux de Cristina est un brillant architecte à la carrière florissante, et très fier de sa réussite. Je ne doute pas que le loyer mensuel de leur nouveau nid douillet représente l'équivalent de ma paye... de l'année !

— Les membres de la famille Weil sont presque tous au complet à Biarritz, plaisanté-je.

— Pas faux, conclut-il, avant de changer rapidement de sujet.

C'est à mon tour de ne pas insister. Je quitte à regret ses bras.

— Le petit dort encore, je vais en profiter pour préparer le tiramisu aux spéculoos.

Il se redresse lui aussi.

— C'est ton anniversaire, Teddy. Je t'ai promis que je m'occuperai du repas de ce soir.

Je ramène le drap sur la poitrine et me baisse pour récupérer mes vêtements éparpillés au pied du lit.

— Je sais, mais ça me fera un moyen de pression pour maintenir la langue de vipère de Dam dans sa bouche !

Jonathan secoue la tête, mi-amusé mi-désespéré.

Tout le monde est là. La soirée bat son plein.

Mes parents nous ont rendu visite en fin d'après-midi et sont repartis avec Liam, qu'ils garderont cette nuit.

Comme on peut s'y attendre lors d'un repas festif entre amis, les vannes et les gros dossiers fusent dans tous les sens, n'épargnant personne, et surtout pas moi.

Peggy et David sont en larmes, lorsque Damien leur raconte les détails de notre récent voyage. Peg rit tellement que ça ne m'étonnerait pas qu'elle accouche dans mon salon.

— Vous avez toujours eu des airs de vieux couple, quand vous vous disputez tous les deux, déclare-t-elle en recouvrant son calme. Déjà au lycée, vous faisiez la paire !

Au souvenir de cette époque, je me rembrunis un peu. Nous étions quatre alors, le frère jumeau de Damien, dont mon fils porte le nom aujourd'hui, était encore en vie. Sans le drame de sa disparition, David ne serait probablement pas parmi nous ce soir : si Damien et moi avons toujours été un duo inséparable, Peg et Liam étaient quant à eux follement amoureux. Elle a eu le cœur brisé de le perdre dans cet accident. Nous l'avons tous eu.

La main de Jonathan recouvre la mienne, chassant mes pensées peu adaptées à l'ambiance détendue.

Damien se lève et porte un toast. Je me méfie.

— À notre Teddy, un sacré bout de femme plein de défauts, mais aux trop nombreuses qualités pour qu'on ne les lui pardonne pas !

Comme c'est gentiment dit...

Sauf qu'il n'en a pas fini avec moi :

— À Teddy encore, qui n'ose cracher, de peur d'avoir soif !

Tout le monde, à table, éclate de rire, excepté moi.

— Roh ! Enfoi... Je ne suis pas radine !

— Ah ? Tu la connais, cette expression ? me nargue-t-il, tout en sachant la vérité.

— C'était la favorite de mamé Jo, alors bien sûr que je la connais, sale crétin !

— Et tu lui ressembles tellement, à notre regrettée Martine. Bon anniversaire, ma vieille branche !

Damien m'envoie un baiser volant, que j'esquive en me marrant.

Pour le dessert, mon tiramisu pose une colle à Jonathan qui essaie tant bien que mal d'y faire tenir les deux bougies – 3 et 2. Il y parvient enfin, je m'empresse de les souffler avant que le tout soit englouti par la crème au mascarpone.

La seconde partie du programme prévoit une session de Pictionnary, qui se conclut par la victoire de l'équipe Simone – Damien.

Au cours d'un moment 100 % féminin, incluant une salle de bains, des confidences et des conseils, Simone m'apprend qu'elle a rompu avec le fantôme qui lui faisait jusque-là office de petit ami.

— Franchement, ce n'est pas une grande perte, Sy. Tu es magnifique, gentille et intelligente. Tu pouvais largement espérer mieux. Et, comme on dit, un de perdu vingt de retrouvés !

Simone et Peggy échangent un regard amusé. Mais Peg m'inquiète. Elle est de plus en plus pâle et n'arrête pas de palper son ventre entre deux grimaces.

— T'es sûre que ça va ? Je sais que je t'ai posé exactement la même question il y a un quart d'heure, mais tu m'intrigues.

Mon amie ne tient plus en place. Elle paraît incapable de choisir entre s'asseoir sur le rebord de la baignoire ou rester debout.

— C'est le bébé ? s'affole Simone.

— Hum hum, admet Peg, avant de gémir faiblement.

Je me redresse d'un bond. Mon réflexe est d'appeler Jonathan, la sage-femme de la situation.

— Pourquoi tu n'as rien dit plus tôt ?

— J'ai... Je ne voulais pas gâcher la fête. Et j'ai déjà eu de fausses alertes.

— Gâcher la fête ? N'importe quoi ! Tu crois sincèrement que le bébé s'en soucie ? S'il veut sortir, ne t'inquiète pas, ma grande, il le fera avec ou sans ton accord.

Jonathan déboule dans la pièce, suivi de près par David.

— Je me demandais quand tu te déciderais à prévenir, déclare-t-il en s'adressant à Peg.

Pourquoi ne suis-je pas surprise ? C'est son métier, après tout, de reconnaître les signes d'un accouchement.

Il entraîne doucement Peggy dans notre chambre et l'examine. Malgré le calme avec lequel il l'énonce, son verdict est sans appel.

— David, va chercher la voiture. Le travail est bien avancé, alors si tu ne veux pas qu'elle mette au monde votre bébé sur la banquette arrière, il va falloir se presser.

Peggy se redresse sur ses coudes. Elle semble inquiète. Jon la rassure.

— Tout va bien se passer, Peg.

— Et si tu l'accouchais, comme tu l'as fait pour moi ? interviens-je.

Il secoue la tête.

— Ta grossesse était sans complication, la taille de Liam normale. Et tu oublies que nous étions dans une structure adaptée. Je n'avais qu'à crier pour que les collègues rappliquent avec le matériel adéquat. Dans le cas de Peggy, une césarienne a été programmée pour la semaine prochaine, je ne veux courir aucun risque. La maternité la plus proche est à vingt minutes.

David est revenu, la berline attend devant la maison. Au moment de passer la porte, Peg m'attrape la main. Je lis la peur dans ses yeux. Comment le lui reprocher, je me rappelle, moi aussi, l'accouchement de Louis, son fils aîné.

— Viens, Teddy.

— Moi ? Mais c'est Jon qui...

— Noooon, toi ! crie-t-elle sous la douleur d'une contraction. Tu étais présente pour le premier. Je veux que tu sois là pour le petit. S'il te...

Elle ne finit pas sa phrase.

— Sers-lui de grigri, Teddy, traduit Damien. Tu sais combien notre Peg est superstitieuse.

Il embrasse son front en sueur.

J'attrape mon manteau à la patère de l'entrée et croise le regard inquiet de Jonathan. Nous ne perdons pas de temps et filons à l'hôpital.

Je tiendrai la main de mon amie tout le trajet.

Plus de peur que de mal.

Je ne sens plus mes doigts côté gauche, mais j'ai rarement ressenti un tel soulagement.

Peggy a immédiatement été prise en charge à notre arrivée aux urgences. Prudent, le gynécologue de garde a tout de suite décidé de pratiquer la césarienne, le bébé ayant été déclaré trop gros pour le bassin de la maman, à la dernière échographie.

Depuis la délivrance de Peg, je n'ai pas lâché mon téléphone, occupée à envoyer les SMS annonçant la naissance de son second enfant.

Je suis assise sur une des chaises de l'accueil. Je n'ai pas revu Peggy, mais je suis épuisée, et elle doit se reposer. En revanche, David m'a présenté leur fils après la toilette de celui-ci. Un petit Martin.

Une porte claque, je délaisse mon écran et souris en voyant mon homme avancer vers moi. Il m'enlace en plein milieu du hall désert.

— S'il s'était dépêché, le bébé et moi serions nés le même jour.

— Rah la la, qu'elle est contrariante, cette nouvelle génération !

— C'est un garçon !

Il m'embrasse le bout du nez.

— Je sais.

Je m'écarte légèrement.

— Comment ça ? Même les parents ne voulaient pas connaître le sexe.

— Peggy a insisté pour me montrer les échos. Elle avait besoin d'être rassurée. Et tu oublies quel est mon boulot, ma puce.

— Alors... Tu le savais depuis le début et tu ne m'as pas mise dans la confidence ?

Jonathan hausse les sourcils, comme si cela coulait de source.

— Depuis le début, non. En plus, ce n'était pas à moi de te l'apprendre. Je suis tenu au secret médical, je te rappelle.

Mouais, c'est vrai. Il m'agace quand il a raison et c'est trop souvent.

— Bon, je te pardonne.

— Tu es trop bonne, ma femme !

Il me pince les fesses, si bien que j'ignore comment interpréter ses propos équivoques.

— Il n'empêche, ça commence à faire beaucoup de p'tits mecs dans notre entourage. Entre ceux de mon frère, notre propre fils, les enfants de tes sœurs et Peggy, il n'y a qu'une seule fille !

Il se penche et me dévore le cou en se frottant à moi.

— Si tu veux, on rentre à la maison. Je me propose de te la faire, cette petite fille, me susurre-t-il d'une voix terriblement rauque et sensuelle, avant d'ajouter : En plus, tes parents ne nous ramèneront Liam que dans l'après-midi, j'ai donc tout mon temps pour te...

Son téléphone sonne. Nous nous dévisageons.

Il est trop tôt pour un simple coup de fil, ce qui signifie que ça doit être important. Nous songeons tous les deux à notre fils. Option rapidement écartée, lorsque nous découvrons que c'est sa sœur aînée qui cherche à le joindre.

Il décroche, sa main ne frémit pas, alors que je tremble tout entière.

Je devine qu'Amélia est porteuse de mauvaises nouvelles, car la voix de Jon se brise soudain, me fendant le cœur en mille morceaux...

Je suis assise sur le canapé, face à la télévision en sourdine. Damien est allongé par terre ; à côté de lui,

Liam babille gaiement. Il adore Dam, ça devient de plus en plus flagrant.

Je passe les deux mains dans mes cheveux sales. Il est 2 heures de l'après-midi et je n'ai toujours pas pris ma douche.

— Tout est de ma faute, dis-je.

Damien suspend le doudou de Liam au-dessus de sa tête, le bébé rit aux éclats. J'envie son innocence.

— De quoi tu parles ? Qu'est-ce qui est de ta faute ?

Je me lève et commence à faire les cent pas, quitte à élimer le tapis tout neuf du salon.

— J'ai attiré la poisse sur nous à force de me plaindre et voilà, le père de Jon a fait un AVC !

Damien me fixe comme si j'étais devenue tarée.

— Si je suis ton raisonnement loufoque, l'AVC du papa, c'est toi ?

Je soupire.

— Tu sais ce que j'ai voulu dire, enfin.

Dam se redresse, abandonnant le soin à Liam de s'occuper tout seul avec son portique de jeux.

— Non justement, c'est bien ça le problème. Je ne te comprends plus, Teddy, je ne te reconnais même plus ! m'assène-t-il en me désignant tout entière.

Il fait allusion à mon aspect négligé.

— Tu te plains à longueur de temps, mais refuses d'être aidée. Ta croisière n'y aura rien changé, si ce n'est te permettre de rentrer un peu moins blême.

— Tu exagères, me défends-je.

— Je préférerais, crois-moi ! Maintenant, écoute-moi bien, vieille branche bornée ! J'en ai ma claque de te voir dans cet état ! Bouge-toi, fais quelque chose et vite ! Le mec adorable et patient avec qui tu partages ta vie va avoir besoin de toi. Ou plutôt, il va avoir besoin du soutien de la Teddy d'avant. Celle qui ne se laisse pas abattre pour un rien, celle que même un connard de la pire espèce comme Guillaume n'est pas parvenu à démolir, celle qui m'a offert son épaule pour pleurer la mort de mon frère, ou encore celle qui est venue à mon secours quand mes propres parents m'ont tourné le dos. C'est elle que je veux retrouver, pas cette chose débraillée qui sent la truie !

OK... Me voilà habillée pour tenir un hiver ou deux. Jon Snow en personne pourrait se dresser devant moi et déclarer avec la gaieté qui le caractérise « *Winter is coming* », que je lui rétorquerais : même pas peur !

Cependant, Damien n'a pas tort. Je suis forcée d'admettre que je me suis trop longtemps apitoyée sur mon sort, et que l'heure d'y mettre un terme a sonné. De plus, si j'aspirais à trouver ma place dans cette famille, elle est toute désignée à présent : je serai le pilier sur lequel Jonathan pourra se reposer afin d'affronter le drame qui nous touche, lui particulièrement.

Damien est satisfait. Il a certainement décelé la toute nouvelle détermination qui émane de moi. Il en a terminé avec mon cas et se dirige vers la cuisine. Il se masse le ventre en grimaçant.

L'ogre a faim !

Je lui emboîte le pas, après avoir vérifié où en était mon fils. Ce gamin est un amour, mon portrait craché !

Aucun commentaire, d'accord...

Damien furète dans les placards à la recherche d'un truc à grignoter. Dans ces cas-là, il est capable de créer des associations plus que douteuses, comme une tartine au chocolat, avec une tranche de comté.

Il met la main sur un paquet de gâteaux régime que je n'ai pas eu le courage de terminer. Il ne va pas tarder à découvrir pourquoi.

3... 2... 1...

— Beurk ! C'est quoi, ce machin ? Un étouffe-crétin ? s'exclame-t-il en retournant la boîte pour y lire la liste des ingrédients.

— Ha ha ! Celle-là, je la connais ! C'est : étouffe-chrétien, qu'on dit !

Je savoure l'instant : pour une fois c'est à moi de corriger Damien, pris en flagrant délit de déformation d'expression de la langue française.

— Non, je n'ai commis aucune erreur. Ce truc est bien un étouffe-crétin, parce qu'il doit contenir du mortier à l'intérieur, d'où l'effet coupe-faim promis. Et parce qu'il n'y a que des crétins pour gaspiller de l'argent dans une daube pareille.

— Roh, c'est bon ! m'agacé-je, en lui arrachant le paquet des mains. Personne t'oblige à le manger. Tu veux que je te prépare un croque-monsieur avec une salade ?

Il me regarde comme si je lui avais offert un chèque d'un million d'euros.

— Tu ferais ça pour moi ?

Il se fiche de moi, avec la main apposée sur le cœur. Je lui tire la langue et lui lance un torchon à la figure.

Depuis trois semaines, Jonathan effectue de fréquents allers-retours entre la région parisienne, où nous vivons, et Biarritz, où sont les membres de sa famille.

Le rythme l'épuise, même s'il met toute son énergie à me le cacher. Je ne suis pas aveugle.

Ce soir, il s'est écroulé dans notre lit pendant que je bordais Liam, et a oublié de couper l'eau du robinet, après s'être brossé les dents.

Sans bruit, je récupère le linge sale dans sa valise pour lancer une machine. Je plie le reste, que je range dans son côté de l'armoire.

Ces dernières semaines, alors que j'étais seule le plus

souvent, j'ai eu tout le loisir de réfléchir à la situation, et je suis parvenue à une conclusion, une dont je dois discuter avec le principal intéressé, dès demain.

Ce matin, je me suis levée aux aurores, n'ayant pas réussi à trouver le sommeil. En conséquence, j'ai préparé mes affaires pour mon vol de ce soir, et amené Liam à la crèche de bonne heure.

Jonathan émerge à peine, tandis que je m'active dans le salon, un plumeau à la main. Il est midi passé et ça ne lui ressemble pas de se lever aussi tard, même après une fête arrosée.

— Coucou, chéri.

Il me rejoint et m'embrasse, les paupières encore lourdes.

Je caresse sa mâchoire solide et dépose un autre baiser sur le coin de ses lèvres, là où apparaît habituellement une adorable fossette. Mais pour cela, il faudrait qu'il sourie, un événement de plus en plus rare, ces derniers temps.

— Tu aurais dû me réveiller. Il est tard. Où est le petit ?

— Au lycée, où il s'éclate avec sa copine et ses potes.

Jonathan fronce les sourcils. J'abandonne mon plumeau sur la table basse du salon et l'entraîne doucement à la cuisine. Là, je l'oblige à prendre place sur une chaise et lui prépare son café. Il est trop à l'ouest pour protester, et moi, je suis déterminée.

— Nous allons déménager dans le Sud, à Biarritz, précisé-je, alors qu'il me dévisage avec des yeux ronds.

— Nous quoi ? J'ai mal compris, je pense.

Je pose une tasse de café fumant devant lui, accompagnée d'un croissant et d'un verre de jus multivitaminé, le tout sur un plateau.

— Non, tu as bien entendu. J'y ai longuement réfléchi.

L'AVC de ton papa l'a hélas sévèrement diminué et c'est beaucoup de travail pour ta maman de s'en occuper. Tous ces sauts en avion que tu t'imposes depuis trois semaines afin d'être près d'eux sont en train de te tuer à petit feu. Je ne supporte plus de te voir dans cet état, de te savoir malheureux. Et puis, ta mère et tes sœurs ont besoin de toi. Tu en as conscience autant que moi.

— Teddy, ma puce...

— Laisse-moi finir, Jon. Je t'aime, tu es la meilleure chose qui me soit arrivée dans la vie, avec Liam, mais le fait que tu assures pour tout, tout le temps, a bien failli me rendre folle. Maintenant, je réalise ce que tu as essayé de m'expliquer : nous sommes une équipe et, dans une équipe, on se soutient. Les rôles se sont inversés et c'est à moi de prendre soin de toi, d'être forte pour toi, pour notre famille. Tu t'es trop souvent sacrifié pour les autres, mon chéri. Ce que tu as fait pour Alicia était admirable, combien d'hommes auraient-ils tenu le coup ? Et puis, tu n'as pas hésité à quitter ta vie en Bretagne pour me rejoindre ici, parce que tu croyais en nous. Alors, maintenant, c'est terminé. C'est à ton tour d'être pris en considération, plus de compromis pour les autres ni même pour moi. Je sais que tout ton être aspire à retourner chez toi dans le Sud. C'est là-bas que nous irons pour élever notre fils. C'est décidé !

Jonathan ne trouve plus ses mots, ses lèvres sont entrouvertes, mais aucun son ne s'en échappe. J'ajoute :

— Je m'arrangerai pour le boulot. J'irai bosser en avion, comme certains de mes collègues habitant en province le font déjà. Je demanderai un autre rythme de travail, je me débrouillerai. Rien, absolument rien, n'est insurmontable, tant que nous sommes ensemble.

Il acquiesce tout en se levant lentement de table.

Nous sommes face à face. Ses yeux sont brillants, une

larme coule sur sa joue. Je suis ébranlée de voir mon roc ainsi. Je frissonne, tandis que ses doigts courent sur la peau nue de mon bras.

Il prend alors mes lèvres dans un baiser passionné. Il me dit avec son corps ce qu'il n'a pas pu formuler avec des mots. Je ne regrette pas ma décision, peu importent les nouveaux chamboulements inhérents au déménagement dans une autre région et la paperasse à venir. J'ai fait le bon choix, je l'ai choisi, lui.

La machine est enclenchée.

Ce matin, nous avons reçu la visite d'acheteurs pour notre maison. Selon l'agent chargé de la vente, elle partira vite. Je prie pour qu'il ait raison.

En attendant notre prochain déménagement, il me reste une chose importante à accomplir.

Je frappe à la porte de ce pavillon cossu de la proche banlieue parisienne. Je n'aurais jamais imaginé y remettre les pieds un jour. D'ailleurs, avant d'entreprendre ce déplacement, je me suis fait violence.

Je suis ici parce que pardonner est souvent le meilleur moyen d'avancer. Je suis ici parce que j'aime mon meilleur ami.

La porte s'ouvre sur une femme. Si j'avais un doute sur un possible changement de propriétaire, il s'envole à la minute où mes yeux rencontrent ceux de la mère de Damien ; ils sont si semblables à ceux de son fils que c'en est troublant.

Elle aussi me reconnaît, car elle s'exclame :

— Théodora Vigne ? Teddy !

— Bonjour, madame Breteuil.

— C'est Damien qui t'envoie ? m'interroge-t-elle, pleine d'espoir.

— Non.

— Oh...

La part mesquine en moi, celle qui n'a rien oublié, s'en réjouit, l'autre, plus indulgente depuis que je suis devenue mère, compatit à sa détresse.

J'entends une voix au loin qui demande :

— Claude, qui est-ce ?

Je me tends aussi sec.

Jean-Philippe Breteuil. Le père de Damien, celui que j'estime être le principal responsable de la situation, une saleté d'homme rigide, au caractère intransigeant.

Sa femme se déporte sur la droite, m'offrant ainsi une vue imprenable sur le visage stoïque de son mari, alors qu'il découvre ma présence.

Il penche la tête, signe qu'il s'attend à voir quelqu'un d'autre à mes côtés.

— Il n'est pas là, dis-je, en coupant court à ses supputations.

Il se retranche derrière sa femme, comme il l'a un jour fait avec ses préjugés. Une attitude qui lui a coûté son seul fils encore en vie et la fierté de le voir devenir l'homme qu'il est actuellement, un talentueux photographe de mode, reconnu dans son milieu.

— Que nous voulez-vous ?

— Inutile d'adopter votre ton de général avec moi, OK ? Je suis ici, parce que Damien m'a montré votre lettre, ce qui prouve peut-être que vous n'êtes pas tous les deux sans cœur.

— Comment osez-vous ?

— La ferme, Philippe ! s'interpose Mme Breteuil, alors que je m'apprêtais à remettre son époux à sa place. Si elle est là, c'est qu'il y a sans doute un espoir pour nous de revoir un jour notre enfant. Donc, laisse-la parler, je t'en conjure !

Le visage du père se décompose. Il n'a pas l'habitude

que sa femme emploie ce ton avec lui. Eh bien, ça lui fera les pieds !

— Elle a raison, ajouté-je. Et je vous préviens tout de suite, ce que j'entreprends aujourd'hui, c'est pour Damien que je le fais, pour lui uniquement. Et parce que tout le monde devrait avoir une famille sur qui compter.

Les parents de mon meilleur ami m'invitent enfin à entrer chez eux. J'inspire profondément avant de pénétrer en territoire ennemi.

— Tu as fait quoi ?

Je suis attablée au restaurant avec Damien. Je crois sincèrement l'avoir surpris avec mon annonce. Il est en colère, ça se comprend.

Je laisse passer l'orage. Il se rendra forcément compte que j'ai raison.

Comme très souvent. Hum !

— Tu les as vraiment menacés ?

— Oui, et Peg est prête à me fournir une pelle et un alibi au cas où, affirmé-je, avec la tronche d'une sainte.

— Hum, j'aurais dû me douter qu'elle serait dans le coup.

— Je lui en ai parlé, parce que je souhaitais éviter une erreur de jugement. Tu m'en veux vraiment à mort ? Genre, comme pour la croisière ?

Les lèvres de Dam tremblent un peu. Il se retient de rire, c'est bon signe. Il secoue finalement la tête.

— Jamais. Je t'aime trop, espèce de vieille morue.

— J'y tenais. C'est mon cadeau de départ.

Ma main glisse sur la nappe, j'attrape celle de Damien. Il serre fort mes doigts dans les siens.

— Alors c'est décidé. Vous partez pour de vrai ?

J'acquiesce :

— La maison est en vente depuis deux jours, on a

déjà des visites. Jonathan a démissionné de la maternité pour se rendre avant nous dans le Sud, et aménager la maison que nous a léguée Barbara, sa grand-mère maternelle. Côté boulot, il songe à ouvrir un cabinet indépendant. La demeure est assez grande pour qu'il en crée un au rez-de-chaussée. Ça demandera des travaux, mais c'est la meilleure solution, selon moi, pour notre organisation et la garde de Liam.

— Et toi ? Comment ça va se passer ?

Je hausse les épaules en me redressant. J'ai soif, Damien me sert un verre d'eau.

— Ce sera un poil plus sport que quand nous habitions ici, mais pas insurmontable. J'irai travailler en avion, comme d'autres en voiture.

Il ricane.

— Tant mieux si tu le prends de cette façon. Je suis content de te retrouver.

J'esquisse un sourire malicieux.

— L'invective « sale truie » a été l'élément déclencheur pour que je me bouge.

— Non, ce que j'ai dit exactement, c'était que tu sentais la truie.

Nous éclatons de rire. Damien lève le doigt en hélant un serveur.

— Laisse, on n'est pas pressés.

— Ouais. Au fait, pourquoi il nous a mis à une table pour quatre ?

Je jette un coup d'œil anxieux en direction de la pendule accrochée au-dessus du bar.

— Ils ont dû mal comprendre au moment de la réservation. Si tu veux, on commande l'apéro ?

Damien plisse les paupières. Merde ! Un détail a éveillé ses soupçons, il ne va plus me lâcher, maintenant.

— Qu'est-ce que tu me caches ?

— Euh, moi ?

— Non, le pape !

— Bah rien.

— Prends-moi pour un con.

— Damien, commence une voix autoritaire. On ne parle pas de cette façon à une jeune femme !

Ouf ! Ils ne nous ont pas posé de lapin. Me voilà rassurée dans un sens et certaine de la sincérité des parents de Damien dans cette entreprise de réconciliation.

— Maman ! Papa !

Je me lève pour les saluer. Damien m'imite. Il est si stupéfait de les découvrir là qu'il en chancelle.

— Bon eh ben... Je vous laisse.

— Teddy, attends !

Dam me retient par le bras. Je dépose un baiser sur sa joue et lui chuchote qu'on se verra plus tard. J'ai prévu d'occuper mon après-midi avec Peggy.

Mme Breteuil m'enlace, alors que je lui tends la main. Je lui rends son étreinte. Son mari m'adresse un signe de tête reconnaissant.

Je suis persuadée d'avoir bien agi lorsque je me retourne et assiste au spectacle émouvant de Damien s'installant à table avec ses parents.

Je sais maintenant qu'il ne sera pas seul, quand je serai au loin.

Chapitre 16

Lucile
Un mois plus tôt, le 6 janvier

Le SMS que Xavier a reçu voici deux heures a précipité les événements et écourté notre après-midi.

Profitant d'une accalmie dans les chutes de neige, quelques vols pourront décoller de l'aéroport d'Orly, et celui de Xavier pour Marseille en fait partie.

Je mentirais en affirmant que je ne suis pas déçue, toutefois Xavier m'avait prévenue, et je sais qu'il a un rendez-vous important demain soir. Il ne m'a rien dit de plus.

Je cherche l'heure et la trouve sur la façade du lecteur DVD. Il est bientôt 17 h 30, son taxi sera là d'une minute à l'autre. Mon cœur se serre, car j'ignore ce que l'avenir nous réserve.

Le portable de Xavier vibre. Comme le son est bref, j'en déduis qu'il s'agit d'un texto. Je me penche légèrement afin de vérifier qu'il ne provient pas de la compagnie aérienne pour annoncer un changement de plan, mais non.

C'est pire encore : Mélanie, son épouse.

L'ironie de la situation me revient en pleine face. Après avoir fustigé toute ma vie ce genre de femme, me voilà dans la peau de l'*autre* ; celle par qui le scandale survient, celle dont la faute suprême est de voler un homme à sa famille, de le détourner de son devoir. La paria. La Mata Hari.

Je ne suis pas au bout de mes peines, car une curiosité malsaine me pousse à m'autoflageller, en prenant connaissance du message.

Je t'aime pour toujours et à jamais.
Lundi, 21 h. Bisous, Mélanie.

La gifle est retentissante, ma punition d'une cruauté inouïe. Je la ressens comme si cette femme me l'avait elle-même assénée, sans le chapelet d'injures accompagnant généralement ce genre de scène.

Je m'attrape la tête entre les mains et me masse les tempes pour calmer la migraine qui s'installe. Qu'ai-je fait ? La question tourne en boucle dans mon esprit. Mon désir de lui m'a fait oublier tout le reste, et je ne peux me retrancher derrière le prétexte du détail insignifiant. Une épouse aimante n'en est pas un !

Ma culpabilité n'a d'égale que mon dégoût de moi. Ajoutez à cela le désespoir d'aimer un homme inaccessible, et cela vous donnera un aperçu de mon état.

Une larme coule sur ma joue. Je panique. Il est impératif que je me contienne, sinon celle-ci sera suivie par d'autres et encore d'autres. À ce train-là, je réalimenterai les nappes phréatiques pour une centaine d'années au moins.

J'entends les roulettes de la valise de Xavier. Moins de dix secondes plus tard, sa silhouette masculine se découpe dans l'encadrement de la porte. Il allume la lumière du salon plongé dans l'obscurité.

Je m'essuie les joues avec l'espoir qu'il ne remarque rien et me redresse tranquillement, comme si mon cœur n'était pas brisé ou mon honneur bafoué.

— C'est bientôt l'heure, m'informe-t-il.

— Je sais. Tu n'as rien oublié ?

Il secoue la tête en récupérant son téléphone.

— Ça ne serait pas perdu, de toute façon.

Il semble embêté. Chercherait-il la meilleure façon de congédier sa maîtresse sans déclencher un esclandre ?

Il me caresse l'ovale du visage avant de déposer un tendre baiser sur mes lèvres tremblantes. Se pourrait-il qu'il ressente quelque chose pour moi ? Que... Qu'il pourrait quitter sa femme pour...

Je perds la boule avec tous ces « si » ! Ce sont exactement les mêmes interrogations qu'on attend d'une briseuse de ménage. Tout cela pour avoir le plaisir de lui dire « Ne rêve pas, sale garce ! »

— C'était trop court, dis-je enfin.

— Tu parles de cette journée ou de cette nuit ?

— Les deux. Arrête de te moquer !

Je suis partagée entre rire et pleurer. Je n'ai qu'une envie : lui bourrer le torse de coups de poing pour qu'il réagisse ou plutôt qu'il prononce les mots qui me rassureraient. À la place, il m'enlace pour m'embrasser avec fougue. Je devrais m'estimer heureuse.

J'aimerais le repousser, vraiment, parce qu'en se comportant comme il le fait, il jette un affreux brouillard sur ma perception de la situation. Il attise la flamme de l'espoir, et un espoir réduit à l'état de cendres est ce qu'il y a de pire.

— Je t'ai parlé de la Sardaigne et à quel point j'aime cette île. On devrait programmer nos prochaines vacances ensemble pour que je t'y emmène.

À cet instant, l'espoir s'épanouit en moi telle une fleur sous un radieux soleil de printemps. La rapidité avec laquelle Xavier influe sur mon moral est effrayante. C'est un désastre ! Je souffrirais comme jamais, s'il s'avérait qu'il se jouait de moi.

— C'est vrai ? J'adorerais. Tu en es sûr ?

— Oui, pourquoi ?

Je dois le lui demander. Demeurer dans le doute est insupportable. Au moins, s'il me disait qu'il n'y a plus rien pour lui dans le couple qu'ils forment avec Mélanie, qu'il ne l'aime plus. Alors...

« Je t'aime pour toujours et à jamais... »

— C'est que...

Son portable vibre. Je suis gagnée par l'urgence de lui parler, avant qu'il ne coure après son taxi.

Dis quelque chose, Lucile. Ne lui montre pas que tu es meurtrie au plus profond de toi. Exige des réponses à la place.

Mon orgueil, qui n'a jamais vu d'inconvénient à s'aplatir devant Véra, souhaite que je me frotte à Xavier.

— Parle-moi, Luce. Il y a un problème ? C'est ma proposition qui te gêne ? Si c'est trop tôt, dis-le-moi, je comprendrai et...

— Et Mel ? Je... Fouiller dans ta vie n'était pas dans mes intentions, mais tu m'intéressais et j'étais curieuse. J'ai... Tu vas la mettre au courant, pour nous ?

Au loin, nous entendons un véhicule klaxonner. Son chauffeur s'impatiente pendant que le compteur tourne.

Il m'embrasse une dernière fois.

— Nous parlerons d'elle plus tard, promis. Quant à Mel, ce qui se passe entre nous ne la regarde pas, du moins pas pour l'instant. Je dois filer. Je t'appelle à mon arrivée.

La bombe qu'il vient de lâcher me laisse le cœur en lambeaux et me propulse dans un abîme de douleur, tandis qu'il quitte mon appartement et ma vie.

*
**

14 février

Je m'installe au dernier rang, les premiers étant réservés à la famille et aux amis proches.

Bilan depuis mon retour des Antilles :

Mois pourri.

Semaine affreuse.

Soirée de torture à venir.

En moins de six jours, j'ai subi deux pertes. Une matérielle, ma chaudière, qui trouvera un dénouement positif d'ici mardi prochain, je l'espère. Une autre, beaucoup plus dure à encaisser, car humaine : mon adorable voisine.

La dernière fois que nous avons discuté, c'était après le départ de... Enfin, à mon retour de croisière. Comme nous n'avions pas pu nous remettre nos cadeaux à Noël – elle m'offre sa traditionnelle création au crochet, et moi, un petit chat en porcelaine pour sa collection –, nous l'avons fait fin janvier.

Quand j'y repense...

Elle m'avait alors confié combien elle était chanceuse d'avoir des amis présents à défaut d'une famille. Veuve et sans enfants, il ne lui restait que ceux de sa sœur pour lui rendre visite, et cela n'arrivait pas souvent, apparemment. J'avais bien croisé un jour l'une de ses petites-nièces, mais celle-ci ne s'était pas attardée dans le secteur. Alors, Agathe – ma voisine – occupait son temps grâce à ses passions : la littérature sentimentale, le crochet et le télé-achat. Elle avait d'ailleurs vécu le décès de Pierre Bellemare comme une perte personnelle. Brave Agathe !

La cérémonie commence.

Évidemment, ma mère choisit cet instant pour me téléphoner. Je coupe la sonnerie de mon portable et le fourre dans mon sac.

Le prêtre entame la lecture d'un texte rédigé en mémoire de la défunte.

Si certains restent de marbre en l'écoutant religieusement, certaines personnes et moi nous observons, choquées. Pour avoir accompagné Agathe à certaines sessions, je les identifie comme les membres de son club de crochet.

Le portrait que le curé dresse d'elle n'est absolument pas le bon ! Si bien que je me demande un instant si j'assiste au bon enterrement, mais la photographie de la vieille dame sur le chevalet ne ment pas, je suis au bon endroit. C'est moi qui ai fourni le cliché au père Jean-Baptiste. Sa nièce n'en avait aucune. Agathe, qui se savait plus toute jeune, m'avait indiqué laquelle des photos, trônant sur la cheminée condamnée de son salon, elle souhaitait lors de ses obsèques.

Sur le portrait, elle doit être âgée d'une trentaine d'années tout au plus. Elle visitait Le Touquet avec son mari, Maximillien, qu'elle a certainement aimé jusqu'à son dernier souffle, tant elle en parlait avec tendresse et force détails, pour une personne à la mémoire défaillante.

Bref, je suis tellement écœurée qu'une larme amère perle au coin de mon œil.

Puis, quand arrive le moment de diffuser dans tout l'édifice, à grand renfort de haut-parleurs, la chanson favorite d'Agathe, c'est la goutte d'eau.

— « Libérée, délivrée, je ne reviendrai plus jamais. Libérée, délivrée... »

Sainte Marie mère de Dieu !

Je me signe, tout en n'en croyant pas mes oreilles. A-t-on jamais fait preuve d'autant de maladresse et d'indélicatesse ?

Les regards consternés sont légion, la réprobation sur

tous les visages. Le prêtre se jette sur la sono, tandis que la famille s'agite sur les bancs.

Apparemment, le CD de la petite dernière a atterri dans la boîte remise à la secrétaire de la paroisse, à la place de celui prévu pour Agathe.

« Affligeant » est le mot qui me vient à l'esprit pour expliquer cette bévue impardonnable.

Je quitte l'église en me promettant de rendre visite à Agathe sur sa tombe. Je lui apporterai ses fleurs préférées que, moi, je connais !

C'est acté ! Si je ne souhaite pas avoir les mêmes funérailles catastrophiques qu'Agathe, je dois me remuer le popotin ! Parce qu'au jour d'aujourd'hui, ma situation ressemble à s'y méprendre à la sienne : je suis seule, je n'ai presque pas d'amis et surtout pas de mec. Au moins, ma voisine a-t-elle eu la chance de connaître le grand amour. Ce dont je ne peux guère me vanter. Mais j'ai un chat, et il est affectueux... Quand il est là !

En attendant ma grande révolution, j'appuie sur ma figurine funk pop de Dumbledore, à la droite de mon écran d'ordi. Dans l'immédiat, j'aurais atrocement besoin de l'aide d'un sorcier pour remettre en ordre mon existence chaotique.

— Tu ferais ça pour moi, Dumbee ?

La poupée hoche la tête.

— Oh merci, tu es un amour !

Me voilà en pleine conversation avec un objet en plastique. Le comble de la solitude. Je suis d'humeur morose.

Au travail, l'ambiance n'est guère plus reluisante.

Cruella... Enfin, Véra, est plus tyrannique que jamais avec l'équipe. La raison : Loïc n'a finalement pas mis un genou à terre. Il a fait mieux, il a rendu la bague au joaillier et s'est dégoté une nouvelle Barbie avec qui parader.

Depuis, Véra aiguise ses griffes sur les collègues qui lui servent d'esclaves, en attendant de remettre le grappin sur un golden-boy. Elle écume bien assez les lieux branchés de Paris, les soirs et les week-ends, pour y parvenir.

Cependant, la défection de Loïc n'est pas dure à avaler que pour Véra. Si j'ai effectué cette croisière, c'était au départ pour que madame puisse roucouler avec son prince pas si charmant. Résultat : j'ai un trou béant à la place du cœur et, parfois, des envies de meurtre. Voilà pourquoi je n'allume plus la télévision, les séries policières pourraient me donner des idées.

Un craquement se fait entendre. Je desserre la mâchoire et éloigne le crayon de papier que je maltraite depuis tout à l'heure.

Soupir.

Il s'en va rejoindre la dizaine d'autres que j'ai brisés en deux cette semaine. Je devrais m'acheter un os, comme les chiens, pour m'aider à surmonter mes humeurs !

Incapable de demeurer entre les murs vitrés de la boîte plus longtemps, j'éteins mon ordinateur, range mes dossiers et récupère mes affaires pour partir.

Je n'aspire qu'à une chose : rentrer chez moi !

En quittant la pièce, mon regard tombe sur les guirlandes de petits cœurs rouges ornant les couloirs de l'entreprise. La soirée du lancement officiel de l'offre « Together ». Je l'avais oubliée !

Mes paupières se ferment, un râle de bête blessée m'échappe. Pour marquer le coup, ledit lancement a été programmé le jour de la grande messe de l'amour avec un A.

Pour ma part, ce serait un énorme A pour « à chier ! »

— Ça va, Lucie ?

Steve me pose la question pour la forme, puisqu'il n'attend même pas que je lui réponde pour s'éloigner.

— C'est LuciLE ! Bon sang..., crié-je enfin.

Je respire à fond et compte jusqu'à trois pour me calmer. Je suis à cran depuis... depuis... Enfin, je suis tendue.

Et, comble pour une professionnelle du cœur, je ne crois plus en rien. La couche de romantisme qui me recouvrait a fondu comme la neige au soleil. Elle s'est désintégrée tel le string de Zahia, au contact d'un footballeur indélicat.

Songer à Xavier, même un mois après notre nuit d'amour, provoque toujours cette onde de douleur qui se propage en moi à la vitesse d'un feu de paille. Cependant, je ne peux en vouloir qu'à la principale pyromane : moi.

— Ah ! Lucile, tu es là, c'est parfait.

Ma salive se bloque dans ma gorge.

Véra.

Je me tourne lentement vers elle. Son pull écarlate est parfaitement coordonné à son rouge à lèvres et ses chaussures. Son slim en cuir sublime le galbe de ses longues jambes fines. Elle s'est fait couper les cheveux le mois dernier, en prétextant un besoin de changement. Elle a dû péter les plombs après l'affront de Loïc et se les arracher lors d'une crise d'hystérie. Ou, si ça se trouve, elle les a remis à une sorcière pour qu'elle lui concocte un poison pour se venger.

Je crois surtout que le manque de sommeil est en train de me mener à la folie !

— Oui, Véra ? Que puis-je pour vous ? demandé-je d'un ton affecté.

— J'aimerais que tu prépares un petit discours pour me présenter, ce soir. C'est plus... chic d'être introduit que de débarquer d'emblée sur la scène. Tu peux faire ça pour moi ? Tu es adorable !

J'hallucine ou elle me parle réellement comme à une enfant ?

Et puis, terminé ! Elle en a fini avec moi et tourne les talons. Je la retiens par le bras. Elle baisse les yeux et fixe mes doigts, comme s'il s'agissait de ceux d'une lépreuse. Rien que pour l'agacer, je ne les ôte pas.

— Qu'en est-il de mon poste de directrice adjointe ? Nous n'avons pas évoqué le sujet depuis que je suis rentrée.

Elle esquisse un vague signe de la main signifiant : on verra cela plus tard. J'insiste d'une pression sur son bras. Elle est surprise et me dévisage avec effarement.

— Je suis très occupée, Lucile. Allez préparer ce discours ! Nous aurons tout le temps d'aborder le sujet de votre promotion après cette soirée.

Elle a presque craché le mot « promotion », et employé le vouvoiement pour mettre de la distance entre nous. C'est clair comme de l'eau de roche. Je suis sa subordonnée et lui dois obéissance, selon sa vision des choses.

Elle se libère et me laisse en plan, en plein milieu du couloir. Je me sens soudain idiote sous quelques regards indiscrets ayant assisté à la scène.

Dans un sursaut d'amour-propre, je relève le menton, tout en me dirigeant d'un pas martial vers la sortie. Au diable le discours d'introduction de cette sorcière !

Je m'empare d'une coupe de champagne sur le plateau d'un serveur.

À les observer, ses collègues et lui, en train d'arpenter la salle, j'ai l'impression d'assister à un ballet... de pingouins.

Ma vue se brouille légèrement, mon équilibre se

précarise. Je louche sur ma flûte de vin pétillant avant d'en avaler une nouvelle gorgée, suivie d'une autre.

Mon estomac gargouille. Il est vrai que je ne lui ai rien fourni de solide depuis mon arrivée, il y a de ça une heure. En même temps, la culotte gainante que j'ai enfilée pour entrer dans ma petite robe noire à la coupe près du corps ne me permet pas de me goinfrer.

Cependant, le punch, le mojito et la sangria que j'ai goûtés ont suffi à me placer dans de meilleures dispositions. Trop en colère pour travailler dessus à la maison, je compte improviser le fameux discours commandé par Véra. Rien de mieux qu'un remontant ou deux pour vous inspirer !

La reine de la soirée pénètre enfin dans la salle de réception. Le décolleté de sa robe fourreau dorée est si profond qu'on peut apercevoir son nombril, ou presque. Elle s'est plaqué les cheveux sur un côté à grand renfort de gel, tandis qu'une large mèche recouvre l'autre partie de son visage. Elle ressemble à Jessica Rabbit.

Occupée ? Mon œil !

C'est surtout sa mise en beauté qui lui a pris tout l'après-midi.

Une épingle de mon chignon se détache, et c'est bientôt toute ma coiffure qui s'effondre. Tant pis, je retire toutes les autres, que je range dans ma pochette. Pour redonner du mouvement à mes cheveux, je bascule la tête en avant, puis la relève brusquement. Mauvaise idée. Je manque de m'étaler de tout mon long et ne dois mon sauvetage inopiné qu'à une âme charitable qui me retient. Je lève les yeux et percute un regard sombre que je connais bien.

— Xavier ? hoqueté-je.

C'est bien lui. Second choc qui ne peut être évité.

Je ramène le bras le long du corps. Xavier demeure immobile devant moi.

Il est superbe et je lui en veux.

Ce n'est qu'un traître, un manipulateur, mais... Le costume qu'il porte lui va à ravir ! Ses cheveux courts coiffés en arrière, combinés à sa barbe de trois jours, et son charme fou en font la parfaite allégorie de la beauté mâle. Comment ai-je pu être assez naïve pour songer, même une minute, qu'un homme comme lui puisse aimer une femme telle que moi ? Je suis insignifiante à côté de lui et comparée à...

Je préfère ne pas prononcer ce prénom.

— Lucile, je...

— Que fais-tu ici ?

Mon ton est dur, tranchant. Il glisse les doigts dans ses boucles brunes. Le malaise a changé de camp, mais l'aigreur est définitivement dans le mien.

— J'ai été invité, dans la mesure où j'ai effectué le voyage avec vous.

Il soupire et ajoute :

— Pourquoi n'as-tu jamais répondu à mes appels ou mes messages ?

— Dois-je réellement te faire un dessin ?

Une expression douloureuse traverse furtivement ses prunelles d'ébène. Une femme apparaît à ses côtés. J'en ai un haut-le-cœur, de me trouver dans la même pièce qu'elle.

C'est plus que je ne peux supporter.

Elle a dû se teindre les cheveux, car elle est brune et non plus blonde. À part ça, je m'en contrefiche. La page Xavier est tournée, en ce qui me concerne. Pour le lui prouver, je lui offre mon dos et le plante là avec sa femme !

En chemin vers la scène, je croise des couples de ma connaissance. Magali et Stéphane, Sara et Karim, Sabrina et David, même Jacques et Ghislaine. Au milieu des autres convives, cette dernière affiche une mine compassée. Je ne doute pas qu'elle est en train de jauger tout le monde.

J'accorde à chacun quelques minutes pour prendre de leurs nouvelles et échanger un peu ; la présentation de Véra est le cadet de mes soucis. Elle est en train d'user de son charme sur le big boss du groupe. À défaut de pouvoir me voler mes prochaines idées, elle tente une nouvelle méthode : la promotion canapé.

Dommage pour elle, le grand patron la délaisse pour un autre invité. Désormais sans victime à manipuler, elle promène son regard d'aigle sur la foule et me repère. Elle m'adresse un signe pour me désigner la scène. Le moment est venu.

Un serveur me frôle. J'ignore ce que j'attrape au vol, mais je l'ingurgite cul sec ! La boisson me brûle instantanément la gorge et m'anesthésie le cerveau. Cela risque de poser problème dans... trois, deux, une seconde.

J'atteins la scène.

Tous les regards se braquent sur moi, ainsi que l'éclairage. Je comprends pourquoi Véra souhaite ménager son petit effet, madame adore jouer les stars. En attendant, je suis celle qui se trouve sous le feu des projecteurs.

Je me lance en roue libre :

— Bonj... Bonsoir, mesdames et messieurs.

Les grésillements du micro m'écorchent les tympans, de plus, ma tête tourne. J'ai la déplaisante sensation d'avoir été jetée dans le tambour d'une machine à laver en marche. Je manipule l'appareil que je manque de casser. Tant pis !

— Le... L'être humain est une créature sociable, il est donc tout naturel pour lui de vivre en communauté. C'est pourquoi la solitude, si elle n'est pas un choix, est souvent perçue par ceux qui la subissent comme un poids.

Jusque-là, je ne me débrouille pas trop mal. Je connais mon sujet. L'esseulement, c'est mon dada.

— Comme vous le savez certainement tous, l'entreprise You and Ty... Euh, You and I, est l'un des leaders sur le marché des rencontres amoureuses. Mais, désireux que nous sommes de nous lancer dans de nouveaux défis, et toujours à la recherche du meilleur pour nos clients, l'idée de nous attaquer à un nouveau secteur encore peu exploité s'est imposée à moi... à nous. C'est ainsi qu'est née la marque Together, parce que euh...

J'essuie mon front moite et me masse la tempe à l'endroit où une veine palpite. Je reprends plus confuse que jamais :

— ... *Together, it's better.*

Quelle connerie ! songé-je.

Hélas, j'ai dû penser trop fort, car un murmure choqué s'élève dans l'assistance.

— Euh, je... Together, c'est d'abord la volonté de réconcilier deux personnes qui se sont un jour aimées, mais qui, par l'usure du temps, ou tout simplement les aléas de la vie, se sont perdues de vue. Together, ce... C'est le désir de replacer les rapports humains au premier plan. Mais il est quelqu'un, ici présent, qui vous en parlera mieux que moi. Il s'agit de la conceptrice de ce projet novateur, j'ai nommé Vé...

Mon regard parcourt frénétiquement l'assemblée à mes pieds, à la recherche d'un ami, d'un soutien ou quelque chose qui s'en rapprocherait. Magali lève la main avant que celle-ci ne retombe mollement, Stéphane affiche quant à lui un sourire crispé. Ghislaine se détourne et... seul Xavier ne me quitte pas des yeux. Il hoche très subtilement la tête. J'interprète son geste comme un encouragement. Je songe à nos conversations et à ce qu'il m'a plus d'une fois exhorté à accomplir. Il ne m'aura finalement pas laissé que des regrets. À travers ce que nous avons vécu ensemble, il m'a transmis sa combativité, ainsi que la volonté de ne plus être piétinée.

Véra s'avance dans l'attente de son moment de gloire. Cruella va rapidement déchanter.

— Non, c'est faux. Véra Herlinger n'est pas celle qui est à l'origine de ce projet. C'est moi !

Réaction outrée du public. Je m'interdis de me défiler, je suis déjà allée trop loin. Ma seule option est de poursuivre le grand déballage. Quitte à tout perdre, autant me soulager d'un poids.

— Véra m'a spolié mes idées, ajouté-je, en faisant fi des commentaires indignés. Elle ne s'est pas contentée d'une fois, mais de deux ! Parce que les voyages à thème à travers le globe, qui ont contribué à la réputation de You and I, c'est également moi ! Bien sûr, je ne peux prouver ce que j'avance, et c'est bien le problème. Toutefois, cette femme, crié-je en pointant l'index en direction de Véra, sait parfaitement ce qu'elle a fait ! Et l'ambition, à mon sens, ne justifie pas de dépouiller quelqu'un de sa création, ni de l'abaisser plus bas que terre afin d'en ressentir une quelconque supériorité ! Qui serait assez cruel pour intimer l'ordre à une personne de composer le discours d'introduction de celle qui lui a tant pris ? Vous m'avez volé, Véra, et vous avez menti à tout le monde ! Je n'ai rien de plus à ajouter !

Je quitte la scène sous l'applaudissement d'une seule personne. Je ne m'attarde pas pour vérifier son identité.

Je me suis enfermée dans mon bureau. Étant donné que les murs sont des vitres, je ne peux pas dire que je m'y cache. Le manque d'intimité sur mon lieu de travail ne m'a jamais paru aussi frappant que ce soir.

Mon téléphone sonne. Je prends l'appel de Fiona,

j'ai grandement besoin d'entendre une voix amicale, après avoir essuyé toutes ces huées.

— Allô, cousine. Alors, cette soirée, c'est vraiment une torture ?

Je pousse un soupir à fendre l'âme.

— Si tu savais, Fio. C'est... Ça a été horrible !

Mon ventre émet un grondement sinistre, et j'ai des aigreurs d'estomac pour ne rien arranger.

— Tant que ça. Que s'est-il passé ?

— Véra m'a demandé de prononcer un speech à sa gloire pendant le cocktail.

— Quelle salope, celle-là ! Elle n'a vraiment peur de rien. J'espère que tu l'as envoyée sur les roses !

— Non, je ne lui ai rien dit. Puis je suis montée sur scène.

— Oh Lulu... Pourquoi ne pas te cogner la tête contre un mur en crépi. Ce serait moins douloureux que ce que tu t'infliges.

— Ce n'est pas ce que tu crois, Fiona. Je l'ai fait, je lui ai balancé ses quatre vérités à la figure, comme j'en rêvais depuis toutes ces années.

À l'autre bout du combiné, ma cousine exulte de joie. J'écarte le téléphone afin d'épargner mes oreilles.

La porte de mon bureau s'ouvre alors brusquement, puis claque avec fracas.

Véra sait faire ses entrées.

Elle est furieuse. Des cornes lui ont poussé sur le crâne et de la fumée sort de ses narines frémissantes. Bon, ce n'est pas tout à fait exact, mais elle n'a jamais aussi bien porté son sobriquet qu'actuellement. Elle ressemble à s'y méprendre à Cruella d'enfer, version Glen Close. Dans une minute, elle va exiger qu'on me dépèce pour se fabriquer un manteau avec ma peau de rouquine.

— Comment as-tu osé, sale petite conne ?

Je quitte mon siège en bousculant mon téléphone, qui atterrit dans la poubelle.

— J'ai agi comme j'aurais dû le faire depuis longtemps ! éructé-je à mon tour.

— Ton petit spectacle devant une salle comble t'a fait plaisir, je parie ! Ça a été le petit quart d'heure de gloire de la pauvre Lucile, dont tout le monde se fout bien !

— Je me fiche de ne pas être adulée comme vous l'êtes, sauf que vous vous trompez, Véra. Les gens murmurent sur votre passage. Votre ambition se reflète dans votre attitude méprisable. Vous n'avez aucune valeur, vous êtes prête à écraser n'importe qui se trouverait sur votre passage pour parvenir à vos fins. Je vous admirais, maintenant, vous ne m'inspirez que dégoût et regret. J'ai honte d'avoir été bernée deux fois par vous. Vous m'avez volé mes idées !

— Oui et alors ? admet-elle enfin pour la première fois. Si c'était vous qui les aviez présentées devant le conseil, elles n'auraient jamais été retenues. Vous n'avez aucun charisme, Lucile. Vous êtes tout juste bonne à taper des contrats et apporter le café !

— Vous reconnaissez donc que je suis à l'origine des concepts qui ont fait la gloire de You and I et mené à la création de sa petite sœur Together ?

— Effectivement, mais cela ne fera aucune différence. Vous n'avez aucune preuve à fournir, ce sera toujours parole contre parole. Je nierai farouchement en face d'une rien-du-tout de votre espèce. Vous êtes finie, Lucile... et pathétique ! Regardez-vous, franchement. Pas étonnant que vous n'ayez qu'un stupide chat dans votre vie. Taggard a été indulgent avec vous, dans son article. Je gage qu'il a eu pitié de vous. J'ai vu la façon dont vous le dévoriez des yeux, tout à l'heure.

Un homme marié, Lucile ! Que vous êtes naïve et bête. Vous êtes virée !

— Non, c'est moi qui démissionne ! Plutôt crever que de continuer à travailler pour une mante religieuse de votre acabit. Ce cher Loïc a été bien inspiré de refiler votre bague à une autre. Vous ne suciez peut-être pas assez bien, Véra !

J'y suis allée un peu fort.

Elle est au-delà de la fureur et s'avance, la main levée. Je me rebiffe. Maintenant, c'est elle qui va trop loin. Si elle pense que je vais lui permettre de me gifler sans riposter, c'est elle la naïve. Je suis prête à réitérer mon combat contre Gaby, avec plus de hargne dans le cas présent.

— Touchez-moi et je vous intente un procès à l'américaine !

Ma menace, ainsi que ma voix emplie d'un mélange de rage et d'indignation, suffisent pour qu'elle se dégonfle. Tel un ouragan, elle repart, après avoir dévasté ma fierté et mon bureau.

Je perçois la voix lointaine de ma cousine. Je me penche au-dessus de la poubelle pour récupérer mon portable.

— Lulu, ça va ? J'ai tout entendu, c'était...

— Horrible ?

Je me prends la tête entre les mains en me balançant d'avant en arrière.

Seigneur... Qu'ai-je fait ?

Chapitre 17

Lucile

Depuis l'incident de la soirée de lancement, ma cousine ne me lâche plus d'une semelle. Elle craint sûrement que je me défenestre de mon appartement, situé au rez-de-chaussée.

Je sors un pied de la voiture, l'autre suit. Je m'étire à la façon de Sergio après une longue sieste, hormis que je n'ai pas fermé l'œil de tout le trajet, et que j'ai des fourmis dans les jambes d'être restée assise trop longtemps.

Il nous aura fallu plus de sept heures, afin d'effectuer le trajet Paris-Marseille. Non, rectification, nous nous situons plus exactement dans une commune du département des Bouches-du-Rhône nommée Plan-d'Orgon.

Si nous sommes si loin de chez nous, c'est que Fiona a tenu à ce que je l'accompagne à l'un de ses week-ends méditation. En l'occurrence, nous nous apprêtons à participer à une conférence qui s'intitule – vaste sujet – : Comment tendre vers son plein potentiel ? Comprendra qui pourra...

Sur le panneau de l'entrée figure le nom de la structure qui nous accueille pour les trois prochains jours : « Les ateliers d'Emma, oser être ».

Curieuse de savoir dans lequel de ses délires Fiona désirait m'embarquer, j'ai entrepris des recherches sur le Net. J'ai découvert à ma grande surprise que la gérante, Emmanuelle, exerçait une autre profession, avant de se lancer dans le business du bien-être. Je suis particulièrement sensible au sujet depuis que je pointe au chômage, à la suite de mon coup d'éclat contre Véra.

J'ai vite regretté ce court passage où j'annonçais démissionner. C'était avant de percuter que je devrais faire une croix sur mes indemnités. Une scène comme celle-ci est géniale dans un film, la réalité l'est nettement moins. J'ai donc attendu que Véra mette sa menace à exécution, ce qu'elle s'est empressée de faire dès le lendemain.

Depuis, les semaines défilent, et j'envisage chaque jour un peu plus une reconversion. Le tout est de savoir dans quoi.

Pour en revenir à notre hôtesse, elle a mis en pratique les conseils qu'elle délivre, en parallèle à son autre activité, pour devenir psychopraticienne diplômée. Une entreprise fort courageuse selon moi. C'est ainsi qu'elle a pu, à force de ténacité, ouvrir ce centre où se tiennent des conférences comme celle à laquelle je vais participer, mais aussi des cours de yoga, de réflexologie et j'en passe. Elle peut se féliciter d'avoir réussi à créer un véritable petit royaume du mieux-vivre en plein cœur de la Provence.

J'inspire profondément en fermant les paupières. Le printemps s'est invité plus vite dans le Sud qu'à Paris. Le mois d'avril débute à peine et l'on dépasse déjà les vingt degrés ici.

Je suis face à une bastide en pierres, typique de cette région. Celle-ci est entourée de verdure, le calme absolu règne alentour. Elle a du caractère, j'aime.

J'entends le bruit d'une première valise qui roule

sur les graviers. Je cours aider ma cousine à vider le coffre de sa Mini Cooper.

Charmante, Emmanuelle s'approche pour nous souhaiter la bienvenue. Elle connaît déjà Fiona, je suis donc la seule à être présentée.

Un paon circule librement et nous coupe la route, pendant que nous avançons.

— C'est celui des voisins, m'informe la maîtresse des lieux en souriant.

Les rayons du soleil chatoient sur la robe du volatile, faisant ainsi ressortir sa couleur émeraude et saphir.

— Il est magnifique !

— Il se plaît ici. Je suis tentée d'en faire notre mascotte, plaisante-t-elle.

Elle nous ouvre ensuite les portes de ses chambres d'hôtes. Fio et moi ne perdons pas une minute pour nous installer confortablement. Le trajet de nuit nous a épuisées.

En fin d'après-midi, nous nous rendons à notre cours de yoga.

J'emboîte le pas à Fiona, qui en profite pour me faire visiter les lieux sur le chemin de l'atelier. Celui-ci est flambant neuf, ça se voit. La luminosité a été réduite, afin de créer une atmosphère tamisée propice à la relaxation. De petites branches décoratives et munies d'ampoules à leur extrémité constituent la majeure partie de l'éclairage. Sur le mur face à l'entrée, une toile de projection a été abaissée et, à sa droite, je note la présence d'une imposante enceinte. Au sol, des tapis d'entraînement ont été disposés à l'intention des stagiaires. Certains ont déjà pris possession du leur.

Fiona et moi nous avançons en même temps que le prof, que nous saluons. La séance ne tardera plus à commencer.

Plus que du yoga, nous participons à un cours d'hatha-yoga, dit « yoga d'effort ». Pour faire court, cette discipline utilise le corps comme instrument de base pour mieux se connaître et s'articule autour d'exercices de respiration (asanas) et de méditation (pranayama). Ce n'est pas moi qui l'affirme, je l'ai lu sur la brochure du centre.

Étant novice, je suis un peu larguée au début, et prends exemple sur ma cousine, afin d'exécuter certaines postures. Ça n'avait pas l'air si compliqué sur la vidéo Internet, mais dans la pratique, ça se corse !

À la fin, je suis en nage, mais incroyablement détendue et en... paix. Je ne dis pas que si Véra se présentait devant moi, je ne lui ferais pas avaler toute la lavande du jardin d'Emmanuelle, mais j'habite moins de colère en moi.

Quand j'y pense...

Cette sorcière m'a dépeinte en des termes si peu élogieux à ses contacts de la capitale que je ne risque pas de retrouver un emploi de sitôt dans mon secteur d'activité. Cette salope... Oups, pardon ! Cette satanée bonne femme aura mis sa menace de me détruire professionnellement parlant à exécution. Et si ce n'était qu'à ce niveau ! Les choses horribles qu'elle m'a jetées au visage me hantent depuis lors. Cette femme est du genre à rabaisser pour mieux s'élever.

Si une part de moi – la plus intelligente – a conscience que ses paroles fielleuses étaient uniquement destinées à me blesser, sinon me déstabiliser, pour lui permettre de prendre l'avantage sur moi, l'autre partie – qui manque de confiance en elle – ne parvient pas à les digérer. Parce qu'elles ont tout simplement jeté du gros sel sur une plaie béante et à vif.

Je m'admoneste intérieurement. Avec mes ruminations, je ruine tous mes efforts et le bénéfice de mes exercices d'hatha-yoga.

Une bonne douche plus tard, Fiona et moi choisissons un restaurant du centre-ville où dîner.

Le serveur se présente avec nos cocktails, un sans alcool pour moi, car j'ai assez bu pour toute une vie lors de cette maudite soirée où j'ai perdu davantage que mon job.

Je vois bien que ma cousine cherche un moyen de communiquer sur un sujet délicat ; elle n'arrête pas de jouer avec ses couverts et d'émietter son pain sans le porter à la bouche.

— Vas-y, Fio, dis ce que tu as à dire. J'ai pitié de cette pauvre mie !

— OK. Est-ce que tu as rappelé Xavier, pour lui donner une chance de s'expliquer ?

— Quoi ? C'est vraiment toi qui me poses cette question ? Tu es la mieux placée après moi pour savoir comment ce salaud s'est comporté !

— Justement. Quelque chose ne colle pas, Lucile. J'ai du mal à juxtaposer la version du Xavier adultère avec l'homme charmant que j'ai rencontré. Il t'apprécie, c'est évident.

— Entre apprécier et aimer, il y a une nuance de taille.

— Tu comprends ce que j'ai voulu dire. Il est peut-être tombé amoureux de toi, mais pour l'affirmer, il me faudrait mieux le connaître. En revanche, ce que j'ai eu le loisir de constater de mes propres yeux, c'est que tu lui plaisais... non, tu lui plais, rectifie-t-elle dans la foulée. Maintenant, en ce qui concerne sa femme, ça reste une énigme.

— Non ! rétorqué-je, butée. Pas d'énigme, de mystère, d'anguille sous roche et j'en passe !

« Je t'aime pour toujours et à jamais », c'est clair, non, comme message ?

Fiona recule dans son siège, pensive.

— On dirait le titre d'un mauvais film.

— Eh bien, j'aurais préféré ne pas figurer au casting, dans le rôle de l'imbécile qui s'est fait avoir !

Fiona attrape son portable, ses doigts se mettent à pianoter frénétiquement sur l'écran. Elle va le briser, à cette allure ! Ses yeux s'écarquillent. Je serais curieuse de découvrir ce qu'elle lit. Au lieu de ça, je poursuis, d'humeur exécrable :

— En plus, elle précisait « lundi 21 h ». Comme par hasard, Xavier insistait pour rentrer avant lundi soir, en prétextant un rendez-vous important. Pff, je veux bien le croire, étant donné ce que j'ai découvert !

Je secoue la tête avec véhémence. Fiona me lance de fréquents coups d'œil par-dessus son smartphone.

— Lucile, tu devrais...

— Je ne souhaite pas revenir là-dessus ! Le sujet est encore sensible pour moi.

— Et si je te disais que...

— Non, la coupé-je une nouvelle fois. Stop ! J'ai tourné la page, du moins je tente de le faire. Et puis, un pan de ma vie requiert toute mon attention. Je n'ai plus de boulot et en décrocher un autre s'annonce aussi facile que la quête du Graal, tant Véra a été efficace dans sa propagande calomnieuse.

— Pour ça aussi j'ai ma petite idée et...

— Non, non ! J'ai vu où m'a menée cette stratégie de l'offensive. Je ne désire qu'une chose : arrêter les frais ! Que Véra les garde, ces idées, je m'en moque. J'en aurais plein d'autres qu'elle ne pourra plus me piquer, maintenant.

— Ah oui et lesquelles ? m'interroge Fio, en croisant les bras sur la poitrine.

— Je n'en sais rien pour l'instant. Mais j'y travaille, aie confiance, répliqué-je, en me repliant sur moi-même.

— Nos plats arrivent. Changeons de sujet sous peine de nous provoquer des aigreurs d'estomac, décrète Fiona.

Je ne la contredis pas.

La conférence débute sur l'exposé des différents moyens de parvenir à atteindre notre plein potentiel.

L'orateur nous explique que son but n'est pas de faire de nous le prochain Mark Zuckerberg, mais de nous aider à exploiter nos ressources internes pour tendre à l'épanouissement, et ainsi au bonheur.

Il nous présente ensuite sa discipline appelée kinésiologie, une technique s'inspirant de la médecine asiatique pour combattre les blocages émotionnels. Tout ce dont j'ai besoin.

La suite s'organise en séances individuelles, durant lesquelles il nous remet les clés pour comprendre notre corps et le dictionnaire pour décoder son langage.

Me voilà donc seule avec lui dans une salle plus petite ; la fenêtre ouverte donne sur le jardin. Des effluves floraux embaument la pièce. C'est frais et très agréable.

— Savez-vous, Lucile, que la faiblesse musculaire traduit le plus souvent un stress ?

— Ah oui ? Non, je l'ignorais. Ça expliquerait mes coups de mou, dis-je, toutefois peu convaincue.

Le kinésiologue esquisse alors un sourire en coin.

— Mettez-vous debout, s'il vous plaît. Et tendez les bras devant vous.

Je m'exécute docilement.

— Comme ça, ça va ?

— Oui. Bien à l'horizontale et parallèles. Maintenant,

vous allez soutenir la pression de mes mains et prononcer le mot « oui ».

Mes bras demeurent tendus, je ne comprends pas où est censé mener ce petit exercice, mais je suis là pour la nouveauté, n'est-ce pas ?

— Oui...

— On continue, mais au lieu de « oui », dites « non ».

— OK, soufflé-je. Non !

Et là, surprise, mes bras ne résistent pas à l'effort. Non pas qu'ils retombent complètement, mais j'ai la sensation de devoir forcer pour les maintenir en place.

Le sourire du kinésiologue s'agrandit.

— Vous venez de percer les bases de mon art, Lucile !

J'acquiesce, quelque peu effarée.

L'exercice suivant consiste à me demander d'émettre un souhait à voix haute, avec cette pression toujours exercée sur mes bras.

Je commence par :

— Je veux trouver une solution à mes problèmes.

Puis :

— Je veux changer complètement de vie.

Et là, de nouveau, réaction de mon corps. C'est incroyable !

La séance se poursuit, je découvre ma voix intérieure et apprends à l'écouter. Mon corps me parle, c'est hallucinant. Il me guiderait presque.

En conséquence, je ressors de cette première séance un peu sonnée. D'autant que, de sceptique au départ, j'ai très bien réagi par la suite.

Fiona m'observe avancer vers elle, une expression insondable flottant sur son visage.

— Dis donc ! T'as l'air d'avoir pris le premier shoot de ta vie !

Elle m'entoure les épaules de son bras.

— C'est en quelque sorte ce qui vient de se produire.

Elle pouffe en collant le front à ma tempe.

Fiona est sur les nerfs, cet après-midi. J'ignore ce qui est à l'origine de son agitation, mais sa manie de ne plus tenir en place m'exaspère d'heure en heure.

Elle m'entraîne en direction du jardin, où nous prenons d'assaut une table et deux chaises en fer forgé roses.

Elle surveille son téléphone portable toutes les cinq minutes, son comportement devient de plus en plus suspect. Attendrait-elle un coup de fil urgent ? Je lui pose la question.

— Oui, Marius doit me rappeler. Nous… On avait à discuter d'un truc important.

— Et peut-on savoir quel est ce « truc important » ? répété-je en mimant des guillemets.

Fiona paraît embarrassée, ce qui est incompatible avec son caractère et son franc-parler.

— De sa décision de… de devenir flexitarien, voilà.

— De quoi ? Quel est encore ce machin à la mode ? Encore un truc anti-carnivore, je suppose. Et surtout, Fio, qu'as-tu été fourrer dans la tête de ce pauvre garçon ? Laisse-le manger sa viande, enfin ! En plus, ai-je besoin de te rappeler qu'il est boucher ? Tu n'avais qu'à te caser avec un vendeur de tofu, si tu voulais quelqu'un plus en accord avec tes convictions.

— Roh ! Ce que tu peux être exécrable, quand tes amours sont contrariées ! Vivement que ça rentre dans l'ordre, sans quoi tu vas finir par étriper quelqu'un ! Sinon, en ce qui concerne Marius, ce n'est pas moi qui lui impose quoi que ce soit. Figure-toi que c'est lui qui s'est lancé là-dedans !

— Et ça consiste en quoi, être flexitarien ?

— Ben, c'est réduire sa consommation de viande, de poisson, de tout produit d'origine animale, en fait.

Mais sans pour autant être un « pur » végétarien ou végétalien.

Je suis dubitative.

— Hum... Déjà que j'ai des difficultés à établir une différence entre les deux, marmonné-je, sous le regard dépité de Fio.

— Bah, mon Marius, tout artisan boucher qu'il soit, est moins ignorant que toi. Et beaucoup plus ouvert d'esprit !

Son téléphone émet un bip. Elle se lève brusquement et renverse sa chaise.

— Une guêpe t'a piquée ou quoi, ma parole ?

— Oh ! mais, c'est que madame a bouffé un clown pendant sa séance avec le kinésio ! raille-t-elle en réparant ses dégâts.

Je lui tire la langue.

— J'ai soif, ajoute-t-elle. J'ai aperçu de la limonade, tout à l'heure. Tu en veux ?

— Hum, pourquoi pas, réponds-je en esquissant un mouvement pour me redresser.

Fiona m'arrête, d'une main fermement posée sur l'épaule. Mon hoquet de stupeur et ma mine médusée, certainement, calment sa brusquerie.

— Non, laisse. Ne bouge pas, je m'en charge. Tu ne bouges pas, hein ! OK ?

Je fronce les sourcils. Elle n'est plus seulement bizarre, elle a l'air de débarquer d'une autre planète ! Les envahisseurs sont là, au secours !

Malgré ces constatations, je ne crée pas d'histoire et me rassois confortablement à ma place.

Fiona est absente depuis une dizaine de minutes. Elle a dû oublier la limonade ou moi, ou bien les deux.

Tant pis, je jouis du soleil en attendant son retour. Les rayons me chatouillent la peau, toutefois ils sont assez doux en cette saison pour que je fasse l'impasse sur l'écran total.

Sans le bavardage incessant de ma cousine adorée, je peux enfin entamer un début de réflexion sur ce que m'a apporté mon entretien avec le kinésiologue. C'est désormais un fait établi, mon corps me parle. À moi maintenant d'apprendre à interpréter son langage et à communiquer avec lui en retour. Dieu sait qu'il a des plaintes à formuler, surtout en ce moment !

Mes bras m'ont révélé que j'aspirais plus ou moins inconsciemment à un changement radical dans mon existence. Sans doute, ce désir de bouleversement débutera-t-il par une réorientation professionnelle ? C'est en tout cas ce qui me semble le plus réalisable dans l'immédiat. Et puis, après avoir envoyé une bonne partie de ma vie valdinguer, est venu le temps de la reconstruction. Seulement, cette fois, je saurai percevoir les signaux de mon corps. Plus de surmenage inutile, plus de contraintes démesurées, fini de penser une chose, mais de dire son contraire, par crainte d'indisposer. Je vais me lâcher complètement et être 100 % moi !

Des bruits de pas m'indiquent qu'une personne s'approche. J'ai une pique toute prête pour Fiona. Je gage qu'elle réagira au quart de tour. Elle est parfois si prévisible, que c'en est follement amusant.

— Eh ben alors ! Tu en as mis du temps. Tu aidais le citronnier à pousser ou quoi ?

— Moi ? Non ! Je serais bien capable de tuer un cactus.

Je m'éjecte littéralement de mon siège et opère une volte-face. Mon élan m'aurait envoyée dans le décor, si je n'avais pas eu la présence d'esprit de prendre appui sur la branche d'arbre d'à côté.

— Xavier !

— Oui, c'est moi.

Moi prononçant son prénom d'une voix haut perchée et mal assurée, et lui me répondant par la célèbre réplique d'une publicité pour un parfum. La scène a un goût de déjà-vu. Sauf qu'à l'époque, je croyais encore aux contes de fées et aux happy ends, ce qui n'est plus le cas aujourd'hui.

— Que fabriques-tu ici ?

Tandis que je lui pose la question, j'aperçois Fiona qui se planque derrière un muret, mais pas assez vite pour échapper à ma vigilance. Je plisse les paupières en comprenant son rôle quant à la présence de Xavier ici.

— Ne décharge pas ta fureur sur elle. Je lui ai forcé la main.

— Ah oui et comment ? Tu l'as menacée de l'obliger à manger un steak de cheval lors de ton prochain passage dans la capitale, peut-être ?

Il soupire en glissant les doigts dans les cheveux.

— Lucile, je...

— Non, je ne veux rien entendre ! Fiche-moi la paix et va retrouver ta femme !

Je le bouscule en le contournant. Bien sûr, la montagne de muscles ne vacille même pas.

Il m'attrape par le bras. Je tente vainement de me libérer.

— Lâche-moi ! lui intimé-je, entre mes dents serrées.

— Lucile, écoute-moi ! S'il te plaît...

Je me fais plus menaçante :

— Rends-moi mon bras, ou je me mets à hurler !

— Mais il est toujours à toi, je ne te l'ai pas volé.

Monsieur est donc d'humeur à plaisanter. Grand bien lui fasse !

— Sais-tu qu'à l'ère *Me Too,* tout ceci serait du plus mauvais effet dans la presse ? Tu imagines ce que ta précieuse Mel dirait, en lisant un article où il est question de toi et de ta putain parisienne ?

— En quoi ma vie sentimentale concernerait-elle ma fille ?

— Non, mais tu te moques de moi ! Parce que coucher avec une autre femme ne la... Attends ! Quoi ? ! Mel... Ta fille ? Non, quoi... Je...

— Si tu parles de Mel, *ma* Mel, alors oui, il s'agit bien de ma fille.

J'ouvre de grands yeux. Tout cela est irréaliste. Je n'y comprends plus rien ! Depuis quand a-t-il une fille ? Il ne l'a jamais mentionnée.

— Tu es... papa ?

— Oui et ce n'est pas nouveau. Melissandre a dix-sept ans. Mais bord... Enfin ! Lucile, que me reproches-tu exactement ? Je t'ai appelée des centaines de fois depuis que je suis rentré, et je t'ai envoyé autant de mails. J'ai tenté de te contacter par tous les moyens possibles et imaginables. J'ai même essayé de te faire passer un message par le biais de mon émission télé, tout en sachant pertinemment qu'il y avait peu chances que tu la regardes.

— C'est ce que j'ai voulu te dire l'autre jour au resto ! lance Fiona depuis sa cachette. Je te montre la vidéo dès que... Euh, je vous laisse tranquilles. OK !

Elle a compris à mon regard que son intervention n'était pas la bienvenue. Je me tourne vers Xavier avec l'intention d'obtenir davantage d'explications.

— Si Melissandre est ton enfant, qui est Mélanie ? Je te croyais marié ! C'est... Voilà pourquoi je ne souhaitais plus avoir de contact avec toi. Je ne pouvais pas endosser le rôle de *l'autre*.

— Je l'étais, c'est vrai. Ou, plus exactement, Mélanie et moi étions séparés de corps, au moment où je t'ai rencontrée. J'ai signé les papiers du divorce la veille de mon départ. C'était peut-être un signe, commente-t-il, alors qu'un rire rauque lui échappe. Je n'avais pas prévu de croiser ta route en m'embarquant dans cette histoire, encore moins de tomber amo... bref. À la base, je rendais simplement service à ma sœur, qui aurait par ailleurs aimé faire ta connaissance à cette fameuse soirée de lancement, mais bon...

— Euh... La jolie brune qui t'accompagnait cette fois-là n'était donc pas ta femme ?

Xavier pousse un soupir où perce une exaspération sincère. Il devrait se mettre à ma place, pourtant.

— Je le répète, Mélanie et moi sommes séparés depuis des années. Je ne suis plus marié, le divorce a été prononcé il y a un mois.

— Et le SMS ?

Xavier incline la tête sur le côté. Il ne voit visiblement pas où je veux en venir. Je précise :

— Un SMS signé Mélanie où elle écrivait : « Je t'aime pour toujours et à jamais. Lundi 21 h. Bisous, Mélanie. »

— C'est le titre du dernier téléfilm dans lequel elle est à la fois réalisatrice et actrice principale. C'est important pour elle que tous ses proches la soutiennent. Elle et moi, nous ne formons plus un couple, mais en tant que mère de ma fille, elle fait partie de ma famille.

— Oh ! euh... Mais tu m'avais pourtant précisé que tu étais obligé de rentrer à Marseille le lundi, à cause d'un rendez-vous.

— Oui, avec mon agent. Enfin, Lucile ! Tu me pensais vraiment capable de te faire l'amour comme je l'ai fait et de te planter le soir même pour rejoindre ma femme qui « m'aime pour toujours et à tout jamais » ? Tu me connais donc aussi peu ?

Je me sens misérable, idiote et... incroyablement soulagée !

— Tu n'es donc pas marié ?

Xavier abandonne, ses épaules s'affaissent d'un coup. Il se met à rire en secouant la tête.

— Ça t'obsède.

Je me moque de moi également.

— Tu n'as pas idée à quel point ça m'a torturée.

Je me prends la tête entre les mains avec la furieuse envie de la taper contre un tronc d'arbre, pour me punir d'avoir fait preuve d'un aussi mauvais jugement.

— Je te demande pardon, Xavier.

Il me tend la main dans un geste d'apaisement. Je la saisis, il m'attire à lui et m'enlace.

— Si ça peut te consoler, c'est toi qui es devenue mon obsession, dès l'instant où je t'ai quittée. Dans le taxi, j'ai été à un cheveu de descendre pour te retrouver.

— Ça ferait une super scène de film romantique, ça.

Il dépose un baiser sur le sommet de mon crâne.

— Je ne serais pas un bon Hugh Grant, à mon avis, déclare-t-il après une intense réflexion.

— Non, confirmé-je. Tu es bien trop ténébreux. Tu ferais par contre un très beau lord écossais, retranché dans son château des Highlands. Tu aurais le cœur sec, à cause d'épreuves terribles survenues dans ta vie et d'une ancienne histoire d'amour. Puis débarquerait une jolie ingénue que tu commencerais par repousser, mais de qui tu tomberais irrémédiablement amoureux, malgré tes nombreux efforts pour la maintenir à distance.

Xavier siffle en applaudissant.

— Si tu en as fini avec tes couples à la dérive, tu peux toujours te reconvertir comme écrivain de romans à l'eau de rose.

Je le frappe au torse.

— Tu es mesquin !

Il n'a aucun mal à bloquer mon coup, et reprend son sérieux.

— Je suis ici pour toi. Donne-moi une chance de te prouver que toi et moi, c'est possible.

— ...

Il interprète mon silence comme une manifestation de mes doutes. S'il savait...

— Si tu penses que tu pourras t'entendre avec Sergio, il y a une place à côté de moi dans mon lit, dis-je, taquine.

Les lèvres de Xavier s'incurvent lentement.

— Ton chat m'adore, il m'a déjà proposé de partager sa litière.

J'éclate de rire en glissant les bras derrière sa nuque. Il m'enserre la taille.

— C'est sûr ? Tu n'as pas de femme.

— Et toi, tu as un chat !

Nous échangeons un regard complice.

Xavier m'embrasse un peu timidement au début, comme pour s'échauffer, avant de basculer dans la passion. Je lui réponds avec enthousiasme, trop heureuse d'avoir percé à jour le mystère Mélanie.

Je ne la vois pas, mais je sais que Fiona nous espionne dans son coin. Je ne manquerai pas de la remercier pour son rôle d'entremetteuse.

Chapitre 18

Lucile

J'ai abandonné ma cousine voici deux jours. Et depuis quarante-huit heures, Xavier et moi nous redécouvrons dans son duplex en plein cœur de Marseille. Celui-ci offre d'ailleurs une vue imprenable sur la magnifique plage du Prado.

Je m'étire, un sourire satisfait sur les lèvres. Xavier est allongé sur le ventre, à côté de moi. Je crois que je l'ai épuisé par mon ardeur. Il dort profondément.

Je mets à profit ce moment de calme pour saisir mon téléphone sur la table de chevet. Je me connecte au wi-fi et ouvre une page Internet.

Le replay de l'émission de Xavier s'affiche. Suivant les conseils de Fiona, je sélectionne celle du 14 février.

Je suis contrainte d'approcher l'écran de mon oreille pour l'entendre, puisqu'il m'est impossible d'augmenter le son.

J'écoute la voix de l'homme que je dévore des yeux, alors qu'il est nu sous la couette à moins de vingt centimètres de moi.

— *Et vous, Xavier, un message à passer en cette spéciale Saint-Valentin ? l'interroge le présentateur. À une Valentine, peut-être ?*

— Eh bien... Oui, il y a bien une femme, quelque part, à qui mon cœur aimerait parler. La connaissant, elle doit être débordée, occupée à rendre les gens heureux aujourd'hui. Je l'imagine dans une robe trop colorée, s'agitant dans tous les sens pour que la fête soit réussie. Je... Je voudrais simplement lui souhaiter une bonne Saint-Valentin et lui dire que j'ai bien fait un vœu ce soir-là et que... c'est elle qui l'a exaucé.

La vidéo s'arrête sur cette séquence. J'en ai les larmes aux yeux.

Je pivote de son côté et le regarde dormir. Au bout d'un moment, il consent à ouvrir un œil en lâchant un grognement d'ours dérangé dans son hibernation.

Je lui saute dessus. Il se demande assurément quelle mouche me pique, mais me rend malgré tout mes baisers.

— Je t'aime, finis-je par admettre.

Xavier dégage une mèche de mon front et me caresse le visage. Le sien s'est éclairé à la minute où je me suis déclarée.

— Moi aussi, Luce.

Je suis toute chose, ce qui ne constitue pas une excuse valable pour glousser comme une dinde.

— Luce... J'adore entendre ce surnom dans ta bouche. Ça me rend...

Je me tortille entre les draps, où les mains de Xavier commencent leur exploration.

— Il me plaît à moi aussi. J'ai remarqué que personne ne t'appelait comme ça. Je le préfère à Miss Mini-pouce.

— Pardon ? Miss mini quoi ?

Je le frappe sur le ventre, il part dans un énorme fou rire.

— Miss Mini-pouce. Je t'ai trouvée si minuscule, quand je t'ai vue. Et puis, j'avais l'air de t'effrayer. Ne le nie pas ! C'était inscrit sur ton front, la première fois qu'on s'est parlé.

— Je le reconnais, mais quand même ! Il est insultant, ce sobriquet. Ce n'est pas très gentil de se moquer des personnes de petite taille. Est-ce que, moi, je te traite de géant !

— Non, mais tu le pourrais, ma jolie et douce Luce.

— C'est mieux que Mini-pouce, c'est clair. C'est même mieux que « Lulu », mais Fiona me surnomme ainsi depuis notre enfance. Et toi, quel est le tien ? Tu aimerais que je t'en trouve un ?

Xavier se place sur le dos. Je le suis dans son mouvement, et pose la tête sur son torse que je parsème de baisers.

— J'en ai eu pas mal, des surnoms, mais tous en rapport avec mon statut de footballeur : le Prince du Parc, le Marseillais quand je jouais à Paris, le Parigot quand j'allais chez moi dans le Sud, le Frenchy lorsque j'étais à l'étranger. Pour ma sœur, je suis Xav, pour mon père Xavier, pour ma mère, mon chéri. Mélanie, elle, aimait tout simplement me chambrer sur mon caractère sauvage. Quant à ma fille, je suis juste papa.

— Parle-moi d'elles.

— Qui ?

— Les deux. Ton ex et ta fille.

— Eh bien, j'ai rencontré Mélanie sur les bancs du lycée, à Aix. Quand je suis parti en centre de formation à Monaco, elle m'a suivi. Elle l'a fait à chacun de mes changements de club. Elle est tombée enceinte de Mel très jeune. Nous avions à peine vingt ans. On s'est mariés dans la foulée. J'étais souvent absent, soit à l'entraînement, soit en déplacement. J'ai pour ainsi dire loupé la petite enfance de Melissandre, ainsi que son enfance. Mélanie a été obligée d'assurer pour deux pendant des années.

Je ressens un profond regret dans sa voix. Il continue :

— Après une série de blessures, j'ai raccroché les crampons, à trente et un ans. C'est jeune, même pour un sportif. Mais j'ai pu être davantage présent pour ma famille. C'est là que les problèmes sont survenus avec Mélanie. Ou plutôt, ils sont devenus plus visibles comme j'étais là. Elle en a eu assez de n'être qu'une « wag », une femme de footballeur. Elle a commencé une carrière de présentatrice télé, avant de suivre des cours d'art dramatique et de devenir actrice. Moi, je suis devenu entraîneur.

— Et ta fille ?

— Ça ne me plaît pas de l'admettre, mais elle et moi ne sommes proches que depuis peu. Et nous sommes devenus inséparables. C'est pour cette raison que j'hésitais à permettre à une femme d'entrer dans nos vies. Mais ça, c'était avant de te rencontrer. Ce qu'il faut savoir, c'est qu'il y a trois ans, on a diagnostiqué un cancer à ma fille. Une tumeur au cerveau. Ça expliquait ses migraines atroces. On s'est posé des questions le jour où elle a été victime de tous ces vomissements et a failli sombrer dans le coma. Le verdict des médecins est tombé sur nous comme un couperet. Je m'en rappellerai toute ma vie. J'ai cru que la terre s'ouvrait sous mes pieds et m'aspirait dans un trou sans fond.

— Oh mon Dieu, Xavier...

— Tu sais maintenant comment j'ai rencontré José.

— José ?

— Le bénévole du centre.

— Ah oui, je vois.

— En plus d'avoir suivi chaque étape dans la guérison de Mel, je me suis investi dans la lutte contre le cancer pédiatrique, en soutenant la recherche et en menant des actions pour récolter des fonds à cette fin. À présent, Mel va beaucoup mieux. Cet épisode sombre est derrière nous. Mon bébé est sauf, et je suis enfin devenu le père qu'elle mérite.

— Où est-elle, actuellement ? J'aimerais beaucoup la rencontrer.

J'ai parlé trop vite. Je suis soudain gênée d'avoir mis la charrue avant les bœufs.

— Pour le moment, je projette de te garder pour moi seul, m'informe-t-il, en me serrant plus fort contre lui. Je suis jaloux et possessif, tu dois le savoir, mais je serais heureux de te la présenter. Bientôt. Sinon, pour répondre à ta question, cette semaine, elle est chez sa mère. À la rentrée, si tout va comme sur des roulettes et qu'elle obtient son bac, elle envisage de partir aux États-Unis pour des études de stylisme. Elle me l'a annoncé le mois dernier.

— C'est magnifique qu'elle puisse se projeter dans l'avenir après ce qu'elle a vécu !

— Oui.

Nous sommes interrompus par une sonnerie de téléphone. C'est le mien. Je décroche sans reconnaître la voix de mon interlocuteur.

— Madame Fargès, Simon Lamont à l'appareil. Nous aimerions nous entretenir avec vous au sujet des accusations que vous avez proférées à l'encontre de Mme Herlinger. Des éléments nouveaux ont été portés à notre connaissance, et nous avons besoin que vous nous exposiez clairement les faits vous concernant.

Simon Lamont ? C'est l'un des big boss de la société. Qu'a-t-il pu arriver pour qu'ils me contactent, deux mois après mon licenciement ?

Je bafouille :

— Euh oui, oui bien entendu. Quand ?

— Demain matin, si cela vous convient, bien sûr. Nous souhaiterions régler cette affaire au plus vite.

Je réponds sans réfléchir.

— Demain matin, 10 heures ?

Le plus tôt sera le mieux, il a raison.

— Parfait ! À demain, madame Fargès.

— Qui c'était ?

Xavier s'est redressé. Il est en appui sur un coude et me fixe dans l'attente de précisions.

— Mes patrons, enfin mes anciens patrons. Ils veulent me rencontrer pour qu'on discute de ce qui s'est passé le soir du lancement de Together. Apparemment, il y aurait des éléments nouveaux à prendre en compte.

— Tu as une idée de ce que ça pourrait être ?

— Aucune. Nous n'étions que toutes les deux dans mon bureau et, jusqu'à preuve du contraire, il n'y a pas de caméra à l'intérieur. Enfin, je l'espère.

Xavier siffle en se recouchant :

— Ce fut une scène mémorable, en tout cas ! Tu as fait preuve de beaucoup de courage. À la fin, j'en avais mal aux mains à force d'applaudir.

— C'était toi, alors ?

— Bien sûr, qui d'autre ? J'étais à fond pour toi. Tu avais l'air si déterminée. Tu étais magnifique ! J'ai été super fier de toi. Une vraie lionne, conclut-il en enroulant une de mes mèches rousses autour de son poing.

Puis il m'attire à lui et prend possession de mes lèvres. Je passe à califourchon sur lui et commence à basculer le bassin d'avant en arrière. Notre danse, empreinte de sensualité, nous échauffe.

Nous gémissons de concert alors qu'il me pénètre. Les préparations pour mon départ devront attendre.

Revenir sur les lieux du crime est étrange.

Du dernier étage de la tour, nous avons une très belle vue de Paris. Je me concentre sur le paysage pour ne pas avoir à regarder Véra, en train de débiter des horreurs sur moi. Cette diablesse va jusqu'à dénigrer mon travail, alors qu'il n'y a jamais rien eu à dire jusque-là.

Quand mon tour arrive, ma version ne varie pas d'un iota. Je la maintiens, en fixant dans les yeux celle qui m'a dépouillée de mes idées et s'en est ensuite attribué tout le mérite.

— Bien, commente Simon Lamont. C'est parole contre parole. Mesdames, vos déclarations divergent du tout au tout.

C'est une blague ? Ils m'ont demandé de venir pour me resservir ce couplet ? Je suis à deux doigts d'exploser de rage.

— Cependant, ajoute Will Archer, l'autre big boss, comme nous vous en avons informée au téléphone, madame Fargès, des éléments nouveaux et... troublants nous sont récemment parvenus.

— Lesquels ? s'enquiert aussitôt Véra.

Je crois que je commence à avoir ma petite idée...

— Vous allez le découvrir, Véra, lui rétorque froidement Simon.

— Hâte de voir ça, marmonné-je.

— Écoutons plutôt, corrige Will, en tapant sur le clavier de l'ordinateur.

Un grésillement retentit soudain dans la pièce devenue aussi silencieuse qu'un tombeau. La voix rageuse de la Véra du 14 février résonne :

« Comment as-tu osé, sale petite conne ? »

Puis la mienne :

« J'ai agi comme j'aurais dû le faire depuis longtemps ! »

Et ainsi de suite...

Je suis contrainte de réécouter les méchancetés de mon ex-patronne.

Lorsque nous parvenons au moment justifiant ma

présence entre les murs de l'entreprise, elle paraît ne plus savoir où se mettre. Elle est coincée, et je remercie une nouvelle fois ma cousine pour son aide précieuse, car elle a eu la présence d'esprit, ce soir-là, d'enregistrer notre communication et, par extension, les aveux de Cruella.

Will stoppe la bande-son avant d'en arriver aux insultes et autres insinuations douteuses.

Son regard, alors qu'il dévisage mon ancienne supérieure, est glaçant de mépris. Elle expérimente pour la première fois ce qu'elle a fait subir à tous ses collaborateurs, et ça lui fait tout drôle, selon moi, car elle perd de sa superbe.

— Avez-vous quelque chose à ajouter, Véra ?

— Cet enregistrement est truqué ! vocifère-t-elle.

Elle ne doute de rien, et surtout, elle n'a pas conscience de s'enfoncer.

Elle est cuite, fin de la partie !

Xavier et moi regagnons mon appartement. Il a tenu à m'accompagner pour me soutenir. Mon résumé des événements, ainsi que la réaction pathétique et vindicative de Véra, ne l'ont pas étonné. Il s'attendait même à pire. Moi, j'ai du mal à imaginer comment ça aurait pu l'être.

Confortablement calée dans le lit, le dos contre son torse, je m'amuse à entrelacer nos doigts. Xavier me laisse jouer. Son souffle chaud me chatouille la nuque. Je souris.

— Tu pourras venir ici les jours où tu enregistres ton émission, lui proposé-je.

— Je la quitte bientôt. Thierry et Diego sont au courant.

— Ah bon ? Que vas-tu faire, ensuite ?

Je me contorsionne pour le voir. Il me lance un coup

d'œil rapide, avant de se concentrer sur le massage de mon poignet.

— Eh bien, j'ai reçu une offre intéressante, à voir plutôt comme une sorte de... défi.

— Tu regrettes ta carrière ?

— Non, elle a été bien remplie. J'ai gagné deux fois la Ligue des champions en tant que joueur et une fois comme entraîneur. J'avais la responsabilité de l'équipe depuis deux saisons. Pendant la première, j'ai tâché de reconstruire le groupe ; à la fin, nous avions effectué d'énormes progrès. La saison d'après a été la consécration de tous nos efforts. Je n'étais pas revenu en Espagne depuis le début de ma carrière. Quand j'ai pris ma retraite, je suis resté deux ans parmi le staff technique du Paris-Saint-Germain. J'y ai beaucoup appris. Et puis, j'ai quand même reçu quatre fois de suite le ballon d'or, avant de tirer ma révérence. Sans me vanter, je suis une légende, Luce.

— Oh ! mais, je n'en ai jamais douté ! Je couche avec une légende, mon Dieu quel honneur !

Il me pince le ventre. Je lui embrasse la mâchoire.

— Et c'est quoi, au juste, cette offre intéressante ?

— Je te raconterai tout quand tu m'auras dit ce que tu comptes faire avec tes patrons, maintenant que Véra a été mise à la porte.

— Ils m'ont proposé son poste, celui qui me revenait de droit et... j'ai refusé. Pendant mon stage chez Emmanuelle, j'ai participé à une séance de kinésiologie, je t'expliquerai de quoi il retourne plus tard. Toujours est-il que j'en ai davantage appris sur moi en deux jours là-bas qu'en vingt-huit ans ! Alors non. J'ai besoin de changement.

— Quelles sont donc les options ?

Mon regard se balade à travers la pièce et tombe sur

l'imposante machine à coudre qui occupe pratiquement tout le bureau.

— Je pourrais commercialiser les vêtements que je crée via une petite structure en autoentreprise.

— C'est une piste, oui.

Xavier pouffe discrètement.

— Maintenant, je sais d'où proviennent tes fringues si... colorées et uniques.

— Je vais faire semblant de ne pas avoir entendu le sarcasme dans ta voix.

— Si tu te lances dans ce domaine, tu pourrais le faire depuis n'importe où dans le monde, non ?

— Oui, je suppose. Pourquoi ?

— Parce que j'ai peut-être, moi aussi, une proposition à te soumettre. Et ça inclut quelques bouleversements, un long voyage, et de m'avoir sur le dos assez souvent.

— Sur le dos ? Je t'accepte tel que tu es, et ce, dans n'importe quelle position, Xavier Taggard !

— Coquine !

Il me mord l'épaule. J'essaie de m'échapper. Il m'attrape par la taille. Je crie au secours pour la forme. Il me fait basculer sous lui. Mon cri se mue en soupir lascif. Je suis à lui, il est à moi et si cela inclut de le suivre jusqu'au bout du monde, alors soit...

Épilogue

Teddy
24 décembre, veille de Noël

Je suis chargée comme une bourrique.

La vache ! Cette dinde pèse une tonne ! Rien d'étonnant à ce qu'elle m'ait coûté un bras et une jambe.

Jonathan me réprimande, parce que je ne l'ai pas appelé pour m'aider. Je lui intime de s'asseoir et de profiter de la soirée. Nous recevons sa famille au complet dans notre maison, dont les travaux sont terminés depuis exactement trois semaines. La maison de Barbara, sa grand-mère, a subi un sacré coup de jeune, et le cabinet médical de Jon est flambant neuf. Dès janvier, il pourra accueillir ses patientes.

Son papa nous a fait l'honneur de sa présence. C'est le plus beau cadeau qu'il pouvait faire à son fils. Jon a conscience que jamais plus rien ne sera comme avant pour son père, néanmoins, les progrès d'élocution de ce dernier ainsi que dans ses déplacements plus fluides réchauffent le cœur de tout le monde.

Liam épate la galerie avec ses nouvelles pitreries, dont le village de Noël récemment monté fait les frais. Il marche désormais, c'est un grand garçon de presque un an et demi. À cause ou grâce à ce petit diable, l'action en Bourse du magasin de déco d'à côté a dû grimper en flèche, tellement je leur ai acheté de boules pour remplacer celles que mon fils a cassées.

J'espère sincèrement que le prochain sera moins remuant !

Malgré tout, il est notre fierté et celle de son parrain. Dam et Fabrice, son compagnon, sont arrivés il y a une semaine de Paris. Ils repartent demain en fin de matinée, car ils sont attendus pour le déjeuner de Noël chez les parents de Dam. Savoir que leurs relations se sont améliorées me rassure. En plus de Peggy, et maintenant de Fabrice, je le sais bien entouré, tandis que je construis ma vie dans le Sud.

J'adresse un signe discret à Jonathan pour lui donner le feu vert. Il est ravi, lui qui n'attendait que ça.

Faisant tinter la pointe de son couteau contre sa flûte de champagne, il réclame le silence à l'assistance.

— Tout d'abord, merci à toutes et à tous d'avoir répondu à notre invitation. Ensuite, je souhaiterais porter un toast à la famille. Ce n'est pas tous les jours facile de se supporter, mais elle est toujours là pour soutenir ses membres. Alors, à la famille !

— À la famille !

Nous scandons les derniers mots en trinquant joyeusement.

Tandis que tous les autres goûtent à l'excellent champagne apporté par Damien, Jonathan reprend la parole :

— Hum ! Teddy et moi avons une heureuse nouvelle à partager avec vous : le deuxième est en route !

Un tonnerre d'applaudissements accueille cette annonce. Margaret, ma belle-mère, quitte sa place pour venir m'embrasser. Elle me serre fort dans ses bras et me chuchote un merci.

Elle me fait pleurer.

Je sèche les larmes de joie qui dévalent mes joues cramoisies sous l'effet de tant d'émotions.

L'horloge tourne. Nous attendons patiemment, afin de découvrir les cadeaux généreusement apportés par le Père Noël. Quand elle sonne enfin les douze coups de minuit, nous nous ruons sur le sapin comme des sauvages. Les plus petits sont déjà au lit, tandis que les plus grands ont le regard pétillant d'émerveillement propre à l'enfance.

Les paquets circulent de mains en mains dans le salon jusque dans celles de leurs destinataires.

Jonathan arrive avec le mien. Il me le tend. Je ne prends pas de gants pour déchirer le papier nacré. Je soulève le couvercle de la boîte et tombe sur ma dernière échographie, réalisée sur le lieu de travail de Jonathan.

— Qu'est-ce qu'elle fait là ?

Il me désigne le cliché médical d'un geste du menton.

— Ton cadeau est derrière.

La situation l'amuse, c'est évident. Cela éveille ma curiosité légendaire. Je reconnais d'emblée son écriture. Je lis ce qui est inscrit à voix haute :

— C'est... une fille ? !

Je lève les yeux de l'image. Il me fixe, attendant une réaction.

— Tu en es sûr ? ajouté-je, en même temps que l'excitation me submerge.

— Autant que l'on puisse l'être à ce stade de la grossesse. Mais, je te l'avais promise, cette nénette, et je suis un homme de parole !

Je me jette à son cou et l'embrasse en criant. Je suis folle de joie ! Quelle femme pourrait se targuer d'apprendre qu'elle est enceinte ou bien le sexe de son enfant de la bouche de son mec ?

Moi ! Parce que je partage la vie du meilleur

maïeuticien de la planète et que notre bonheur est tout simplement... parfait !

Lucile
25 décembre, jour de Noël

Il est minuit.

Xavier et moi crions « Joyeux Noël » aux membres de sa famille, avec qui nous communiquons via *Face Time*. Ces derniers n'ont pu effectuer le déplacement jusqu'au Sénégal, où nous sommes installés depuis le mois de septembre.

Eh oui, c'était ça, la fameuse proposition de Xavier : partir en Afrique avec lui, là où il envisageait de signer, après qu'on lui avait offert le poste de sélectionneur de l'équipe nationale de football.

Quant à moi, je m'investis dans le milieu associatif. Je travaille actuellement sur un nouveau projet incluant ma passion pour la couture et le développement durable en Afrique. Je croise les doigts pour qu'il aboutisse.

Mes soucis avec Véra et You and I me paraissent loin désormais. J'ai coupé les ponts avec tout ce petit monde. Ma vie parisienne ne me manque absolument pas dans mon nouveau paradis, aux côtés de Xavier et Sergio.

Mel et moi avons accroché tout de suite, ce qui ravit mon homme. En dépit de nos différences de style, notre soif créative nous a immédiatement réunies. Nos rôles sont clairs, elle est la fille chérie de Xavier, je suis sa compagne. Je lui ai proposé mon amitié et, Dieu merci, elle l'a acceptée.

Lui et moi prévoyons de retourner en visite en France l'été prochain, pour le remariage de Mélanie. Elle a retrouvé l'amour dans les bras d'un acteur rencontré sur le plateau de sa série TV. Je ne suis pas mécontente. Une page définitive se tourne entre Xavier et elle – c'est la part jalouse en moi qui s'exprime.

Sergio a daigné quitter sa place sur le canapé. Il se frotte à mes jambes en ronronnant. Depuis notre installation en Afrique, il est devenu casanier.

— Toi, tu as croisé la route d'un plus gros matou que toi, hein ! le taquiné-je, en le gratouillant dans le cou.

Xavier termine de discuter avec sa sœur, avec qui j'entretiens de bons rapports également, malgré le caractère épisodique de nos entrevues. Son emploi du temps de *it girl* étant surchargé, nous privilégions la qualité à la quantité.

J'arrange les branches de notre sapin artificiel.

Pour la première fois depuis longtemps, je n'ai pas acheté de Nordmann à mon pépiniériste, M. Lafleur. Le climat étant ce qu'il est au Sénégal, nous avons opté pour un arbre factice, car hors de question pour moi de fêter Noël sans sapin au pied duquel déposé les cadeaux.

Deux mains m'entourent la taille, tandis que des lèvres effleurent mon épaule.

Je me retourne et fonds dans les bras de Xavier. Il prend une profonde inspiration, alors que ses bras se referment sur moi. Mes doigts cherchent à couvrir la portion la plus large de son dos. Je soupire de contentement.

Je me souviens alors d'un détail et m'écarte vivement.

— J'ai un cadeau pour toi ! Ah, le voilà !

Il s'empare du paquet et l'ouvre. Je me retiens pour ne pas éclater de rire, quand il découvre ce que je lui ai préparé.

— Ça ne manque pas de couleurs. Merci, mon amour. Je...

— ... Ne trouve pas les mots, tellement je suis bouleversé ?

— Tu es très loin du compte ! admet-il.

Je me mords la joue avant de succomber à mon hilarité.

— C'est un pantalon wax, avec du tissu africain.

— J'ai remarqué, dit-il en le retournant pour jauger de la taille.

— Je compte l'utiliser pour ma nouvelle collection.

Il dépose un baiser sur mes lèvres pour me remercier. Puis il se déshabille devant moi, remplace le pantalon qu'il porte par celui que je viens de lui offrir, et ouvre les bras en tournant sur lui-même.

— Me voilà ambassadeur de la marque de ma talentueuse femme. À ton succès, ma merveilleuse Luce ! lance-t-il en brandissant la coupe de champagne qu'il a récupérée sur la table.

Je suis émue.

— Rien n'aurait été possible sans ton soutien, lui affirmé-je.

— Je te retourne le compliment. Maintenant à moi ! Tiens, c'est pour toi.

Je lui prends la petite boîte des mains et m'empresse de dénouer les rubans pour découvrir ce qu'elle contient.

— Une branche de houx ? m'étonné-je.

Xavier acquiesce en la sortant délicatement du carton.

— Là où tout a vraiment commencé pour nous deux, me susurre-t-il.

Je le regarde la placer au-dessus de nos têtes et souris.

— Fais un vœu, Luce.

Je me hisse sur la pointe des pieds et attrape Xavier par le col de sa chemise ouverte au second bouton.

— Et embrasse-moi, coach !

Remerciements

Comme à chaque fois, je remercie mes proches pour leur soutien, et tout particulièrement mon mari, mes enfants, mes parents ainsi que mes frères.

À mes ami(e)s, qui ont vécu la sortie de chacun de mes romans comme s'ils en étaient l'auteur. C'est vraiment fun de partager tout cela avec vous. D'ailleurs, vous êtes mes meilleurs commerciaux !

Un grand merci également à mes éditrices, Sophie et Marie, pour m'avoir encouragée à écrire ce spin-off. Avec *Embarquement immédiat pour relation agitée*, j'ai eu envie de prolonger l'aventure en compagnie de Teddy, Damien et Jonathan, tout en apportant du neuf avec les personnages de Lucile et Xavier.

Merci à Emmanuelle, pour m'avoir fourni le cadre et « aidé » Lucile dans son besoin de changement. Sachez que les « Ateliers d'Emma, oser être » existent réellement, dans la belle commune de Plan-d'Orgon. Tout comme elle a accueilli Lucile, elle sera heureuse de vous ouvrir les portes de son havre de paix provençal afin de vous aider à atteindre votre plein potentiel.

Un dernier mot pour mes lectrices et lecteurs, ceux de la première heure comme les nouveaux. Les nombreux messages reçus lors de la sortie de *Tais-toi et embrasse-moi !* m'ont réellement fait chaud au cœur. Lorsqu'il m'arrive de douter, je les relis et comme dirait la pub « Prends un Mars et ça repart » ! En conclusion, vous êtes ma barre chocolatée super sucrée et je vous en suis reconnaissante.

Je terminerai en vous donnant à toutes et à tous rendez-vous pour de prochaines lectures !

Composé et édité par HarperCollins France.

Achevé d'imprimer en septembre 2019.

BLACK PRINT

Barcelone

Dépôt légal : octobre 2019.

Pour limiter l'empreinte environnementale de ses livres, HarperCollins France s'engage à n'utiliser que du papier fabriqué à partir de bois provenant de forêts gérées durablement et de manière responsable.

Imprimé en Espagne.